그대를 사랑하지 않기로 했습니다

그대를 사랑하지 않기로 했습니다 2

초판 1쇄 인쇄 2018년 5월 24일
초판 1쇄 발행 2018년 5월 31일

지은이 백묘
발행인 오영배
기획 박성인
책임편집 김수현, 성하림
디자인 VINU
제작 조하늬

펴낸곳 (주)삼양출판사 · 단글
주소 서울시 강북구 도봉로 173
대표 전화 02-980-2112 **팩스** / 02-983-0660
편집부 전화 02-980-2116 **팩스** / 02-983-8201
블로그 blog.naver.com/dan_gul
출판등록 1999년 3월 11일 제9-00046호

ISBN 979-11-283-9457-7 (04810) / 979-11-283-9455-3 (세트)

+ (주)삼양출판사 · 단글의 서면 허락 없이는 어떠한 형태나 수단으로도 이 책의 내용을 이용하지 못합니다.
+ 지은이와 협의하에 인지는 생략합니다. 잘못된 책은 구입한 곳에서 바꾸어 드립니다.
+ 이 도서의 국립중앙도서관 출판시도서목록(CIP)은 서지정보유통지원시스템홈페이지(http://seoji.nl.go.kr)와
  국가자료공동목록시스템(http://www.nl.go.kr/kolisnet)에서 이용하실 수 있습니다. (CIP제어번호: 2018015529)

 은 (주)삼양출판사의 로맨스 문학 브랜드입니다.

그대를 사랑하지 않기로 했습니다

2 ··· 백묘 소설

단글

그대를 사랑하지 않기로 했습니다.

Contents

7장
죽음은 언제나

너무 잘 잤다!

나루는 벌떡 일어나 시간을 확인했다.

열람실에 걸린 벽걸이 시계는 오후 11시 10분을 가리키고 있었다.

'이럴 수가! 도서관에서 3시간이나 자다니!'

불편한 자세로 자서 어깨와 목은 아팠지만 정신은 개운했다.

'지후랑 같은 도서관에 있어서 이렇게 잘 잔 거겠지.'

나루는 손등으로 입가에 묻은 침을 스윽 닦으며, 무심코 지후의 자리가 있는 방향을 돌아봤다.

우연인지 아닌지, 마침 재경이 이쪽을 보고 있었다.

눈이 딱 마주쳤다.

재경이 있을 줄은 몰랐다. 당황해서 황급히 고개를 돌렸다가, 이게 더 이상할 거란 생각에 다시 재경 쪽으로 시선을 돌렸다.

재경은 책상을 보고 공부를 하는 중이었다.

나루는 한숨을 삼켰다. 재경과 이렇게 어색한 사이가 되는 날이 올 줄은 꿈에도 몰랐다.

옛 시간에서 재경은 그 어떤 얘기도 나눌 수 있을 만큼 친한 친구였다.

차라리 처음부터 친하지 않았더라면 이런 기분도 느끼지 않을 텐데.

'커피나 한잔 마셔야겠다.'

나루는 지갑을 들고 일어났다.

도서관 로비에 있는 자판기 앞 의자에는, 몇몇 학생들이 나와서 쉬고 있었다.

나루가 아는 얼굴은 없었다. 촌스러운 무늬가 그려진 지갑 속에서 동전을 찾다가 문득 지갑 안에 있던 체크 카드를 발견했다.

대학 다니는 내내 나루가 갖고 있던 유일한 카드였다.

'그러고 보니 이때는 신용 카드도 한 장 없었지.'

처음 체크 카드로 계산을 할 때, 성인이 된 것 같은 기분이 들어 우쭐했던 기억이 났다.

신용 카드가 많은 게 좋은 것도 아닌데, 그때는 왜 그리도 신용 카드를 가진 사람들이 멋있어 보였는지 모르겠다.

나루는 피식 웃으며 체크 카드를 꺼냈다.

'옛 시간에서는 여기에 재경이가 낙서를 했었는데.'

나루는 카드의 뒷면 서명란에 사인을 해 두지 않았었다.

—그거 서명해 놔야 돼.

어느 날, 지후가 지적을 했다.

—꼭 해야 하나? 어차피 확인도 안 하는데.

—카드 받을 때 안내 사항에 나와 있잖아. 카드 받자마자 사인하라고. 사인하는 게 어려운 것도 아닌데, 왜 그렇게 고집을 부려?

—나, 사인 아직 안 만들었단 말이야.

지후와 나루가 대화를 하는 동안, 옆에서 커피를 마시던 재경이 끼어들었다.

—그럼 내가 해 줄게, 네 사인.

나루가 말릴 틈도 없이, 재경은 카드를 가져가서 멋들어지게 사인을 했다.

기대 이상으로 예쁜 사인이었기 때문에, 그 이후로 나루는 쭉 그 사인을 사용했다.

'내 사인, 재경이가 만들어 준 거였구나.'

자주 사용하면서도 새까맣게 잊고 있었다.

이렇듯 시간의 흐름에 흘러가 버린 기억이 얼마나 많을까. 과거로 돌아와 그런 기억들을 하나하나 되새겨 보니 사랑스럽기도 하고 아프기도 했다.

'좋은 거야. 누가 이런 경험을 해 보겠어?'

과거로 돌아오지 않았더라면 잊었을 기억들. 시간과 함께 떠내려 보냈었을 많은 추억들.

그것들을 이 시간에 다시 한 번 만들어 낼 수 없다는 것이 아쉽지만, 그래도 내 가슴에 새길 수 있으니까 좋은 거라고, 나루는 생각했다.

동전을 꺼내 자판기에 넣었다.

'자판기 커피는 오랜만이네.'

밀크 커피를 누르고 커피가 나오기를 기다리며, 윤영을 생각했다. 윤영은 고기를 먹은 후에는 늘 자판기 커피를 마시곤 했다.

　　—고기 먹은 후에 이걸 안 마시면, 고기 먹은 기분이 안 든다니까.

외모는 귀엽고 사랑스럽게 생겼으면서, 자판기 커피를 마시며 "크하! 좋다."라고 외치는 윤영이 좋았다.

아저씨처럼 배를 두드리던 윤영의 모습이 생각나서 키득키득 웃으며 자판기 커피를 꺼냈다. 돌아서다가 도서관으로 들어오는 윤영과 딱 마주쳤다.

"어?"

윤영이 멈칫하며 눈을 크게 떴다.

방금 전까지 윤영을 추억하던 나루는 씁쓸한 기분을 느끼며 살짝 손을 올렸다.

"안녕?"

"어, 안녕."

윤영이 어색하게 인사하며 다가왔다.

"열람실에 자리 있어?"

"아니, 없는 것 같던데."

"아, 진짜? 엄마가 공부 좀 하라고 하도 잔소리를 해서 나왔는데. 어떡하지?"

윤영이 투덜거렸다.

"그럼 내 자리에서 할래?"

나루가 제안했다.

윤영이 눈을 휘둥그레 떴다.

"너는 어쩌고?"

"난 어차피 슬슬 집에 갈 참이었어."

"아, 진짜? 아니, 아닌 것 같은데."

"정말이야."

나루가 옅게 미소 지었다. 윤영은 눈을 가늘게 뜨고 나루를 가만히 응시하다가 말했다.

"나, 솔직히 너 별로 안 좋아해."

윤영의 발언에 가슴이 따끔했지만, 그녀답다는 생각이 들었다.

"응, 알아."

"알면서 이런 호의를 베풀어?"

"호의가 아니라……."

"착한 척하는 것도 별로 안 좋아해. 그리고 너랑 나는 애초에 성격이 안 맞아. 이렇게 잘해 준다고 해서 우리가 친해지는 일은 없을 거야."

윤영이 쏘아붙이듯 말했다. 나루는 곧바로 대답하지 않고 윤영을 응시했다.

'우리가 성격이 안 맞는 걸까? 하지만 너랑 나는 옛 시간에 정말 친했는걸. 어떻게 친해졌는지는 기억이 잘 안 나지만. 아마 좋은 일로 친해진 것 같지는 않은데.'

생각하느라 입을 다문 나루의 모습에, 윤영은 자신이 너무 심하게 말을 했나 싶어서 후회했다.

'아냐, 후회할 거 없어. 나는 얘가 싫고, 뒷담화를 하느니 차라리 대놓고 말하는 게 나아. 겉으로만 친한 척하는 건 딱 질색이야.'

그때, 나루가 미소를 지었다. 자그마하고 새하얀 얼굴에 옅게 번지는 미소가 어찌나 애달픈지, 윤영은 저도 모르게 침을 꿀꺽 삼켰다.

도무지 동갑이라는 생각이 들지 않는, 깊고 아름다운 눈동자가 윤영을 똑바로 향해 있었다.

"그래, 네 말 잘 알았어. 하지만 난 정말로 곧 일어날 생각이었어. 내 자리에서 공부해도 돼."

나루 본인이 이렇게까지 말하는데 거절할 이유는 없었다. 도서관 자리 잡는 게 쉬운 일도 아니니, 윤영은 고맙게 받아들이기로 했다.

"그래, 그럼⋯⋯."

고마워, 라고 말하려고 할 때였다.

나루의 뒤쪽에 있는 열람실 문이 열리고, 지후가 나오는 모습이 보였다. 지후는 집에 가는 길인지, 어깨에 옆으로 메는 가방을 걸치고 있었다.

"지후야."

반가운 마음에, 윤영은 나루가 앞에 있다는 것도 잊고 조금 큰 목소리로 그의 이름을 불렀다. 지후가 이쪽을 돌아보는 모습이 영화 속의 한 장면처럼 느껴졌다. 윤영은 그와 눈이 마주치자 심장이 콩콩 뛰었다.

'나, 쟤를 진짜 좋아하는구나.'

시간이 지나면 나아질 줄 알았는데 그러지 않았다. 심장은 날이 갈수록 지후에게 더 크게 반응했다.

"너, 도서관에 있었던 거야?"

사실은 도서관에 지후가 있을지도 모른다는 생각을 하고 있었다. 윤영이 이 시간에 자리가 없을 줄 알면서도 굳이 도서관에 온 이유는, 우연인 척 지후를 보고 싶어서였다.

"어, 시험 기간이니까."

지후가 무뚝뚝하게 대답했다.

"일찍 가네?"

"오래 앉아 있다고 공부가 더 잘되는 것도 아니니까. 내 자리 비었다. 거기서 해."

윤영은 지후의 제안에 기분이 좋아졌다.

'내 생각을 해 주는 걸까?'

하지만 지후가 짐을 챙겨 나온 것을 발견한 시점부터, 윤영은 공부할 생각이 싹 사라진 터였다.

"아냐, 나 졸려서 그냥 집에 갈 생각이었어. 너도 집에 가는 거지?"

"그렇긴 한데."

"같이 가자, 그럼."

"아, 집에 가게?"

나루의 목소리에, 윤영은 그제야 자신이 나루와 대화 중이었다는 것을 상기했다.

나루를 잊고 지후에게 살랑거렸다는 부끄러움에 얼굴이 붉어졌다.

'나, 방금 엄청 티가 났겠지?'

예기치 못한 지후의 등장에 윤영의 목소리도, 행동도 달라졌다. 나루와 대화할 때와는 미묘하게 다른 목소리였다. 같은 여자끼리는 남자 앞에서만 바뀌는 여우 같은 행동을 잘 간파한다. 나루에게 남자들이랑만 어울리지 말라는 말까지 했는데, 지금 자신이 그런 모습을 보였다.

창피하다.

"응, 가려고. 음, 너도…… 너도 집에 갈 거라고 했지? 같이 돌아갈래?"

나루와 함께 돌아가고 싶지 않았지만, 윤영은 부끄러움을 감추기 위해 물었다.

나루는 뭘 생각하는지 모를 맑은 눈동자로 윤영을 가만히 응시하다가 부드러운 미소를 지었다. 심장이 덜컥 내려앉을 만큼 애잔한 미소였다.

"아니, 난 좀 더 공부해야겠어. 조심히들 가."

나루는 열람실 문을 꽉 잡은 채로, 도서관 입구를 향해 고개를 돌렸다.

윤영과 지후가 나란히 나가는 뒷모습이 보였다.

윤영은 들뜬 듯이 지후 쪽으로 고개를 바짝 들고 무어라 이야기를 하고 있었다.

욱신—

윤영이 나루와 대화를 하다 말고 지후를 발견해 환하게 웃을 때부터, 명치 부근이 계속 아팠다.

심장이 박동할 때마다 명치의 통증도 강해졌다.

'많이 좋아하는구나. 내가 앞에 있는 걸 잊을 만큼.'

나루의 질투 유발을 위해 보라는 듯이 한 행동이 아니었다. 윤영은 뒤늦게 정신을 차리고 얼굴을 붉혔다. 자기가 무슨 행동을 하는지 자각도 못 했다는 의미다.

'어쩌지?'

윤영이 지후를 사랑한다. 내 소중했던 친구가 내 사랑하는 남자를 사랑하게 되었다.

'아, 이걸 어쩌지?'

혼란스러웠다.

'내 탓인가? 내가 지후를 사랑하지 않으려고 해서, 윤영이가 지후를 사랑하게 된 건가? 아니면 옛 시간에서도 지후를 사랑했는데, 나 때문에 마음을 감춘 거였나?'

답을 알 수 없었다.

아랫입술을 잘근잘근 깨물었다.

생각에 잠겨 맞은편에서 누군가가 열람실 문을 열려고 하는 것도 몰랐다.

획 당겨지는 바람에 몸이 앞으로 훅 딸려 갔다.

풀썩—

상대의 품에 안기다시피 하는 순간, 지후의 향기가 났다. 나루는 정신을 차리고 고개를 번쩍 들었다.

재경이 놀란 눈으로 나루를 내려다보고 있었다.

"아, 미안."

나루는 황급히 몸을 바로 했다.

"미안해, 재경아."

"뭘 그렇게까지 미안해 해."

재경이 옅게 웃으며 말했다. 오랜만에 보는 재경의 미소가 감개무량했다.

"문이 안 열려서 갇힌 줄 알고 깜짝 놀랐네."

재경이 말했다.

"아, 미안해. 잠깐 딴생각을 좀 하다가. 그럼 난 들어가 볼게."

재경을 지나쳐 들어가려는데 재경이 앞을 막아섰다.

나루가 왜 그러냐는 듯 재경을 올려다봤다.

재경은 가지런한 눈썹을 잔뜩 찌푸리고 나루를 보고 있었다. 재경의 선명하고 깨끗한 갈색 눈동자 안에 걱정이 담겼다.

"너, 입술에 피 난다."

"어?"

나루가 손등으로 입술을 닦으려는데, 재경이 나루의 손목을 잡았다.

"그렇게 닦지 마. 잠깐만 있어 봐."

재경이 백팩을 서둘러 앞으로 옮기더니, 안에서 티슈를 꺼냈다. 티슈를 통째로 줄 줄 알았는데, 재경은 한 장을 뽑아서 나루의 입술을 조심스럽게 닦아 냈다.

재경의 손길은 잘 깨지는 유리잔을 다루듯 섬세했다.

"다 됐다."

재경이 허리를 폈다. 그의 머리카락이 나루의 코끝을 스쳐 올라가며, 또다시 지후의 샴푸 향기를 흘려보냈다. 후각이 이렇게나 그리움을 자아내는 감각인 줄은 몰랐다.

'미안해, 재경아. 네가 내게 잘해 줘도 나는 지후만 생각해. 다른 생각을 할 수가 없어.'

미안함에 재경을 똑바로 볼 수가 없었다.

"무슨 일 있어?"

재경이 티슈를 주먹으로 구기며 물었다.

"아니, 왜?"

"표정이 어두워서. 입술에서 피도 나고."

"입술은 그냥 건조해서 갈라진 것 같은데."

나루의 변명에 재경이 피식 웃었다. 쓴웃음이었다.

"입술에 잇자국 나 있어, 너."

"아……."

이번에는 변명할 말이 떠오르지 않았다.

재경은 잠깐 머뭇거리다가 나루의 머리를 쓱쓱 쓰다듬었다.

옛 시간에서 소중한 친구였던 재경도, 가끔 나루의 머리를 이런 식으로 쓰다듬곤 했다.

─하지 마. 머리 망가져.

─안 망가져도 안 예뻐.

─너한테 예쁘게 보일 생각 없네요. 난 지후 눈에만 예쁘게 보이면 되거든.

─과연 그 민지후는 널 예쁘게 봐 줄까?

─안 예쁘다고 생각하려나? 역시?

─아하하하하. 역시는 무슨 역시야? 너, 예뻐.

재경이 머리를 쓰다듬을 때마다 비슷한 대화를 나눴다. 문득 궁금해졌다.

그렇게 쾌활하게 웃을 때에도, 너는 나를 좋아하고 있었니? 아니면 나에 대한 감정을 다 정리한 후였니?

"안 좋은 일 있으면 상담 정도는 해 줄 수 있어. 과 수석이라도 혼자서 해결할 수 없는 게 있는 법이잖아."

재경의 말에 정신을 차렸다.

"응, 고마워."

"그래. 그럼 난 가 볼게."

"응, 조심해서 가."

"공부 열심히 해, 과 수석."

재경이 도서관을 나가는 걸 확인한 후에야, 나루는 열람실로 들어왔다.

입술이 아릿했다.

*　　*　　*

교정에는 사람이 많지 않았다.

지후와 함께 걸어가는 내내, 윤영은 무슨 말을 해야 지후가 즐거워할지, 또 한편으로는 어떻게 해야 이 마음을 완전히 들키지 않을지 고민했다.

먼저 말이라도 걸어 주면 좋으련만, 굳게 닫힌 지후의 입술은 열릴 기미가 보이지 않았다.

"지후야, 너 시험 언제 끝나?"

간신히 질문 하나를 쥐어짜 냈다.

"다음 주 목요일."

"아, 정말? 나도 그날 끝나는데. 그날 뭐해?"

"본가에 가."

"부모님 댁에?"

"응."

만나자고 할까 봐 원천 봉쇄를 하는 것 같다는 기분이 들어, 윤영은 기분이 가라앉았다.

윤영이 질문을 하면 지후는 대답을 했다. 하지만 그뿐이었다.

윤영에 대한 질문은 돌아오지 않았고, 대화를 이어갈 만한 대답을 해 주지도 않았다.

지후는 온몸으로 '너랑 대화할 생각 없다.'는 오라를 풀풀 풍기고 있었다.

윤영은 들떴던 만큼 비참했다.

'지가 뭐가 그렇게 잘났다고.'

하지만 윤영의 그런 생각은 길지 않았다.

지후는 잘났다. 훤칠한 키도, 넓은 어깨도, 조각 같은 얼굴과 묵직한 성격도. 무엇 하나 빼놓을 것 없이 잘났다. 그래서 그가 하는 아주 작은 행동에도 가슴이 뛰었다.

"재경이도 같이 가는 거야? 같은 동네였다고 했지?"

"아마도."

"음, 그럼 언제 다시 학교로 와?"

"글쎄. 주말에는 오겠지."

"토요일? 일요일?"

"그건 왜?"

지후가 윤영을 돌아봤다.

"아니, 그게······."

윤영은 말을 멈추고 침을 꼴깍 삼켰다. 어쩌지. 어떡하지. 데이트 신청을 하려면 지금이 기회였다. 하지만 여자가 먼저 데이트 신청을 하는 건 자존심이 상한다.

지후가 데이트 신청을 해 오도록 유도하고 싶은데, 그 무슨 수를 써도 지후가 먼저 만나자고 말하는 일은 없을 것이다.

"나, 너랑."

마음을 굳힌 윤영은 지후와 똑바로 눈을 맞추고, 도발적으로 말했다.

"영화 보고 싶어, 둘이서."

지후의 대답이 돌아오기까지의 짧은 시간이, 영원처럼 길게 느껴졌다.

윤영은 주먹을 꽉 쥐고 그의 대답을 기다렸다. 이윽고 지후가 입을 열었다.

"그래, 알겠어."

"어?"

"알겠다고."

"뭐, 뭘?"

"영화 보자며? 알겠다고."

"알겠다는 건…… 나랑 영화를 보겠다는 거야, 아니면 영화 보자는 말을 잘 알겠다는 거야?"

지후가 피식 웃었다.

"주말에 같이 영화 보자고."

"아……."

제안을 하면서도 큰 기대는 하지 않았다.

지후가 나루와 재경을 제외한 모든 사람과 벽을 치고 있는 느낌을 받았었기 때문이다. 생각지도 못한 수락에, 윤영은 어떤 반응을 보여야 좋을지 알 수 없었다.

"요새 재미있는 영화가 있나?"

다행히 지후가 대화를 주도했다.

"어, 아…… 어, 어떤 장르 좋아하는데?"

윤영은 긴장해서 대화를 제대로 이어 가기가 힘들었다. 남자 앞에서 떨지 않는 여유로운 여자로 보이고 싶은데. 이래서야 좋아하는 마음이 다 들통나겠다.

"뭐든 상관없어. 네가 보고 싶은 걸로 봐."

"아, 그럼…… 음, 그러니까."

윤영은 사실 최근에 상영 중인 영화를 체크해 두지 않았다. 딱히 영화를 보고 싶었던 게 아니라 지후와 데이트를 하고 싶었을 뿐이다.

이렇게 대답을 못 하고 답답하게 구는 모습에, 지후가 약속을 취소할까 봐 마음이 다급해졌다.

"아, 난 원래 장르를 가리지는 않는데. 요새는…… 음, 글쎄. 뭘 보지?"

"천천히 생각해 봐. 다음 주까지는 시간이 있으니까."

지후가 다정하게 말했다.

"응, 알겠어. 그럼 내가 정해도 되는 거지?"

"응."

대화를 하며 걷다 보니 어느새 갈림길이었다.

헤어짐이 아쉬웠다.

"나는 이쪽으로 가야 돼."

윤영은 혹시나 데려다주지 않을까 싶은 마음에, 곧장 걸음을 옮기지 않고 머뭇거렸다.

"그래, 잘 가."

지후는 단호하다 싶을 정도로 인사를 하고 걸어갔다. 뒤도 돌아보지 않는 지후의 뒷모습이 윤영은 서운했다.

'그래도 다음 주에는 단둘이 영화를 볼 수 있어.'

윤영의 입가에 미소가 번졌다.

＊　　　＊　　　＊

시간은 빠르게 흘러가서, 시험도 거의 끝나가고 있었다.

이제 두 과목만 더 보면 된다.

'내일은 오랜만에 집에 가겠구나.'

옛 시간에서도 본가에는 잘 가지 않았지만, 이 정도는 아니었다. 적어도 2, 3주에 한 번씩은 본가에 가서 가족들과 시간을 보내곤 했다.

자식들의 독립적인 삶과 당신들의 자유를 주장하는 부모님은, 딸이 거의 2달 동안 연락이 없는데도 먼저 연락을 해 오지 않았다.

'무소식이 희소식.'이라는 게 엄마의 주장이었다.

옛 시간으로 돌아와 처음으로 가족들을 만나러 가는 거라, 긴장도 되고 설레기도 했다.

12년 젊어진 엄마와 아빠를, 고등학생인 남동생을 볼 수 있다.

강의실에 가방을 놔두고, 나루는 화장실로 향했다. 화장실 세면대 앞에 윤영과 선미가 있었다.

"안녕."

"어, 안녕. 공부 많이 했어?"

윤영이 거울을 통해 나루에게 물었다.

"응, 많이 했어."

사실 단 한 시간도 공부하지 않았지만, 나루는 적당히 대답했다.

"난 하나도 못 했는데, 부럽다. 역시 과 수석은 달라."

선미가 징징거렸다.

나루는 선미에게 웃어 주고는 화장실로 들어갔다.

달칵—

문 잠기는 소리가 들렸다.

윤영은 잠깐 망설이다가 선미에게 말했다.

"나, 이번 주 일요일에 지후랑 영화 보기로 했어."

단조롭지만 나루에게 들릴 정도로 큰 목소리였다.

"어, 진짜? 지후랑 단둘이?"

"응. 며칠 전에 지후랑 같이 집에 가는데, 지후가 영화 보자고 하더라."

"오, 웬열. 지후가 먼저 그랬다고?"

"응. 갑자기 그래서 좀 당황하긴 했는데."

거기까지 말하고 윤영은 입을 다물었다. 거짓말을 할 생각은 아니었다. 그런데 입술이 제멋대로 움직였다.

'난 왜 이런 거짓말을 하고 있는 거지?'

나루에게 지후와 단둘이 영화 보기로 했다는 걸 알리고 싶었다. 하지만 거짓말까지 하고 싶은 건 아니었다.

이런 거짓말은 쉽게 들통날 텐데.

"와, 이러다가 사귀는 거 아냐? 지후가 너한테 관심 있나 보다."

선미는 윤영이 원하는 반응을 보여 줬다.

"에이, 관심은 무슨. 그냥 친구끼리 영화 보자는 거지, 뭐."

"아니지. 관심도 없는데 단둘이 영화를 보자고 하겠어? 지후 걔는 재경이랑만 붙어 다니잖아. 그런데 너한테 일부러 둘이 영화 보자는 건, 관심 있다는 거지."

"그런 거 아냐."

"아니긴. 잘됐다. 이러다가 우리 과 3호 커플 되는 거 아냐?"

과에는 이미 사귀는 중인 커플이 둘이나 있었다.

"그런 거 아니라니까."

"왜? 넌 지후 마음에 안 들어? 지후, 키도 크고 멋있잖아."

"아니, 그냥 과 동기니까. 그런 쪽으로는 생각해 본 적이 없어서."

"그럼 이제부터 생각해 보면 되겠네. 와, 잘됐다."

"잘되긴, 무슨."

윤영은 싫은 척 대꾸하며 귀를 기울였다. 나루가 들어간 화장실 칸에서는 아무 소리도 들려오지 않았다. 이쪽의 대화에 집중하고 있는 게 분명했다.

승리감이 윤영의 가슴을 채웠다.

"엄청 잘된 거지. 지후도 무뚝뚝해서 그렇지, 은근히 인기 많잖아. 그런 애가 먼저 영화 보자고 했는데, 말 다했지, 뭐."

"아냐. 지후가 들으면 부담스러워하겠다. 그러지 마."

"그러지 말긴. 오히려 지후는 소문내 줬으면 하고 있을지도 몰라."

목적은 달성했다.

윤영은 자기보다 더 들뜬 것 같은 선미와 함께 화장실에서 나갔다.

화장실이 조용해진 후에야, 나루는 화장실 칸 문을 열고 밖으로 나왔다. 안에서 들은 이야기들을 믿기가 힘들었다.

'지후가 먼저 영화를 보자고 했다고?'

명치가 욱신욱신 아팠다.

내 친구가 내 남자를 사랑한다. 거기까지는 어떻게든 견딜 수 있었다. 하지만 내 남자가 내 친구에게 호감을 보인다. 그건 힘들었다.

'물론 지후가 내 건 아니지만, 그래도……'

기분이 이상했다.

옛 시간에서는 나를 사랑하게 되었던 남자가, 내게 먼저 고백을 해 왔던 남자가 지금은 내게 전혀 관심이 없다. 게다가 내 친구에게 호감을 표시하기까지 한다.

이럴 땐 어떻게 행동해야 하는 걸까?

* * *

"글쎄다. 나라고 알겠냐?"

명진이 말했다.

"기분이 정말 이상해. 지후가 윤영이한테 호감을 보이다니. 물론…… 지후가 지금 날 좋아하지 않는다는 건 알아. 그래도, 그런 거 있잖아. 옛 시간에서도, 어쩌면 지후가 윤영이한테 조금 쯤은 관심이 있었던 거 아닐까, 하는 그런 생각이 들어."

오늘로 시험은 끝났다.

나루는 시험이 끝나자마자 어딘가로 향하는 명진을 붙들어, 커피숍에 끌고 온 터였다.

"그렇지는 않겠지. 설마 걔가 널 두고 다른 여자를 마음에 품 었겠냐?"

"하지만 사람 마음은 자기 자신조차도 어떻게 할 수 있는 게 아니잖아."

"믿어, 그냥. 지금은 뭐, 너랑 사귀는 것도 아니니까 그럴 수 있지만. 너의 옛 시간에서는 너랑 사귀고 있었잖아. 걔 마음을 의심하면 안 되지."

"그래, 그렇겠지. 하지만 그래도…… 이상해, 정말."

나루는 눈썹을 일그러뜨리고 테이블 위의 아메리카노를 노려봤다. 그렇게 하면 아메리카노가 답이라도 줄 것 같다는 듯이.

'지후는 나루를 좋아하는 것 같았는데.'

명진은 지후의 태도를 이해할 수가 없었다. 동아리방에서 봤던 지후는 나루에게 푹 빠져 있었다. 그렇게밖에 설명할 수가 없었다.

그뿐이 아니다. 수업 중에 간혹 지후 쪽을 보면, 지후는 언제나 나루를 보고 있었다.

나루가 지후를 보는 시간보다, 지후가 나루를 보는 시간이 더 많았다. 눈을 뗄 수 없다는 듯 나루를 응시하던 지후는, 불현듯 정신을 차리고 다시 고개를 돌리곤 했다. 저렇게 좋으면 재경이고 뭐고 그냥 고백을 해 버리지, 라고 생각한 적이 몇 번이나 있었다.

그런데 이제 와서 윤영에게 데이트 신청을 하다니.

"김윤영이 거짓말한 거 아냐?"

"어?"

"걔, 지후한테 관심 있잖아. 그래서 거짓말한 거 아니냐고."

"하지만 왜 그런 거짓말을 하겠어?"

"네가 화장실에 있고, 널 라이벌로 생각하니까."

"그렇다고 그런 들통날 거짓말을 한다고?"

"영화를 보러 가기로 한 건 진짜일지도 모르지. 하지만 김윤영이 먼저 민지후한테 영화 보러 가자고 했을지도 모르잖아. 어쩌면 단둘이 아니라 여러 명이서 갈 수도 있는 거고."

"설마."

"그래, 말하고 보니 진짜 이거 같네. 네가 화장실에 들어오니까 말을 한 것도 수상하잖아. 너 들으라고 한 말이지, 뭐."

나루는 눈을 가늘게 뜨고 명진을 응시했다.

"왜 그렇게 봐?"

"너, 여자 마음 되게 잘 안다?"

"어, 누나가 3명이거든."

"3명이나?"

"거기에 여동생도 한 명 있지."

"우와. 어머님 대단하시다."

"대단하지. 아무튼 그래서 어쩔 건데?"

나루는 아랫입술을 잘근 깨물었다.

"어쩌야 할지 모르겠어. 윤영이가 지후를 많이 좋아해. 그럼 난 윤영이를 위해 지후를 포기해야 하는 걸까?"

"야, 야."

"소중한 친구였어. 고민이 있다고 하면 그게 몇 시가 됐든 달려와 주고, 얘기를 들어주고, 위로해 주고."

"하지만 지금은 아니잖아."

"지금은, 아니지. 그래도…… 윤영이랑 지후가 사랑을 하게 되고, 내가 윤영이랑 친해지면 되지 않을까? 그러면 두 사람 곁에 있으면서 지후에게 위험이 닥치는 순간을 파악할 수 있잖아. 만약 날 사랑해서 지후가 죽게 되는 거라면, 날 사랑하지 않을 테니 더 잘된 거고."

"안 그래."

명진이 단호하게 말했다.

"가설이 너무 많으면 산으로 가게 되어 있어. 가설을 좁힐 필요가 있어. 민지후가 연나루를 사랑하면 죽는다, 라는 가설은 버려."

"하지만."

"말했잖아. 만약 그게 아닐 경우, 너무 많은 변수가 생기게 돼. 그러니까 버려."

"알겠어, 버릴게."

"이제 하나만 생각하자. 네가 과거로 돌아왔다는 이 말도 안 되는 상황에서, 사실만 보는 거야."

"사실?"

"민지후는 32살에 연나루를 구하고 죽는다. 이게 유일한 사실이야. 지후가 사랑하는 이를 구하다 죽는다느니, 연나루를 사랑하게 되어서 죽는다느니, 그런 추측들은 할 필요도 없어."

나루의 비밀을 알게 된 후, 명진은 항상 이 부분을 고민해 왔다.

"나에 대한 것도 마찬가지야. 윤명진은 21살에 사고로 죽는다. 이게 사실인 거야."

"응."

"그렇다면 나는 21살, 내가 죽었던 그날에 오토바이를 타고 나갈 거야."

"뭐?"

"만약 오토바이를 타지 않고 있다가 다른 사고 때문에 죽을 수도 있잖아."

"하지만 위험해. 오토바이 사고였어. 어느 쪽이 잘못했던 건지도 기억 안 나, 나는. 자세하게 못 들었단 말이야."

"충분히 주의를 할 거야. 어떤 상황에서든 대처할 수 있도록."

"그게 네 마음대로 되니?"

"될 거라고 봐. 그렇게 조심을 했는데도 내가 죽으면."

명진이 말을 멈추고 나루와 눈을 맞췄다.

"그땐 다른 가설을 세워 봐. 뭐, 내가 죽는다고 꼭 민지후도 죽는다는 법은 없겠지만."

"명진아……."

"그렇게 보지 마. 아직 벌어진 일도 아니고, 네 덕분에 살 기회를 얻어서 다행이라고 생각하고 있으니까."

*   *   *

명진과 헤어져 집으로 돌아가며, 나눴던 이야기를 정리했다.

명진은 연구를 완성시켜야 한다고 했다.

―모든 걸 네가 살아온 대로 진행시켜. 변수가 많아지면 그만큼 대처도 힘들어져. 만약 연구를 완성시키지 않더라도, 지후가 널 구하려다가 죽는 상황이 온다고 생각해 봐. 어떤 이유로 널 구하게 될지 추측조차 할 수 없어지잖아.

옳은 말이었다.

모든 것을 원래대로. 변수가 생기지 않도록. 나루가 겪었던 미래를 향해 한 걸음, 한 걸음 나아가야 했다.

'그동안 했던 걸 한 번 더 해야 하는 거네. 슬슬 과외도 구해야겠구나.'

옛 시간에서는 과외를 여러 개 했었다. 그렇게 모은 돈으로 졸업을 하자마자 전세를 얻었다. 18평짜리 빌라에 지후의 물건이 하나, 둘 채워지게 되는 데는 오랜 시간이 걸리지 않았다.

자취하는 빌라에 도착해 계단을 올라가는데, 누군가 내려오는 소리가 들렸다. 고개를 숙이고 계단을 보며 무심히 올라가다가, 내려오던 인물의 신발을 보았다.

구겨 신은 운동화.

지후였다.

나루는 고개를 들었다.

지후와 눈이 마주쳤다.

"이렇게 보니까 엄청 크다, 너."

안 그래도 눈높이의 차이가 큰데, 계단 아래에서 올려다보는 지후는 더 컸다.

"그런가?"

지후가 나루를 피해 세 계단 아래로 내려가서 돌아섰다.

"이러면?"

"비슷하네."

지후가 후, 하고 웃었다. 나루가 물었다.

"시험은 잘 봤어?"

"그럭저럭. 너는?"

"나도 그럭저럭. 본가에는 언제 가?"

"지금."

"재경이는 같이 안 가?"

"재경이는 시험이 내일 끝난대."

"아, 그렇구나."

대화가 끊겼다. 하지만 나루는 이 침묵이 무겁지 않았다.

나루에게 있어서 지후는 말없이 몇 시간을 함께 있어도 좋은 사람이니까. 그저 지금은 대화가 끊기면 헤어져야 하는 사이가 되었기에, 그것이 아쉬울 뿐이었다.

이제 그만 가 보겠다고 해야 할까 고민하는데, 지후가 입을 열었다.

"너는 본가에 안 가?"

"응, 준비하고 가야지."

"조심해서 다녀와."

"응, 너도."

"그래, 그럼."

지후가 돌아섰다.

"지후야."

저도 모르게 그를 불렀다.

"어?"

지후가 고개를 돌려 나루를 응시했다.

손만 뻗으면 그의 얼굴을 만질 수 있는데, 그럴 수 없어서 나루는 속상했다.

"주말에 뭐해?"

알고 있으면서도 물었다.

"선약이 있어."

"누구랑?"

"그걸 말해 줘야 하나?"

차가운 대답이 돌아왔다.

나루는 지그시 주먹을 쥐었다.

"말해 줬으면 좋겠어."

지후가 어이없다는 표정을 지었다.

"왜?"

"왜냐하면."

나루는 크게 심호흡을 했다. 이 남자를 사랑하고 있다. 그리고 이 남자 역시 나를 사랑하게 만들어야 한다. 그래야 12년 후,

그에게 닥칠 죽음에서 그를 구할 수 있으니까.

그렇다면 이제 망설일 이유도, 시간도 없었다. 이 관계가 더 틀어지기 전에 바로잡아야만 한다.

나루는 지후와 똑바로 눈을 맞추고 말했다.

"내가 너랑 데이트를 하고 싶으니까."

지후의 눈이 커졌다가 가늘어지고, 그의 미간에 깊은 주름이 새겨졌다.

지후는 한동안 대답 없이 나루를 응시했다. 이윽고 입을 연 지후의 목소리는 낮게 가라앉아 있었다.

"데이트를 하고 싶다고?"

이 목소리를, 나루는 기억하고 있다.

지후는 기분이 나쁠 때 이런 목소리를 냈다.

"응, 데이트를 하고 싶어."

"나랑?"

"응, 너랑."

지후가 한쪽 입술 끝을 비틀어 올렸다.

"너, 내가 누군지 모르냐?"

냉랭한 음성이었다. 하지만 이 정도는 예상하고 있었다.

"알아. 민지후잖아."

"아니, 그 전에. 나는 재경이 친구야."

"재경이 친구이기 이전에, 넌 민지후잖아. 네가 날 때부터 재경이 친구였니?"

"하. 그런 뜻이 아니라."

지후가 한 손으로 머리를 쓸어 넘겼다. 나루가 성가시다는 듯한 행동이었다.

"내 친구가 좋아하는 여자랑 데이트를 할 리가 없잖아."

"못 할 건 없잖아. 내가 재경이랑 사귀는 것도 아니고."

지후의 표정이 더 굳어졌다.

"관둬라. 나랑 재경이 사이에 끼어들어서 이간질시키지 마."

"너를 좋아해."

"……."

"나는 재경이가 아니라 네가 좋아. 처음 봤을 때부터, 네가 좋았어. 너랑 데이트하고 싶어."

"떼쓰지 마."

"이게 떼쓰는 걸로 보이니?"

"그래. 나는 너 싫어."

아, 이건 좀 아프다.

나루는 아랫입술을 깨물었다.

"재경이 문제가 아니더라도, 난 너한테 관심 없어. 이런 식으로 데이트하자고 밀어붙이는 거, 불편하다. 그리고."

지후가 잠시 말을 멈췄다가 덧붙였다.

"입술 그만 깨물어. 피 나겠다."

울컥 화가 났다.

"싫다면서 걱정은 왜 해 줘? 피가 나든 말든 신경 꺼!"

"아, 그래? 그럼 신경 끄지."

지후가 미련 없이 돌아섰다.

"야, 민지후!"

"왜?"

지후는 짜증스럽게 대답하면서도 뒤를 돌아봤다.

아, 이 남자는 이런 순간에도 사랑스럽다.

짜증이 나면 그냥 가 버릴 것이지, 왜 대답은 하고 야단이람.

"너, 이상형이 뭐야?"

나루의 질문을 예상하지 못했는지, 지후가 기가 막힌다는 표정을 지었다.

"뭐?"

"어떤 스타일의 여자를 좋아하냐고."

"그건 또 왜?"

"그런 여자가 되게."

순간, 지후의 얼굴에 미소가 떠올랐다가 사라진 듯한 느낌을 받았다.

착각일 것이다. 이렇게 억지를 부리는 여자 앞에서, 지후가 웃을 리 없으니까.

"떼쓰지 않고, 잠자면서 침 흘리지 않고, 아랫입술 깨물지 않는 여자."

"난 잠자면서 침 안 흘리거든!"

"글쎄. 네 얘기를 한 건 아닌데."

나루는 아랫입술을 깨물려다가 그만뒀다.

"떼쓰지 않고, 잠자면서 침 안 흘리고, 아랫입술 안 깨무는 여자가 될 거야. 그때가 되면 나한테 반하도록 해."

"명령이냐?"

"부탁이야."

"명령조인데?"

"부탁조라고."

지후가 돌아섰다.

"너한테 반할 일 없어. 재경이 좋은 녀석이야. 네가 그런 여자가 되려고 노력하지 않아도, 재경이는 너만 사랑해 줄 거야."

"나는 지금 너랑 내 얘기를 하고 있는 거야. 우리 사이에 재경이를 끼워 넣지 마."

"우리는 없어. 나한테 있는 건 재경이뿐이야."

"아, 그러서? 그럼 계속 그렇게 재경이로 방패를 삼아 봐. 내가 그 방패, 뚫어 줄 테니까."

"그러시든가."

나루가 휙 돌아서서 탁탁탁 올라가는 소리가 들렸다.

쾅—!

비상구 문이 닫히는 소리도 들린 후에야, 지후는 벽에 기대어 눈을 감았다. 아까부터 입가에 맺혀 있던 미소가 사라지지 않았다.

지후는 손등으로 입가를 가리며 중얼거렸다.

"아, 이러면 안 되는데."

*   *   *

집에 들어온 나루는 침대에 엎드렸다.

"으아아아아!"

내가 무슨 짓을 한 걸까.

"난 바보야."

그런 식으로 밀어붙이면 없던 정도 떨어질 것이다.

'아, 그러려던 게 아닌데.'

나루는 결심을 하면 밀어붙이는 성격이었다. 그게 이런 순간
에 드러날 줄은 몰랐다.

'싫다는데 억지로 고백하는 것만큼 정 떨어지는 일도 없는데.
지후는 날 더 싫어하게 됐겠지.'

시간을 돌릴 수 있다면 10분 전으로 돌리고 싶었다. 그러면
우아하고 어른스럽게, 32살의 사랑 방법을 보여 줬을 텐데.

'아니, 우아하고 어른스럽지 않았을 거야.'

사랑에 빠진 사람은 다 똑같다.

나루와 지후는 32살에도 10대처럼 유치하고 즐겁게 사랑을
했다. 알콩달콩 나누는 바보 같은 장난으로 시간 가는 줄을 몰
랐었다.

'게다가 난 짝사랑을 해 본 적도 없다고.'

지후가 첫 남자 친구는 아니었다. 중학교 때, 고등학교 때, 몇 번인가 남자친구를 사귄 적이 있었다.

전부 고백을 받아서 사귀었지, 나루가 먼저 좋아한 적은 없었다. 그래서 어떤 순간에, 어떤 방식으로 고백을 해야 하는지, 어떻게 다가가서 마음을 얻어야 하는지 알 수 없었다.

'이런 걸 전문으로 가르쳐 주는 학교가 있으면 좋을 텐데.'

나루는 옆에 놓여 있던 토끼 인형을 집어 들었다.

"그래도 민지후. 넌 나한테 푹 빠지게 될 거야."

옛 시간, 지후가 보여 줬던 사랑에 확신을 가지기로 했다.

―나, 원래 다른 대학도 붙어서 우리 대학이랑 놔두고 되게 고민했었거든. 만약 다른 대학 들어갔었으면 너랑 지금 이러고 있지도 못했겠지.

지후의 품에 안겨, 그런 이야기를 했던 기억이 났다.

그때, 지후는 단호하게 말했다.

―아니. 나는 사람의 인연이 있다고 믿어. 대학에서 못 만났더라도 다른 방법으로, 분명히 만났을 거야. 그리고 사랑에 빠졌겠지.

그런 사랑이었다.

나를 위해 망설이지 않고 목숨까지 던진, 그런 사랑.

그러니까 믿어야 한다.

그와 나의 인연을.

그와 나 사이에 존재하는 분홍빛 반짝이는 끈을, 의심해서는 안 된다.

*　　　*　　　*

오랜만에 본가에 왔다. 기억보다 훨씬 젊은 부모님의 모습에, 괜스레 눈물이 나왔다. 울면 이상하게 보일 테니까 코를 훌쩍거리며 눈물을 삼켰다.

"엄마, 아빠. 보고 싶었어요."

"뭐니, 징그럽게."

엄마는 예전이나 지금이나 변함없이 시크했다.

"나도 우리 딸 보고 싶었지."

아빠는 늘 그렇듯 다정했다.

"아, 용돈을 주는 건 이번 달까지다. 얼른 알바 구해."

물론 돈에 있어서는 아주 냉정했다.

"안 그래도 과외 구하려는 중이었어."

젊어진 부모님을 봤다는 감동의 눈물이 쏙 들어갔다.

가족은 옛 시간에서든, 이 시간에서든 똑같은 감정을 자아낸다.

엄마와 아빠 사이에 있으니, 이제야 오롯이 내 시간이라는 느낌이 들었다. 이 시간으로 돌아오게 된 후, 가장 편안했다.

어색할까 봐 걱정했는데 기우였다.

"미루는?"

엄마를 도와 저녁을 차리며 물었다.

"학원 갔지, 뭐. 공부도 안 하면서 학원에는 뭐 그리 돈을 쏟아붓는지. 쯧."

엄마가 혀를 찼다.

학원을 다니는 연미루라니.

번듯한 직장에 들어가,

"월요일 없는 세상에서 살고 싶어! 여긴 지옥이야!"

라는 말을 하던 옛 시간의 미루가 떠올라 웃음이 나왔다.

'그래, 내 동생도 고교생이었을 때가 있었지. 그때는 아저씨 같았는데.'

"그런데 네가 웬일이니? 밥 차리는 걸 다 돕고."

엄마가 놀랍다는 듯 물었다.

"그냥, 엄마 힘들 것 같아서."

"전에는 안 힘들 것 같았고?"

"에이, 또 뭘 그렇게 까칠하게 반응하신담. 그냥 철없던 딸이 대학 들어가니 철 좀 들었나 보다, 그렇게 생각해 줘요."

"사람이 갑자기 변하면 무서워. 하던 대로 해."

"이제 쭉 이렇게 할 거야."

가족들에게 다정한 딸은 아니었다. 못하는 것도 아니지만, 잘하지도 않았다. 옛 시간에서는 늘 바쁘다는 핑계로 부모님과 함께 여행 한 번 가 본 적이 없었다.

30살이 넘어갈 무렵, 생각했었다.

이 연구만 끝내면, 지후랑 결혼하기 전에 엄마 아빠 모시고 해외여행 다녀와야지.

31살이 되었을 때, 엄마는 관절이 안 좋아져 수술을 했다. 장기간 여행을 다니기 힘들어진 것이다.

사람은 늘 후회를 한다.

가장 많이 하는 후회가 '살아 계실 때 잘할걸.'이라는, 부모님에 대한 후회다.

부모님이 내게 해 주는 것들은 당연하지만, 내가 부모님에게 해 드리는 것은 시간이 나야 하고, 돈이 있어야 하고, 피곤하지 않아야 하고.

그렇게 이유를 붙여, 미루고 미루다가 후회를 하게 되는 것이다. 이 시간으로 돌아오지 않았더라면, 나루도 같은 후회를 했을 것이다.

부모님 모시고 여행 한 번 가 본 적 없는데, 이럴 줄 알았더라면 일찍 모시고 어디 좀 다녀올 걸, 이라고. 그런 후회들이 가슴을 새까맣게 물들였으리라.

있을 때 잘하라는 말은 진리였다.

내일 무슨 일이 생길지 모르니까, 지금 이 순간에 충실해야만 한다는 것을, 시간을 거슬러 돌아온 후에야 깨닫게 되었다.

나의 가족들도, 연인도, 친구들도, 있을 때는 그 소중함을 몰랐다.

"어, 누나? 어쩐 일이야, 집엘 다 오고?"

학원에서 돌아온 미루가 나루를 보고 놀란 듯 물었다. 옛 시간에서와 달리 한참 어려진 미루의 모습에 웃음이 나왔다.

"뭐야? 왜 그렇게 웃어, 징그럽게."

미루가 질색을 하며 뒤로 물러섰다.

"그냥 오랜만에 보니까 좋아서."

"좋으면 집에 좀 자주 오든가. 자취 시작했다고 집에 너무 무심한 거 아냐?"

"그러게. 이제 좀 자주 와야겠어. 너는 공부 잘되고?"

"그냥 그렇지. 난 누나처럼 머리가 좋지 않아서."

"그래도 넌 성공할 거야."

옛 시간에서 미루는 운이 좋은 편이었다.

수능 성적이 좋은 것도 아닌데 마침 정원 미달이었던 수도권 대학에 들어갔다. 대학 성적도 관리를 못 했는데, 면접을 잘 본 건지 대기업에 입사했다.

─난 운을 타고 났어.

그게 미루의 입버릇이었다. 물론 매일 회사 가기 싫다고 징징

거리기는 했지만.

"누나가 어쩐 일이래? 식사 준비를 다 돕고."

미루가 수저를 놓으며 신기해했다.

"내가 그렇게까지 집안일을 안 했었나?"

"엄청 안 했지. 손가락 하나 까딱 안 했잖아. 철딱서니 없어가지고. 이제 대학 들어가서 철 좀 들었나?"

3살 어린 미루는 틈만 나면 오빠 행세를 하려고 했다.

"누나한테 까분다, 아주. 엄마, 얘 말하는 것 좀 봐."

엄마한테 일렀더니,

"맞는 말 했네, 뭐."

라는 대답이 돌아왔다.

나루는 입술을 비쭉거리며 식사 준비를 끝내고 아빠를 불렀다. 네 가족이 모여 식사를 하는 건, 옛 시간에서도, 이 시간에서도 오랜만이었다.

식사를 끝내고 설거지까지 도운 후, 방으로 들어왔다. 기억 속에 있는 방의 배치를 둘러보니 그리움이 사무쳤다.

유치원을 다닐 무렵부터 이 방에서 생활했다. 공부도 하고 책도 읽고 엄마 몰래 가지고 온 화장품으로 화장도 해 보고.

앞으로 5년 후, 미루까지 대학에 보낸 부모님은 이 집을 팔고 다른 곳으로 이사를 하게 된다.

그때는 오랫동안 살아온 집이 다른 사람에게 팔린다는 데에 대한 감흥이 없었다.

그저 '그 집, 오래되긴 했지.'라는 생각만 했었던 것 같다. 오히려 시간을 돌아온 지금, 이 집과 이별하게 되는 것이 아쉽다.

똑똑―

노크 소리가 들렸다.

"누나. 들어간다."

미루는 늘 그랬듯 대답도 듣지 않고 안으로 들어왔다.

"노크를 했으면 대답 좀 듣고 들어와."

"가족끼리 뭘 그렇게까지 따져. 노크했으면 된 거지. 까탈스럽긴."

미루가 투덜거리며 침대 끝에 걸쳐 앉았다.

"왜? 공부하는 데 무슨 고민 있어?"

"아, 그놈의 공부 타령 좀 그만하시고."

"그럼 고등학생이랑 공부 말고 무슨 얘기를 할까?"

"누가 범생이 아니랄까 봐. 누나, 학교에서 인기 없지? 따돌림 당하고 그러지 않아?"

"알다시피 나는 인기가 많네요."

거짓말을 했다. 물론 옛 시간에서 나루는 인기가 많았다. 중, 고등학교 친구들은 물론, 대학 친구들 사이에서도 늘 예쁨을 받았다.

"이런 성격에 인기 많은 거 보면 신기하다니까. 밖에서는 엄청 가식 떠는 거 아냐?"

"원래 인간은 어느 정도 가식을 부릴 줄 알아야 돼. 그게 사회

생활이란다, 동생아."

"됐고. 누나, 무슨 일 있는 거 아니지?"

"응? 갑자기 왜?"

"그냥 좀."

미루가 나루를 빤히 응시했다. 나루와 닮은 고양이 같은 눈이 진지했다.

"평소랑 다른 것 같아서."

"달라? 내가? 왜? 집안일 한 것 때문에?"

"아니, 그것도 놀랄 노 자이기는 한데. 그런 게 아니라 분위기가 좀 그러네."

역시 가족은 날카롭구나.

단 몇 시간 같이 있었을 뿐인데 간파당했다.

동생도 이렇다면 부모님도 나루의 변화를 눈치챘을 가능성이 높았다.

"엄마도 좀 걱정하는 눈치던데."

아니나 다를까. 미루가 덧붙였다.

"그래?"

"응. 대학 들어가서 벌써 실연당하고 그런 건 아니지?"

"야, 그런 거 아니거든."

'내 동생, 진짜 날카롭구나.'

실연은 아니지만, 그 비슷한 상황이다.

나루는 생각지도 못한 동생의 날카로움에 당황했다.

"뭐, 별일 아니면 됐어. 집에 좀 자주 오고."

"그래."

미루가 일어났다.

"미루야."

방문을 여는 미루를 불렀다.

미루가 돌아봤다.

"고마워, 걱정해 줘서."

나루의 말에 미루가 오만상을 찌푸리고 몸을 부르르 떨었다.

"뭐야, 징그럽게."

저 성격은 옛 시간에서나 지금이나 그대로다.

*　　*　　*

시험이 끝난 목요일부터 토요일까지는 본가에서 보내다가 토요일 저녁에 자취방으로 돌아갈 계획을 세웠다.

금요일에는 중학교, 고등학교 때 친구들을 만났다. 옛 시간에서는 시간이 흐르며 관계가 소원해진 친구들도 섞여 있어서 감회가 새로웠다.

친구들을 만나서 밥을 먹고 떠들다 보니 하루가 훌쩍 지나갔다. 가족들과 저녁을 먹고 TV를 조금 보다가 방으로 들어왔다.

하루 종일 추억 여행을 한 기분이었다. 좋은 시간을 보냈는데 울적했다.

'지후 목소리 듣고 싶다.'

어제도 봤는데, 대화도 나눴는데, 며칠이나 못 본 것처럼 그가 그리웠다. 나의 추억 여행을 그도 함께했더라면 좋았을 거라는 미련을 떨치기가 힘들었다.

'전화, 해 볼까?'

나루는 휴대폰을 꺼내 지후의 번호를 불러왔다.

지후에게 '난 널 좋아해. 너도 날 좋아하도록 만들 거야.'라고 선포를 해 뒀으니, 전화를 한다고 이상하게 생각하지는 않을 것이다.

하지만 그가 전화를 받지 않는다면, 지금보다 더 기분이 가라앉을 것 같았다.

'어쩌지?'

옛 시간에서는 아무렇지도 않게 1번 버튼을 꾹 누르면, 그에게 통화가 연결되었다. 지금 전화해도 괜찮을지, 아닐지 걱정하지 않고 전화했던 그 나날이 꿈인 듯 희미했다.

나루는 휴대폰 액정에 뜬 지후의 번호를 한참 노려보다가 통화 버튼을 꾹 눌렀다.

뚜르르—

울리는 신호음에 심장이 두근거렸다.

지후가 내 전화를 받아 줄까? 긴장해서 손에 힘이 들어갔다. 받지 않으려나 보다 싶을 정도로 오랫동안 신호음이 울린 후.

[네.]

지후의 목소리가 들려왔다.

낮고 부드러운 음성을 듣자 괜히 눈가가 시큰거렸다.

"나야, 나루."

[알아. 번호 저장해 놨으니까. 무슨 일이야?]

"그냥, 목소리 듣고 싶어서."

[하아.]

지후가 깊은 한숨을 내쉬었다.

나루가 들으라고 일부러 더 크게 내쉬는 것 같아서 가슴이 따끔거렸다.

"뭐 하고 있었어?"

애써 명랑한 목소리로 물었다.

[이런 전화, 불편하다.]

그러나 차가운 대답이 돌아왔다.

나루는 휴대폰을 꽉 움켜쥐었다. 예상한 반응이기는 해도 직접 겪으면 아프다.

'그거 알아, 지후야? 너랑 나는 언제 어느 때든 전화를 해도, 무슨 일이냐고 묻지 않는, 그런 사이였었어. 가족보다도 더 편하게 전화를 걸 수 있는, 그런 사이였었어.'

이 시간의 민지후는 옛 시간의 민지후가 아니다.

지후에게 나는 연인이 아닌, 친구가 좋아하는 여자일 뿐. 그냥 아는 관계여도 그의 마음을 얻기 힘들 텐데, 친구가 짝사랑하는 여자의 위치에 있다니.

최악의 상황이었다.

그 최악의 상황에서, 지후와의 관계를 새롭게 시작해야만 했다.

[이런 식으로 전화하는 건 그만둬.]

나루가 한동안 대답이 없자, 지후가 다시 한 번 말했다.

"이런 전화 불편하면, 그냥 받지 않으면 되잖아."

[어떻게 그래?]

"어떻게 그러긴. 귀찮은 여자 떼어 내는 셈치고 연락 안 받으면 되지. 수신 거부를 해도 되고."

[같은 과잖아. 실험할 때는 같은 조이기도 하고. 학교 일로 연락하는 걸지도 모르니까.]

"넌 너무 다정해."

[여기서 왜 그 말이 나오는지 모르겠네. 난 너한테 다정하게 군 적 없어.]

"지금 그러고 있잖아. 내가 싫으면 그냥 딱 끊어내. 이렇게 내가 착각하게 만들지 말고."

[하아. 대체 내 어느 부분이 널 착각하게 만든다는 건지 모르겠다.]

"지금 이거. 불편하다면서도 내 칭얼거림을 받아 주는, 이거."

[하아.]

"한숨 좀 그만 쉬어. 한숨 한 번에, 수명이 1초씩 줄어든대."

[네가 그런 비과학적인 이야기를 할 줄은 몰랐네.]

"나도 이런 비과학적인 이야기를 할 줄 알아. 나는 네가 모르는 모습들이 아주 많이 있고, 그걸 너한테 하나씩 보여 주고 싶어."

[아니, 별로 보고 싶지 않은데.]

"노래 듣고 싶어. 노래 불러 줘, 지후야."

옛 시간에서는 통화를 하다가 이렇게 느닷없이 요청을 하곤 했다. 그러면 지후는 작게 웃으며 노래를 불러 줬다. 부드럽게 흘러가는 나직한 음색은 언제나 아름다웠다.

[하하하하.]

지후가 웃음을 터뜨렸다. 억지웃음이 아니라 저도 모르게 터져 나온 웃음소리였다.

"왜 웃어?"

[황당해서. 내가 너한테 왜 노래를 불러 줘야 하는데?]

"나는 생떼를 부릴 줄 아는 여자거든."

[아, 그래? 그거 참 매력 없네.]

"그럼 앞으로 생떼는 안 부릴게."

[하아.]

지후가 또 한숨을 내쉬었다.

[다시 한 번 말하지만 이런 전화 불편해. 앞으로는 전화하지 마. 끊는다.]

뚝—

나루가 대답할 새도 없이 전화가 끊겼다.

옛 시간에서 지후와 통화를 할 때면, 언제나 나루가 먼저 전화를 끊었다. 네가 먼저 끊어, 아냐, 네가 먼저 끊어…… 그런 이야기를 하다가 결국 나루가 먼저 끊곤 했다.

지후가 먼저 전화를 끊어서 이어지는 적막은 생소하고 씁쓸했다.

*　　*　　*

끊긴 휴대폰을 내려다보며, 지후는 작게 한숨을 쉬었다. 전화를 끊는 순간부터 미간에 자리 잡은 주름이 사라지지 않았다.

"지후, 뭐해?"

본가에 돌아온 김에 만난 고등학교 동창이 담배를 피우러 나와, 지후에게 물었다.

"아니, 그냥."

"누구 전화기에 밖에 나와서 받아? 여친이야?"

"아냐, 그런 거."

"아니긴. 표정 보니까 여친이랑 싸운 표정인데."

"정말 아냐, 그런 거."

동창이 담배를 꺼내 지후에게 내밀었다.

지후는 잠시 망설이다가 한 개비를 뽑아 입에 물었다.

"나야 고딩 때부터 피웠다고 쳐도, 너 담배 피우는 건 못 봤었는데. 언제부터 피우기 시작한 거?"

"대학 입학하고 나서부터."

"대학도 좋은 데 들어간 놈이, 무슨 고민이 있으셔서."

동창의 말에 지후가 피식 웃었다.

"담배가 꼭 고민이 있어야 피우냐."

"그래서 네 여친은? 예뻐?"

"여친 아니라니까 그러네."

"아직 아닌 건가? 간만 보는 중?"

"그런 것도 아냐."

"뭐가 아냐, 솔직히 여자랑 통화한 거 맞긴 맞잖아."

"아니라니까."

거기까지 얘기했을 때, 술집 문이 열리고 재경이 나왔다.

재경이 지후를 보고 눈을 크게 떴다.

"너, 담배 피우냐?"

지후가 담배를 든 손을 슬그머니 아래로 내렸다.

"어."

"언제부터?"

"대학 입학하고 나서부터."

"그래? 몰랐는데."

재경이 인상을 찌푸렸다.

"야, 재경. 지후, 여자 생긴 거 맞지?"

동창이 끼어들었다.

지후는 입을 틀어막고 싶다는 표정으로 동창을 노려봤지만,

눈치 없는 동창이 계속해서 말했다.

"이 자식, 이거. 방금 여자랑 통화한 필인데, 자꾸 아니라고 하잖아. 얘, 여자 생겼지?"

재경이 지후를 흘끗 보더니 가볍게 고개를 끄덕였다.

"어."

"무슨 말이야? 없는 거 알면서."

"지후, 넌 가만히 좀 있어 봐. 어때? 너도 아는 여자야? 너네 대학?"

"응, 우리 대학. 우리 과야."

"그게 무슨!"

"아, 지후 넌 끼어들지 말라니까. 어떠냐? 예뻐?"

"응, 예뻐. 엄청. 하얗고 작아서, 아기 여우 같은 느낌이야."

재경의 설명에, 지후의 표정이 굳어졌다.

"오오, 그래. 이것 봐. 여자 있을 줄 알았다니까. 방금 딱 여자랑 통화한 분위기였다고."

"아, 그래?"

재경이 지후를 쓱 보고는 피식 웃었다.

지후는 가만히 재경을 노려보다가 재경의 손목을 잡았다.

"우리, 얘기 좀 하자."

"난 할 얘기가 없는데."

"난 있어."

"난 없어."

"난 있다고."

지후가 단호하게 말하고 재경의 팔을 잡아끌었다. 둘의 실랑이를 지켜보던 동창은, 둘의 모습이 골목 안으로 사라진 후 중얼거렸다.

"뭐야, 저 둘. 사랑싸움이야?"

*　　　*　　　*

"놔, 민지후."

지후에게 끌려가다시피 골목길을 걸어가며, 재경이 말했다. 그러나 지후는 들리지 않는다는 듯 앞만 보고 걸었다.

재경은 한숨을 삼키고 다시 한번 말했다.

"민지후, 놔."

지후가 걸음을 멈추고 재경을 돌아봤다. 인적이 드문 골목길의 끝이었다. 고장 난 가로등 하나가 깜빡거리고 있었다. 어스레한 가로등 불빛이 빛날 때마다 지후의 눈동자가 어둠보다도 검게 빛났다.

왜일까.

재경은 최근에 지후가 낯설게 느껴졌다.

형제처럼 지내서 그 어떤 이야기도 다 할 수 있는 친구였다. 가족에게도 할 수 없는 이야기를 털어놓을 수 있는, 가장 편한 존재였다. 그랬던 친구가 아주 멀찌감치 떨어져 있는 듯한 느낌이 들었다.

바로 앞에 있는데, 손을 뻗어도 잡을 수 없을 것만 같았다.

'내 탓이겠지.'

지후의 탓이 아니다. 지후는 변한 것이 없다. 그저 내가 나루를 사랑해서, 내가 지후를 질투해서 이런 마음이 드는 것뿐.

"너, 왜 이래?"

지후가 묵직한 목소리로 물었다.

"내가 뭘?"

"왜 거짓말을 해?"

"거짓말이라니. 난 거짓말을 한 기억이 없는데. 너, 나루랑 통화한 거 맞잖아."

재경의 지적에 지후가 인상을 찌푸렸다.

'역시 나루였구나.'

휴대폰을 확인한 지후가 황급히 일어날 때부터, 나루일 거라고 짐작은 했다. 짐작할 때와 그것이 들어맞았을 때는 기분이 다르다.

가슴이 따끔거렸다. 이 미련한 가슴. 아직도 미련을 못 끊어서.

재경은 쓴웃음을 흘렸다.

"나는 연나루랑 아무 사이도 아니야."

지후가 말했다.

"아무 사이도 아니라니. 나루가 들으면 서운하겠다, 야."

최대한 가볍게 들리기를 바라며 말했다. 하지만 지후는 재경을 향해 가볍지 않은 시선을 보내고 있었다.

　　재경은 지후의 눈을 똑바로 보기가 힘들었다.

　　"나 때문에 나루를 피하는 거라면 관둬. 난 이제 나루에 대한 마음을 접었으니까."

　　"무슨 소리야, 그게."

　　"너도, 나루 좋아하잖아."

　　재경은 지후를 똑바로 응시하며 말했다.

　　지후의 미간이 더 좁아졌다.

　　"누구 마음대로 내가 좋아하는 사람을 정해?"

　　"그럼 아니야? 너, 나루 안 좋아해?"

　　"안 좋아해."

　　"거짓말하긴. 내가 너를 모르냐, 민지후? 뻔하지. 너도 나루가 좋은데, 내가 좋다고 하니 포기해야겠다고 생각한 거겠지. 안 그래?"

　　"넌 나를 아주 모르는 것 같다. 안 그래."

　　"안 그렇긴."

　　"지레짐작하지 마."

　　"지레짐작이 아니야. 최근 네 행동을 생각해 봐. 너, 처음부터 나루를 신경 썼어. 내가 아는 민지후는 이유 없이 여자한테 친절한 성격이 아니야."

　　"말했잖아. 내 친구가 좋아하는 사람이라서……."

"아, 그만!"

재경이 목소리를 높였다.

"그 빌어먹을 내 친구가 좋아하는 사람 타령하지 마. 네가 좋아하는 거잖아, 민지후."

"……."

"네가 나루를 좋아하니까 가만히 내버려 두지 못하는 거잖아."

이렇게 언성을 높일 생각이 아니었다. 차분하게, 아무렇지도 않은 척…… 나루에 대한 마음이 조금도 남아 있지 않은 척, 지후의 등을 밀어줄 생각이었다.

지후가 나를 위해 그랬듯이, 재경도 그리할 생각이었다.

하지만 자꾸만 아니라고 우기는 지후를 보니, 울컥 화가 치밀었다.

"내가 바보야? 나, 너랑 몇 년을 친구였냐? 내가 널 몰라? 네가 그런 눈빛으로 나루를 보는데, 어이구, 내가 좋아하는 여자라서 지후가 저런 눈빛으로 나루를 보는 거구나, 그렇게 생각이 되겠어?"

"재경아……."

"인정하기 싫어서 계속 모르는 척했어. 나루, 내가 갖고 싶어서 네 마음 눈치챘으면서도 모르는 척했어. 그런데 이제 관두려고, 그거. 너랑 나루 사이에서, 나 혼자 전전긍긍 비참해지는 거, 그만두려고."

지후의 얼굴이 일그러졌다. 재경은 자신도 비슷한 표정일 거라고 생각했다.

　"나루는 좋아하는 사람이 있대, 민지후."

　재경은 다시 목소리를 낮췄다.

　"내가 봤을 때, 그건 너인 것 같아. 너도 알지?"

　"아냐, 재경아."

　"부정하지 마. 너도 알잖아. 아니까 요새 나루한테 더 차갑게 대한 거잖아. 그래도 좋아서, 밀어내려고 다짐했어도 좋아서, 오늘 걸려온 전화를 받은 거잖아."

　"……그런 거 아니라니까."

　"내가 알아, 그 마음. 나도 그렇거든. 나루를 밀어내야 하는데, 좋아서. 미운데도 좋아서. 자꾸만 걔를 보게 되거든. 너처럼."

　"……재경아."

　"난 네가 소중해, 민지후. 그래서 싫어. 여자 때문에 네가 멀게 느껴지고 어색하게 느껴지는 거, 그거 정말 싫어. 그러니까 이제 그만둘래, 이 짓. 나루를 사랑하고, 널 질투하는 이런 거. 이제 관둘래."

　재경은 크게 심호흡했다. 다 털어놓고 나니 속이 시원했다.

　"이제 내 눈치 보지 마."

　"눈치 본 적 없어. 네가 뭔가 오해하는 모양인데, 나는 나루를 좋아하지 않아. 네가 걔를 포기한다고 해도 달라지는 건 없어."

　"지후야."

"네가 왜 그런 식으로 생각하는지 모르겠다. 네 멋대로 날 판단하지 마. 나는 널 위해 내가 사랑하는 여자를 포기할 만큼 속 좋은 놈 아니니까."

평소답지 않게 빠른 어조로 말을 끝낸 지후가 휙 돌아섰다.

"야, 민지후. 얘기하다 말고 어디 가?"

"얘기 끝났어."

재경이 걸음을 서둘러 지후를 따라잡았다.

"난 얘기 안 끝났어."

"난 끝났어."

"나루는."

"내 앞에서 나루 얘기하지 마."

지후가 으르렁거리듯 덧붙였다.

"나는 연나루 같은 타입, 딱 질색이니까."

*　　*　　*

"누나. 나 맛있는 거 사 주라."

토요일 오후에 소파에 앉아 TV를 보며 빈둥거리는데, 늦잠을 자고 나온 미루가 옆에서 칭얼거렸다.

"네가 사 먹어."

"나 용돈 적은 거 알잖아."

"그럼 돈을 아껴 써."

"아껴 쓸 돈이 있어야 아껴 쓰지. 그러지 말고 나 피자 시켜 주라. 누나도 점심 먹어야 하잖아."

"다이어트 중이야."

"개뿔. 새벽 2시에 라면 끓여 먹는 거 봤거든?"

"남 먹는 걸 왜 몰래 보고 야단이야?"

"몰래 보다니. 대놓고 보는데도 모르고 먹더니만. 냄비까지 먹을 기세더라."

"아, 됐어. 나도 돈 없어. 과외 시작하면 사 줄게."

"아, 좀 사 달라고. 지훈이네 누나는 만날 먹을 거 사 준다던데. 우리 누나는 진짜."

"지훈이네 누나는 지훈이랑 나이 차이가 10살이나 나잖아. 10살이나 어린 동생이 얼마나 귀엽겠어?"

"나도 누나보다 3살이나 어리거든? 난 안 귀엽냐?"

"귀엽겠냐? 누나한테 냄비까지 먹겠다고 그러는 애가?"

"누나는 냄비 안 먹게 생겼어. 그러니까 피자 사 줘."

이러다가는 끝도 없이 이어질 것 같아서, 결국 피자를 시켰다.

"역시 우리 누나가 최고야!"

마음에도 없는 소리를 한 미루가 게임 한 판 하고 오겠다며 방으로 들어갔다.

남동생이라는 존재는 평생 누나를 귀찮게 하기 위해 태어난 것이 분명하다.

'아, 그러고 보니 이 얘기, 누군가한테 들었었는데.'

—남동생이라는 존재는 평생 누나를 귀찮게 하기 위해 태어난 것이 분명해. 그런 말을 자주 했었어. 입버릇처럼.

'그래, 윤영이가 했었지. 2학기 때, 분명.'
윤영은 울면서 얘기했다.
'울었어. 울었었어.'

—그러면 지완이는, '어쩔 건데? 그래서 누나가 어쩔 건데?' 그러면서 까불어댔어. 그게 얼마나 얄밉던지. 콱 죽어 버렸으면 좋겠다고 생각한 적도 많아.

'그리고.'

—그래서 죽었나 봐.

'죽었어.'

—지완이가 죽은 건 나 때문이야. 내가 그런 생각을 해서. 그래서. 그래서 죽은 거야.

기억이 났다.

2학기 때, 윤영과 친해진 이유. 선명하게 떠오르는 그 날의 광경이 머리를 강타했다. 뇌가 뒤흔들리는 느낌이었다.

나루는 벌떡 일어났다.

1학년 여름 방학 어느 날. 윤영의 가족이 휴가를 간 어느 계곡에서, 윤영의 동생이 급류에 휘말렸다.

그리고.

'죽었다.'

팔뚝에 소름이 돋았다.

나루는 눈을 부릅뜨고 굳어 있었다.

딩동—

초인종이 울렸지만 듣지 못했다.

"누나, 피자 왔나 봐."

미루가 어깨를 툭 쳤을 때에야 정신을 차렸다.

"미루야."

"어?"

"자, 이 돈으로 피자 먹어. 나 잠깐 나갔다가 와야겠어."

"어?"

놀란 미루의 손에 떠넘기다시피 돈을 쥐어 준 나루는, 휴대폰만 들고 밖으로 뛰어나왔다.

큰길로 향하며 명진에게 전화를 걸었다.

명진이 졸린 목소리로 전화를 받았다.

[어, 졸린 토요일. 나 어제 게임하느라……]

"나, 지금 학교로 갈 거야. 학교 앞에서 봐."

[어? 뭐? 지금? 왜?]

"빨리 나와."

[야, 연나루!]

나루는 전화를 끊고 택시를 잡았다.

나루가 택시에 타고 있을 때, 명진은 끊긴 휴대폰을 노려봤다.

"이 여자가, 진짜. 누굴 시다바리로 아나. 이렇게 갑자기 오라가라야? 내가 오란다고 오고, 가란다고 가는 사람이야? 내가 그렇게 쉬워?"

그렇게 투덜거리면서도 명진은 침대에서 내려와 샤워를 하고 옷을 갈아입는 자신을 발견했다.

"아, 진짜. 내가 왜 이 좋은 휴일에 학교를 가야 하는 거냐고."

*　　　*　　　*

"죽음은 항상 존재했어."

죽음은 늘 삶 속에 존재한다.

"그저 내 일이 아니라서."

남의 일이라서.

"내 소중한 사람에게 닥친 일이 아니라서."

내가 슬플 일은 아니라서.

"잊고 있었던 것뿐이야."

내 일이 아니니까.

내 친구가, 내 가족이, 내 연인이 죽은 게 아니니까.

내 가슴이 아프지도, 내 심장이 찢기지도 않으니까.

겪은 당사자에게 허울 좋은 위로를 해 줄 뿐, 돌아서면 잊게 되는 것이 '죽음'이었다.

"네가 죽었다는 걸 잊었던 것처럼, 윤영이 동생이 죽었다는 것도 잊고 있었어."

나루가 담담히 말했다.

"여름 방학 때, 윤영이네 가족은 계곡에 놀러 가. 비가 내린 직후라 계곡 물이 많이 불어 있었대. 가족들이 잠깐 눈을 뗀 사이에, 윤영이 동생이 물에 빠진 거야. 지완이는 살려 달라고 하는데, 윤영이 가족들은 그게 장난이라고 생각을 한 거지."

"그래서?"

"그러고 나서 갑자기 보이지 않게 됐대. 그제야 장난이 아니라는 걸 알고 구하러 갔는데, 지완이는 이미 떠내려간 후였어. 이틀 후에 하류에서 발견돼."

"저런."

명진은 할 말을 찾을 수가 없었다.

"장례식을 치르고 여름 방학 내내 울면서 보냈나 봐. 윤영이는 휴학을 하려다가, 자기까지 무너지면 안 된다는 생각에 2학기도 등록을 해. 2학기 때, 어떤 수업을 듣는데 걔가 내 옆에 앉앉거든. 그때, 내가 여름 방학 잘 지냈냐고 물어봤고, 윤영이가 갑자기 울음을 터뜨렸어."

조용한 강의실에 윤영의 흐느낌이 퍼졌다. 교수와 학생들, 모두가 윤영을 돌아봤다. 나루는 황급히 일어나 윤영의 팔에 팔짱을 끼고 강의실을 나왔다.

"커피숍에 데리고 갔어. 윤영이는 계속 울고 있었고, 나는 이야기를 들었지. 위로를 해 줬고, 우리는 그걸 계기로 친해졌고, 나는 왜 친해졌는지를 잊게 됐어."

나루는 큰 한숨을 내뱉었다.

"난 정말 최악이야. 내 일이 아니라고 다 잊다니."

"뭐, 사람이 모든 일을 기억할 수는 없으니까. 보통 남의 일은 잘 기억 못 하지."

"그래도. 동생의 죽음이 윤영이랑 친해진 계기였는데, 그조차 잊었어. 윤영이는 가슴에 묻고 살아갔을 텐데."

"그럼 그걸로 좋은 거 아냐? 가슴에 묻은 걸 파헤칠 필요는 없잖아."

"그야 그렇지만."

"이런 거 하나하나 탓하다 보면, 기아 난민들이 죽는 이유도 네 탓이 되는 거야. 쓸데없는 자책은 하지 마."

"응, 그래야지. 고마워, 명진아. 얘기 들어줘서. 그 일을 떠올리는 순간, 왠지 혼자 있기 무서웠어."

"어, 뭐. 도움이 됐다면 다행이네. 그래서 어쩔 거야? 김윤영한테도 말할 거야?"

"말하면, 믿어 줄까?"

"안 믿지, 보통. 게다가 걘 널 좋아하지 않고."

"좋아하지 않는 정도가 아니라 싫어하지."

나루가 쓸쓸하게 말했다.

"네가 좀 말해 주면 안 돼? 나보다는 네가 윤영이랑 친해지기 쉬울 텐데. 친해진 다음에, 여름휴가를 물 있는 데로 가지 말라고."

"말했잖아. 그건 안 된다고."

"아, 맞다. 큰 틀을 벗어나지 말라고 했지."

"응. 만약 김윤영이 물 없는 데로 여행 갔다가 다른 사고로 걔 동생이, 어쩌면 다른 사람들까지도 다칠 수 있어."

"하아, 그럼 어쩌지?"

"뭘 어째. 여름 방학 될 때쯤에, 김윤영한테 어디로 휴가 가는지 물어보고 따라가서 구하든가 해야지."

"역시 그 방법밖에 없겠지?"

"잘됐네. 그렇게 해서 걔 동생을 구하면, 죽음을 피할 수 있다는 게 증명되는 거니까. 잘하면 나도 21살 이후로 살아갈 수 있겠군."

나루는 씩 웃으며 말하는 명진을 물끄러미 응시하다가 고개를 숙였다.

"미안해."

"뭐가?"

"너도 네 죽음 때문에 무서울 텐데."

"글쎄. 아직은 실감이 안 돼서. 아, 네 말을 못 믿는다는 건 아 냐. 그냥, 아직 죽어 본 적이 없어서 실감이 안 난다는 거지."

"응. 너한테 정말 미안하고, 고맙고 그래."

"그럼 커피나 사든가."

"응, 당연하지. 내가 부른 건데."

"야, 농담인데 너무 진지하게 받아들이면, 내가 좀 민망하거 든."

"아냐, 진짜로 커피 정도는 내가 살게. 네가 없었으면 계속 혼 란에 빠져 있었을 거야."

*   *   *

옛 시간에서는 잊고 있었던 윤명진이라는 존재가, 이 시간에 서는 나루에게 가장 큰 힘과 위로가 되었다는 게 신기했다.

역시 이 시간은 옛 시간과 다르다.

'그렇다면 난 진짜로 짝사랑을 하는 중이구나.'

집으로 돌아오며, 나루는 생각했다.

'어쩌면 지후에게 가장 소중한 사람이 내가 아닐 수도 있게 되 겠구나.'

그가 나를 사랑할 수 있도록 힘껏 노력하겠지만, 모든 짝사랑이 보답을 받는 것은 아니다.

나의 짝사랑만 특별히 애절하고, 특별히 애달픈 것 또한 아니다. 이 사랑이 보답 받지 못할 수도 있다는 생각에 가슴이 미어졌다.

'세상에는 내 마음대로 안 되는 게 참 많네.'

옛 시간에서는 그런 걸 모르고 지냈다. 세상은 나를 중심으로 돌고 있고, 이 세상의 주인공은 나라고 생각했다.

외모도 괜찮고, 머리도 좋았다. 큰 노력을 하지 않아도 좋은 성적을 받았고, 노력을 하면 더 대단한 성과를 얻어냈다.

거침없는 성격 덕분에 친구도 많았다. 항상 칭찬을 받고, 항상 사랑을 받았다. 그리고 이 세상에서 가장 멋진 남자가, 나를 가장 소중하게 여겨 주었다.

세상은 언제나 내 편이었다.

하지만 이 시간으로 돌아와 깨달았다. 세상이 꼭 내 편인 것만은 아니라고. 때로는 내가 주인공이 아닌 엑스트라가 되기도 한다고.

어쩌면 주인공을 짝사랑하다가 잊히는, 여자 주인공의 대학 동기1로 남을지도 모른다고.

'그럼 정말 싫겠다.'

집에 들어온 나루는 우선 미루에게 전화를 걸어, 하루 일찍 자취방에 돌아오게 되었다고 알렸다. 그러고 나서 책상에 앉아 고민에 빠졌다.

여름 방학까지는 이제 얼마 남지 않았다. 윤영의 동생을 어떤 식으로 구해야 할까.

'여름 방학 물놀이를 가면, 네 동생이 죽을 거야.'

현재 시점에서 이런 이야기를 한들, 윤영이 믿어 줄 리 없었다.

'이런 걸 믿어 주는 명진이가 특이한 거지. 나라도 누군가 갑자기 자기가 미래에서 돌아왔다고 하면, 절대 못 믿을걸. 지금 나조차도, 이게 현실인지 꿈인지, 가끔 의심스러울 때가 있는데.'

나루는 노트를 꺼내 펼쳤다. 생각을 정리할 때 하는 습관이었다. 나중에 스마트폰과 탭 등, 여러 기기가 발달해 간편하게 메모를 할 수 있게 된 후에도, 이 버릇은 사라지지 않았다.

나루는 아날로그가 좋았다.

펜을 들고 번호를 하나하나 매겨 보았다.

1번. 여름 방학 운영의 동생 지완이 물에 빠져서 죽음.
2번. 2학년 1학기 봄, 명진이 오토바이 사고로 죽음.
3번.

'내가 기억하지 못하는 또 다른 죽음이 있을까?'

나루는 기억을 더듬었다. 대학 동기들 중에는 없었다. 고등학교 동창들 중에도 없었고, 중학교 동창들 중에는⋯⋯.

'한 명 있었던 것 같은데.'

언제였던가.

중학교 때 친구들을 만나서 놀다가 '누구누구가 자살을 했대.'라는 말을 들었던 기억이 났다.

'누구였더라.'

나루와 별로 친하지 않은 이름이라서 흘려들었다.

'나중에 본가에 가면 졸업 앨범을 한 번 다 훑어봐야겠다.'

3번. 중학교 동창 누군가의 자살.

4번까지 쓰고 머뭇거리다가 적어 넣었다.

4번. 지후의 죽음.

3번에서 4번으로 가기까지 긴 시간이 존재했다. 아마 그 사이사이에 더 많은 죽음들이 존재할 테지만, 나루가 전부 신경 쓸수는 없었다.

'모두를 구하기 위해 돌아온 게 아니야. 내 돌발 행동이 어떤 결과를 가지고 올지 아무도 몰라.'

이기적이라고 한대도 어쩔 수 없다.

나루의 목표는 하나.

민지후를 구하는 것.

다만 윤영의 동생인 지완은 내 소중했던 친구의 동생이니까.
명진은 이 시간으로 돌아와 소중한 존재가 되었으니까.

'살리고 싶어.'

나루는 펜으로 노트를 톡톡 두드리다가 일어났다. 아침도, 점심도 먹지 못했는데, 벌써 저녁이 되어 가고 있었다.

'한성 식당에 가서 돼지고기 김치찌개나 먹고 들어와야겠다.'

나루는 회색 후드 재킷을 꺼내 걸치고 밖으로 나왔다.

타닥, 타닥, 계단을 내려갔다. 1층에 도착했을 때, 재경이 빌라 입구로 들어오고 있었다.

나루를 본 재경이 걸음을 멈췄다. 나루도 멈춰서 재경을 올려다봤다.

"안녕?"

재경이 먼저 인사를 건넸다.

"응, 안녕."

나루도 슬쩍 손을 올려 인사했다.

"어디 가는 길이야?"

재경이 물었다.

"응, 저녁 먹으려고."

"아, 그래."

"너는 본가에 갔다가 오는 길?"

"응. 내일 오려다가 그냥 오늘 왔어."

재경은 원래 내일 지후와 함께 돌아올 예정이었다. 하지만 어젯밤의 일 때문에 지후가 껄끄러워서, 오늘 저녁에 있던 동창들과의 약속을 취소하고 먼저 돌아온 터였다.

회색 후드 재킷을 입은 나루는 중학생처럼 보였다.

"너, 그렇게 입으니까 진짜 어려 보인다."

"그래? 젊음은 좋은 거야. 막 입어도 예쁘고."

"하하하하. 넌 가끔 말할 때 보면, 마흔 먹은 아줌마 같을 때가 있어."

재경이 웃으며 던진 말에, 나루는 큰 충격을 받았다.

'아니, 왜 다들 마흔 살은 됐을 것 같다고 하는 거지? 명진이도 그렇고, 얘도 그렇고. 난 고작 32살이었다고! 30대 중반도 아니고 초반!'

"저녁은 혼자 먹으러 가는 거?"

재경이 물었다.

"응, 혼자."

"그럼, 같이 가도 될까? 나도 아직 저녁 먹기 전인데."

재경이 조심스럽게 물었다. 아마도 나루가 불편해할까 봐 마음을 쓴 것이리라.

"그래, 같이 가자. 대신에 넌 돈가스를 먹어."

"돈가스?"

"응. 한성 식당은 돼지고기 김치찌개랑 돈가스가 맛있는데, 난 김치찌개를 먹을 거거든."

"아, 그래. 메뉴 고를 필요 없어서 편하네."

재경과 함께 빌라에서 나와, 한성 식당 쪽으로 걸어갔다.

한성 식당에 들어가 주문을 하고 요리가 나올 때까지, 대화는 끊임이 없었다. 시답잖은 이야기였지만 즐거웠다.

옛 시간에서의 관계로 돌아간 것만 같았다. 하지만 그렇지 않다는 걸, 나루는 알고 있었다.

재경은 있는 힘껏 자신의 마음을 감추고 있는 것이다. 나루를 불편하게 만들지 않기 위해서.

그런 재경에게 고맙고 미안했다.

'차라리.'

왕자처럼 화려한 재경의 얼굴을 보며, 나루는 생각했다.

'내가 이 시간으로 돌아와서 재경이를 사랑하게 되었더라면, 더 편했을까?'

지후를 생각하면 가슴이 따끔, 따끔. 아프다.

그를 사랑하는데, 이 세상에서 가장 사랑하는데, 그는 나를 사랑하지 않는다.

내가 사랑하는 이가 나를 사랑하지 않음이, 이토록 아프고 절절한 것인 줄은 몰랐다.

서로 사랑했기에, 이 고통을 모르고 지냈다.

'재경이도 이런 기분일까?'

내가 지후를 짝사랑하듯, 재경 또한 나를 짝사랑하고 있었다.

내가 지후를 볼 때 명치가 아려오듯, 재경 또한 그런 걸까?

'그렇다면 차라리, 내가 재경이를 좋아했으면…… 나도 재경

이도 이렇게 아프지 않았을 텐데. 지후가 나를 귀찮아하는 일 또한 없었을 텐데.'

영화나 드라마에서 삼각관계나 짝사랑 소재가 나오면, 늘 가볍게 생각했었다.

그냥 마음을 접으면 되지, 그게 뭐가 어렵다고.

세상에서 내 마음이 가장 소중한 거잖아. 왜 굳이 아픈 쪽을 선택하는 거야?

몰랐기에 가능한 생각이었다.

'나는 지금도 내 마음이 제일 소중하지만, 쉽지 않아. 아무리 힘껏 노력해도 흘러가는 마음을 막을 수가 없어.'

이 마음이 흐르는 방향에 둑을 쌓아, 흐르는 방향을 바꿔 재경에게로 향하면 훨씬 더 행복하리라는 것을 알고 있다.

하지만 아무리 잘 알아도.

'마음에 둑을 쌓을 수가 없어.'

"이거 정말 맛있다."

재경의 말에 나루는 정신을 차렸다. 재경은 한 입 베어 문 돈가스를 살살 흔들고 있었다.

"응, 그거 진짜 맛있지? 내가 여기 돈가스를 정말 좋아해. 가끔 생각나더라고."

"그러고 보니 저번에도 그랬지. 여기 맛이 그리웠다고. 이 근처에 자주 왔나 봐."

"아……."

조심해야 하는데, 잠깐만 마음을 놓으면 말실수를 하게 된다.

"그리울 만하네. 밑반찬도 훌륭하고."

다행히 재경은 깊이 생각하지 않는 것 같았다.

'하긴. 보통은 상대가 시간을 되돌아왔을 거라고는 생각하지 못하지.'

적당히 둘러대면 되는 일인데, 너무 긴장을 하고 있었는지도 모르겠다.

"시험은 잘 봤어?"

재경이 물었다.

"그럭저럭. 나쁘진 않은 것 같아. 너는?"

"나도 그럭저럭. 대학 시험은 중, 고등학교 때랑 많이 다르다고 해서 걱정했는데, 막상 그렇게까지 다르지도 않은 것 같더라."

"그렇지. 결국 달달 외워야 하는 건 마찬가지야."

"응. 영화나 드라마 보면, 대학에선 토론하고 그런 모습 많이 보여 주잖아. 그럴 줄 알았는데, 다른 게 없어. 고등학교 때보다 공부할 게 더 많아졌다는 거 빼고는."

"그리고 OMR카드를 사용하지 않는다는 것도."

"아, 맞아, 맞아."

재경이 웃었다. 옛 시간에서도 늘 생각했지만, 재경의 웃는 얼굴은 참으로 근사하다. 왕자처럼 화려한 얼굴에 해사한 미소가 번지면, 주위가 밝아지는 느낌이었다.

외모도 외모지만, 이 웃는 얼굴이 재경의 인기에 한 몫을 더했을 것이다.

재경이 돈가스 한 조각을 나루의 앞 접시에 덜어 주며 물었다.

"나루, 너는 대학에 오면 특별히 하고 싶었던 거 있어?"

8장
있는 힘껏
사랑하지 않겠습니다

생각지 못한 질문이었다.

나루는 젓가락을 멈추고 멍하니 재경을 응시했다.

재경이 머쓱하게 웃었다.

"왜 그렇게 봐? 내 질문이 너무 어려웠나?"

옛 시간, 이 나이의 나루였다면 어려운 질문은 아니었을 것이다. 하지만 지금 나루는 대학 입학 후, 12년을 더 살다가 돌아온 상황이었다.

이 또래의 아이들이 대학에 대해 어떤 희망을 품고 있는지, 잘 기억나지 않았다.

'물론 나도 옛날에는 여러 가지 상상을 했었겠지. 기대하는 것도 많았을 거고.'

"너는 어때?"

생각할 시간을 벌기 위해 물었다.

"나? 음. 우선 축제."

재경은 곧바로 대답했다.

"아, 축제. 맞아, 축제. 나도 대학 축제 궁금했었어."

나루는 적당히 말을 맞췄다.

"대학 축제는 고등학교 때랑 다르겠지? 연예인도 초청하고 그런다더라. 게다가 우리 학교에는 응원단도 있고."

"응원단 공연이 기대돼."

"대학 MT도 궁금해. 수학여행을 가던 거랑은 다르겠지? 신입생 OT랑 비슷하려나?"

"아마 다를걸. MT는 좀 더."

나루는 첫 MT 때를 떠올렸다.

"더 진상일 거야, 아마."

술을 많이 마신다고 상을 주는 것도 아닌데, 신입생들은 고삐 풀린 망아지처럼 술을 마셔댔다.

자신의 주량을 자랑이라도 하려는 듯 무리해서 마시고, 취하고, 토하고, 울고, 화내고.

대학 첫 MT 때 온갖 진상을 다 경험했던 기억이 났다.

"동아리 활동도 기대했었어. 봉사 동아리에서는 뭘 하려나."

"그러고 보니, 재경이 너도 봉사 동아리지?"

"응. 아, 오해할까 봐 하는 말인데, 너 때문에 봉사 동아리 들어간 건 아니다."

재경의 말에 나루는 웃었다. 그쯤은 알고 있었다. 재경의 꿈은 의사가 되어서 의료 봉사를 하는 것이었다. 노는 걸 좋아하게 생긴 외모와 다르게, 재경은 남을 돕는 일에 열심이었다.

"봉사하는 거 좋아해?"

나루가 물었다.

"좋아한다고 해야 하나? 그냥 어릴 때 부모님 따라서 주말마다 고아원도 가고, 장애인 복지 시설도 가고 그랬거든. 나한테는 큰일이 아닌데, 그 사람들한테는 큰 도움이 된다는 걸 알게 되니까, 계속하게 되더라고."

"그래."

"수능을 좀 못 봐서 이 과에 오긴 했는데, 졸업하면 편입해서 의대에 갈 거야. 의사가 되면 더 많은 것들을 할 수 있을 것 같거든. 뭐, 의사가 되는 게 쉽지는 않겠지만."

"넌 될 거야, 의사."

재경은 의사가 됐다. 그리고 바쁜 일상 중에도 늘 시간을 내서 봉사를 하러 다니곤 했다. 시간이 지나면 처음의 각오가 흐릿해질 법도 한데, 재경은 꾸준히 남을 도우러 다녔다.

그런 재경을 보며 늘 대단하다고 생각했었다.

"하하하. 네가 그렇게 말하니까, 나 진짜로 의사가 될 것 같은 기분이 드는데."

재경이 웃었다.

"응, 될 거야. 그러니까 지금까지처럼만 해."

"그래, 고마워. 힘난다. 더 열심히 해야지."

식사를 마치고 밖으로 나왔다.

나루가 내겠다고 했는데도 굳이 재경이 밥을 샀다.

"고마워, 다음엔 내가 살게."

식당 앞에서 나루는 재경을 올려다보며 말했다. 재경은 나루를 가만히 내려다보다가, 나루의 이마에 흘러내린 머리카락을 살짝 옆으로 걷어내 주었다.

"나루야."

"응?"

"나, 대학 오면 하고 싶었던 게 하나 더 있었어."

"뭔데?"

"연애."

"……."

"내가 많이 좋아하는 사람이랑 연애를 하고 싶었어."

재경이 옅은 미소를 지으며 말했다.

"늘 사랑을 받아 왔는데, 내가 좋아해 본 적은 없어. 그래서 궁금했어. 내 마음이 가는 여자와 연애를 하는 게 어떤 기분일지. 대학에서 연애를 한다면, 내가 아주 많이 좋아하는 사람이랑 하고 싶었어. 설령 짝사랑으로 시작해도 좋으니, 내 마음이 가는 사람을 만나고 싶었어."

재경의 표정은 평온했고 말투 또한 담담했다. 그래서 나루는 그가 하는 말을 잠자코 들어야 한다는 걸 알았다.

"그래서 마음이 급했던 것 같아. 아무것도 돌아보지 않고 그냥 너만 보면서 일방통행을 해 버렸어. 미안해."

"미안하다니. 아냐, 그렇게 생각하지 마."

재경이 부드럽게 웃었다.

"나는 내가 좋아하고, 또 나를 좋아하는 사람과 연애를 하고 싶어. 그래서 너에 대한 마음을, 있는 힘껏 접을 거야."

"……."

"이제 날 신경 쓰지 않아도 돼."

"신경 쓰지 말라니."

"지후, 좋아하지?"

나루는 주먹을 꽉 쥐었다.

"알고 있어. 눈에 보이는걸. 나는 너만 보고 있어서, 네가 지후만 본다는 것도 알고 있었어."

"재경아."

"모르는 척했어. 네가 좋아서. 그냥 내 마음 밀어붙이면, 너도 날 봐 줄 거라고 생각했어. 그러다가 문득 깨달았어."

재경은 선미와 지영을 떠올렸다.

"내가 하는 짓이, 날 좋아하는 여자애들이 하는 짓이랑 다를 바가 없다는 걸. 많은 애들이, 내 사정은 생각하지도 않고 자기 마음을 밀어붙이고 곤란하게 만들거든. 너도 그랬겠구나, 싶더라."

나루는 눈썹 끝을 내리고 재경을 올려다보고 있었다. 재경이 하는 한마디, 한마디 전부 가슴에 새기겠다는 듯 눈을 떼지 않았다.

재경은 자신에게 집중하고 있는 그녀의 모습에 가슴이 아렸다.

갖고 싶었다. 저 맑은 눈동자도, 고양이처럼 매력적인 아몬드형의 눈매도, 오뚝한 코와 붉은 입술도. 전부 내 것으로 만들고 싶었다.

"너와 좋은 친구가 되고 싶어. 그러니까 나는 이제부터 있는 힘껏 널 좋아하지 않으려고 노력할 거야. 하지만."

재경은 각오를 했다. 그러나 미련을 전부 거두기는 힘들었다.

"혹시라도 너무 힘이 들면, 지후를 사랑하는 것이 지쳐서 그만두고 싶어지면. 여기로 와."

"재경아."

"나는 이 자리에 있을 거니까."

나루는 눈을 감았다. 재경의 음성은 무척이나 다정했다. 지금 당장 그에게 기대고 싶을 만큼. 얼마나 어렵게 결심했는지, 나루는 알고 있었다. 나루 또한 사랑을 하고 있으니까. 때문에 이런 상황에서 어떤 반응을 보여야 상대의 마음이 조금 편안해질지도 알았다.

나루는 눈을 뜨고 재경과 시선을 맞췄다.

"응, 고마워. 고마운데."

나루는 주위를 둘러보고 다시 재경을 응시하며 덧붙였다.

"밥집 앞에서 너무 진지한 거 아냐?"

재경이 웃었다.

"그러게. 근사한 레스토랑이라도 빌렸어야 했던 건데."

*　　*　　*

명진은 소파에 앉아서 좋아하는 쇼 프로그램을 보고 있었다. 한참 깔깔거리며 웃고 있는데, 갑자기 채널이 바뀌었다.

막내 누나가 제멋대로 리모컨을 가지고 가서 채널을 바꾼 것이다. 명진이 돌아보자, 소파 뒤에 서 있던 막내 누나가 턱을 치켜들었다.

"왜? 뭐?"

예전이었다면 버럭 화를 냈을 것이다. 처음에는 티격태격하다가 나중에는 악을 쓰며 서로의 약점을 끄집어내서 상처를 입히려고 했을 것이다.

나이 차이가 얼마 나지 않는 막내 누나와는 앙숙이었다. 어쩌면 전생에 철천지원수였을지도 모른다는 생각이 들 정도로.

막내 누나의 날 선 눈빛을 보니, 싸울 준비를 하고 있는 게 분명했다.

"앉아서 봐."

명진은 화를 내는 대신에, 소파 옆자리를 가리키며 말했다. 막

내 누나의 눈빛이 누그러졌다. 당황해하는 것처럼 보였다.

"뭐야, 너? 무슨 꿍꿍이야? 소파에 뭐 묻혀 놨지?"

"내가 애냐. 그런 짓 안 해."

"아닌데. 안 할 리가 없는데."

막내 누나가 명진이 가리킨 소파 위를 살펴봤다.

"소파 안에 압정이라도 넣어 둔 거 아냐?"

"그럴 리가."

"이상한데. 어디 아픈 거 아냐? 아니면 여기가 좀 이상하게 됐다거나."

막내 누나가 관자놀이를 가리키며 말했다.

명진은 피식 웃고는 TV로 시선을 돌렸다. 막내 누나는 믿을 수가 없는지 명진의 뒤통수를 노려보다가, 리모컨을 내려놓고는 자기 방으로 돌아갔다.

명진은 리모컨을 집어 원래 보던 프로그램으로 채널을 변경했다.

'나는 내년에 죽을지도 몰라.'

나루가 과거로 돌아왔다는 증거를 본 건 아니지만, 그녀의 말을 믿어 의심치 않았다.

'나루가 알려 준 시험 문제들이 정말 나오기도 했고. 걔 분위기를 봤을 때, 거짓말을 하거나 망상에 시달리는 것 같지도 않고.'

그렇다면 내년 봄.

'나는 죽어.'

죽음을 피할 수 있을 거라는 생각은 거의 들지 않았다.

나루의 앞에서는 희망적으로 이야기했지만, 미래를 바꿀 수 있을 거란 생각이 도통 들지 않았다.

지후가 죽었을 때, 나루는 염원했다고 했다. 시간을 돌릴 수 있다면 과거로 돌아가, 있는 힘껏 민지후를 사랑하지 않으리라고. 그리하여 민지후가 32살 이후에도 살아갈 수 있도록 하겠노라고.

'만약 지후를 살리기 위한 기회가 주어진 거라면.'

아주 잘됐을 경우, 지후를 죽음에서 구할 수 있을지도 모른다. 하지만 지후 이외의 다른 사람들을 죽음에서 구할 수는 없을 가능성이 높다.

이 기회가 단지 민지후라는 사람 한 명만을 구하기 위해 주어진 기회일지도 모르기 때문이다.

'그러면 나는 죽겠지.'

아무리 발버둥 쳐도 죽는다. 오토바이를 타든 타지 않든, 위험을 피하기 위해 집에만 머물든, 집 밖으로 나가든.

'나는 내년 봄에 죽을 거야.'

아직은 실감이 되지 않았다. 내 인생에 남은 날이 얼마 되지 않는다는 게 믿어지지 않았다. 그런 한편, 무섭기는 했다.

나루에게 말하지는 않았지만, 내년 봄에 죽는다는 말을 듣고 나서 한동안 괴로워했다.

잠만 자면 사고로 죽는 꿈을 꿨다.

오토바이를 타다가 차에 치이기도 하고, 높은 곳에서 떨어지기도 하고, 칼에 찔리기도 했다.

꿈에서 죽는 이유는 다양했지만, 단 하나는 똑같았다.

죽기 직전 눈에 들어오는 광경.

구름 한 점 없이 시리도록 파란 하늘과 흐드러진 연분홍 벚꽃.

'아아, 마지막 순간에 내 눈에 보이는 것이 무척이나 아름답구나. 이 아름다운 세상을 좀 더 살아 보고 싶었는데.'

항상 그런 생각을 하며 잠에서 깨곤 했다.

'이건 나한테 기회일지도 몰라.'

설령 내년 봄에 죽는다 해도, 나루가 과거로 돌아와 나의 죽음을 알려 주었다는 사실은 기회다. 좀 더 살아 보고 싶은 세상을 더 살지 못한다면, 사는 동안이라도 후회 없게 살다가 가야 한다.

그래서 명진은 살아 있는 동안, 내 가족들에게 더 잘하겠노라고 마음먹었다. 내가 죽더라도 좋은 모습으로 기억되도록, 내 가족들 역시 나를 대했던 것들에 대해 후회하지 않도록.

'땅 파는 건 관두자.'

우울한 생각은 시작하면 끝을 모른다.

우울해 봐야 바뀌는 것은 없다.

명진은 이 짧은 삶을 제대로 살고 가겠다고 결심했다. 그러니까 무서워하고 슬퍼하는 건 관둬야 한다.

TV에 시선을 고정시키고 개그맨들의 입담에 집중하다가, 문득 지후에게로 생각이 흘러갔다.

'민지후. 갠 대체 무슨 생각이지?'

아까 나루를 만났을 때, 지후가 윤영과 주말에 데이트를 하기로 했다는 이야기를 들었다.

'그렇게 가벼운 놈이었나? 아니면 성재경 때문에 나루에 대한 마음을 감추려고 일부러 그렇게 행동하는 건가?'

그렇다면 방법이 별로다.

아무것도 모르는 윤영은 상처받을 것이다.

'뭔가 이상한데.'

나루는 간간이 옛 시간에서의 지후에 대한 이야기를 하곤 했다. 그녀의 이야기에 나온 민지후와 명진이 보는 민지후는 다른 느낌이었다.

'역시 뭔가 이상해.'

              *   *   *

새벽에 눈이 떠졌다.

윤영은 눈을 끔뻑거리며 천장을 응시했다.

'이상한 꿈을 꿨어.'

나루가 나오는 꿈을 꿨다. 꿈에서 나루는 지금과 비슷한 듯 다른 느낌이었다. 비밀스럽거나 어두운 느낌은 조금도 없고, 무척 밝았다. 티 없이 환하게 웃고, 장난도 잘 쳤다.

꿈에 나루만 나온 건 아니었다. 재경도, 지후도 있었다. 나루의 옆에는 지후가, 윤영의 옆에는 재경이 앉아 있었다. 넷은 햇빛이 잘 들어오는 커피숍 창가 자리에 앉아, 특별한 주제가 없는 잡담을 끊임없이 나눴다.

간혹 지후가 나루를 사랑스럽다는 듯 응시했고, 나루도 그렇게 지후를 응시했다. 둘의 약지에는 같은 모양의 반지가 끼워져 있었다.

―적당히 좀 해라. 둘이 커플인 거, 아주 잘 알겠으니까.

꿈에서 윤영은 그렇게 말했다.

이상했다.

'싫지 않았어.'

둘의 그런 모습을 보는 게, 싫지 않았다. 질투가 나지도 않았다. 두 사람이 같은 반지를 끼고, 서로에게 애정 어린 시선을 보내는 것이 당연한 일이라는 듯. 둘은 서로에게 그러기 위해 존재한다는 듯.

꿈속의 김윤영은 그렇게 둘의 모습을 받아들이고 있었다. 아무리 꿈이라도 현실을 반영하는 법인데, 왜 싫지 않았던 걸까.

'그리고 그건 뭐였지?'

어느 순간 나루는 팔꿈치를 테이블에 대고 손에 턱을 괸 자세로 창밖을 응시하고 있었다.

—나루야. 무슨 생각해?

윤영이 물었더니, 나루가 천천히 시선을 돌려 윤영과 눈을 맞췄다. 늘 예쁘다고 생각했던 까만 눈동자로 한참 동안 윤영을 물끄러미 응시하던 나루가 빙그레 미소를 지었다.

—이게 참 그리웠어.

그 목소리가 묵직한 슬픔이 되어 가슴에 콱 박히는 바람에 잠에서 깬 것이다.

개꿈이라면 개꿈일 텐데, 너무 생생했다. 마치 어제 있었던 일인 것처럼.

게다가.

'왜 이렇게 가슴이 아프지?'

슬픈 꿈이 아니었다. 분명 즐거운 광경이었다. 그런데 가슴이 아파서 울음이 터져 나오려 했다.

윤영은 가슴 위에 지그시 손을 얹고 슬픔이 가라앉기를 기다렸다. 잠시 그러고 있었더니 기분이 나아졌다.

'정말 이상한 꿈을 다 꿨네.'

침대에서 내려오자, 생생했던 꿈이 점점 희미해지기 시작했다. 씻고 나올 무렵에는 완전히 잊었다. 꿈에서 깨자마자 느낀 슬픔이 거짓말이라고 생각될 만큼.

'그런 꿈을 생각하고 있을 때가 아냐.'

오늘은 지후와 영화를 보기로 한 날이다. 약속 시간까지는 아직도 한참 남았지만 준비할 것이 많았다.

지후에게 예쁘게 보이고 싶다.

윤영은 오늘 지후가 '어, 얘한테도 이런 면이 있나?'라는 생각이 들게 만들어 줄 생각이었다.

오늘을 위해 옷도 사고 화장품도 샀다.

'꾸미긴 꾸미되, 너무 티가 나면 안 돼. 자연스럽게 예뻐 보여야지.'

지후와 오늘의 만남을 약속한 이후부터 계속 지후 생각뿐이었다. 어쩌면 오늘 이상한 꿈을 꾼 것도, 계속 지후 생각을 해서인지도 모르겠다.

'단둘이 만난다는 건, 지후도 날 어느 정도 괜찮게 생각한다는 거겠지.'

남자는 관심 없는 여자와는 절대로 단둘이 만나지 않는다는 이야기를 들었다. 그러니까 시작이 좋다.

윤영은 거울 앞에 앉았다. 거울 속엔 볼이 발그레하게 상기된, 귀여운 외모의 여자가 앉아 있었다. 반짝반짝 빛나는 눈동자와 복숭아처럼 붉은 볼, 입가에 머문 미소.

사랑에 빠진 여자의 얼굴이었다.

*   *   *

신촌역 앞에, 지후가 서 있었다. 훤칠한 키에 어깨가 넓은 지후는, 멀리서도 눈에 띄었다. 단지 윤영이 지후를 좋아하기 때문에 한 번에 알아볼 수 있는 건 아닐 것이다. 지나가는 여자들이 흘끔흘끔 그의 모습을 훔쳐보는 걸 보면.

윤영은 우쭐해졌다. 시선을 잡아끄는 남자와 데이트를 하는 여자가 바로 나다.

"지후야."

너무 서두르는 기색 없이 그에게 다가갔다.

"오래 기다렸어?"

"아니, 방금 왔어."

지후가 말했다. 고개를 바짝 들어야 볼 수 있는 그의 얼굴이 좋았다.

"오늘 날씨 진짜 좋다."

"그러게."

"이런 날에는 밖에서 놀아야 하는데. 놀이공원을 갈걸 그랬나 봐."

"흐음."

지후는 긍정적인 대답을 해 주지 않았다.

"뭐 볼지는 생각해 뒀어?"

지후가 물었다.

"응, 이번에 개봉한 영화. 스릴러인데 재미있다더라."

사실은 로맨스가 보고 싶었다. 스릴러나 액션 영화는 좋아하지 않는다. 하지만 로맨스를 보면 지후가 지루해할지도 모르고, 지루하면 다음 번 데이트는 물 건너가는 것이기에, 평이 좋은 스릴러로 선택했다.

"스릴러."

지후가 윤영을 빤히 내려다봤다.

"응, 스릴러 안 좋아해?"

"좋아하긴 하는데, 괜찮겠냐?"

"뭐가?"

"스릴러, 볼 수 있겠어?"

"당연하지. 나, 스릴러 좋아해."

지후는 밝게 말하는 윤영을 물끄러미 응시하다가 어깨를 으쓱했다.

"그래, 그럼."

윤영과 지후는 영화관을 향해 걸어갔다.

"점심은 먹었어? 점심 먹고 나서 영화 볼까?"

"난 먹었어."

"아, 그래."

윤영은 지후와 함께 점심을 먹을 줄 알고 그냥 나온 터였다.

"넌 먹었어?"

지후의 질문에 윤영은 고개를 끄덕였다.

"응, 먹었어. 엄마가 먹고 나가라고 하셔서."

"아, 그래."

대화가 끊겼다. 자꾸만 단절되는 대화가 지후와 윤영 사이의 거리감을 알려 주는 것만 같았다.

단둘이 만나기는 했지만 필요 이상으로 가까워지는 것을, 지후는 원치 않는 것만 같았다.

'아냐, 부정적으로 생각하지 말자. 아직은 지후가 날 잘 모르니까 그러는 거야.'

윤영은 자꾸만 아파 오는 마음을 무시하며, 지후와 대화를 시도했다.

지후를 올려다보며 열심히 이야기하는 윤영을, 선미와 지영이 지켜보고 있었다. 점심이나 같이 먹을까 싶어서 만난 두 사람은, 역 앞에서 지후와 윤영이 만난 시점부터 계속 보고 있었다.

"쟤, 들떠서 우리가 있는 것도 모르는 것 같지 않아?"

지영의 말에 선미가 고개를 끄덕였다.

"그러게. 지후한테 관심 없다더니."

"윤영이가 그랬어?"

"응. 내가 잘해 보라고 할 때마다, 자기는 지후한테 전혀 관심 없다고 그러던데? 지후 같은 애 싫다고."

"관심 없긴. 좋아 죽는구먼. 입이 아주 귀까지 걸렸는데?"

"지후도 쟤한테 관심 있나?"

"그런 것 같진 않은데. 저거 봐 봐, 지금 윤영이 혼자 떠들잖아. 지후는 앞만 보면서 걷고."

"그런데 왜 둘이 만난 거지?"

"윤영이가 조른 거 아냐? 저 정도면 거의 졸라서 만난 것 같은데."

"처절하다, 처절해. 저렇게까지 해서 남자를 만나고 싶을까?"

"생각해 보니까 진짜 웃긴다. 윤영이 쟤는 나루를 엄청 씹잖아. 나루가 남자애들이랑만 친하게 지내려고 한다고. 그런데 정작 지는. 이게 딱 그거 아냐? 똥 묻은 개가 겨 묻은 개 나무란다는 거."

"맞아, 맞아. 저렇게 좋으면 싫어하는 척이나 하지 말든가. 저런 애들 진짜 딱 싫어. 남자한테 관심 없는 척하면서, 뒤에서는 남자 만나고 돌아다니는 애들."

친구들이 자기에 대해 뭐라고 떠들어 대는지 모르는 윤영은, 그저 즐거웠다.

영화표도, 팝콘도 전부 지후가 샀다. 윤영이 사려고 했지만, 지후가 말렸다.

"내가 살게."

"아냐, 내가 보자고 한 건데."

"됐어. 내가 살게."

윤영은 슬쩍 자신을 밀어내면서까지 완고하게 계산을 하려는 지후의 행동이, 윤영을 애인으로, 혹은 애인 후보로 대접을 해 주는 것만 같았다.

영화는 역시 윤영의 취향이 아니었다.

'하지만 영화가 중요한 게 아니지.'

바로 옆에 지후가 있다. 그것만으로도 영화 상영 시간이 너무 짧게 느껴졌다.

더 길었으면. 아예 끝나지 않았으면. 그래서 영원히 이렇게 함께 있을 수 있으면.

그러면 좋을 텐데.

영화가 끝나고 나왔을 때, 헤어지고 싶지 않았다.

"재미있더라. 덕분에 잘 봤어."

지후의 감상에, 윤영은 대답하지 못했다. 어떻게 해야 지후와 더 오랫동안 같이 있을 수 있을지 고민하는 중이었기 때문이다.

지후는 윤영을 흘끗 내려다보고는 더 이상 말을 걸지 않았다. 영화관을 나오자마자 지후가 입을 열었다.

"그럼 이제……."

"너네 집에 가 보고 싶어."

지후의 말을 끊으며, 윤영이 말했다.

지후가 눈을 크게 떴다.

"뭐?"

"너네 집, 구경하고 싶어. 오늘 너네 집에서 저녁 먹자. 마트에 서 장 봐서, 내가 요리해 줄게. 나, 요리 잘하거든."

지후의 미간이 좁아졌다. 윤영은 가슴이 콱 옥좼다.

'너무 성급했나?'

지후가 여기서 헤어지자고 말하기 전 무슨 말이든 해야 한다
는 생각에, 저도 모르게 내뱉은 말이었다.

지후가 대답하기까지의 시간이 무척이나 길게 느껴졌다.

"집에 재경이 있어."

완전히 거절의 말은 아니었다. 돌려서 거절한 것이겠지만, 윤
영은 여기서 물러날 생각이 없었다.

"괜찮아. 같이 저녁 먹으면 좋지. 나, 재경이 좋아해. 편하고
상냥하고."

"남자 둘이 사는 집엘 오겠다고?"

"에이, 친구 사이인데 뭐 어때?"

"흐음."

윤영은 주먹을 꽉 쥐었다.

'제발. 제발.'

지후의 입술을 주시했다. 굳게 다물려 있던 붉고 예쁜 입술이
천천히 벌어졌다.

"그래, 그럼."

*　　　*　　　*

하루 종일 기분이 안 좋은 이유는, 그리운 꿈을 꿨기 때문이었

다.

나루는 침대에 누워서 멍하니 천장을 올려다봤다.

'아니, 오늘 지후랑 윤영이랑 영화를 본다고 해서 기분이 나쁜 걸지도 몰라. 지금쯤 영화 보고 있으려나?'

옛 시간의 꿈을 꿨다.

어느 주말 오후. 아직 레지던트였던 재경이 오랜만에 시간이 났다며 모두를 소환했다.

점심을 먹고 커피숍에서 수다를 떨었던 날이 기억나는 이유는, 그 전날에 지후에게 커플링을 받았기 때문이었다.

그때, 자꾸만 서로를 보는 나루와 지후에게 윤영은 말했다. 커플인 거 잘 알고 있으니까 티 좀 그만 내라고.

'설마 그때도 윤영이가 지후를 좋아하고 있었던 걸까?'

옛 시간에서는 조금도 의심하지 않았었는데, 이 시간에 와서 자꾸 의심을 하게 된다.

어쩌면 윤영이 옛 시간에서도 지후를 좋아했을지도 모른다고.

지후와 나루가 사귀게 되는 바람에, 고백조차 하지 못하고 그 마음을 감추고 있었을지도 모른다고.

'아, 진짜 기분 별로네.'

무슨 수를 써도 가라앉은 기분이 나아지지 않았다.

'안 되겠다. 밖에 나가서 바람 좀 쐬야겠어.'

나루는 벌떡 일어났다. 산책을 좀 하고 백화점에서 윈도우 쇼

핑을 하다 보면 기분이 좀 나아질 것이다.

그러나 현관문을 나서는 순간, 나루는 자신의 결정을 후회했다.

윤영과 지후가 복도를 걸어오고 있었던 것이다.

나루는 현관문을 잡은 채로 얼어붙었다. 장을 보고 오는 길인지, 지후의 손에는 마트 봉지가 들려 있었다.

윤영과 지후의 거리는 아주 가까웠다. 오늘 집에서 저녁을 해 먹기로 결정한 커플이, 장을 봐서 돌아오는 길처럼 다정해 보였다.

나루는 표정 관리를 해야 한다는 생각조차 들지 않았다. 그저 멍하니 둘의 모습을 지켜봤다.

지후가 먼저 나루를 발견했지만, 인사조차 건네지 않았다. 분명히 눈이 마주쳤는데, 지후는 슬그머니 시선을 피했다.

욱신—

심장에 격통이 일었다. 가슴에 칼이 박힌대도, 이토록 아프지는 않을 것이다. 찢긴 심장에서 흘러나온 피에 질식할 것만 같았다.

"어, 연나루다."

지후보다 늦게 나루를 발견한 윤영이 아는 척을 했다.

'표정을.'

나루는 문손잡이를 꽉 쥐었다.

'관리해야 돼.'

쉽지 않았지만, 가까스로 입가에 미소를 띄울 수 있었다.

"안녕. 둘이 같이 오는 걸 볼 줄은 몰랐네."

다행이다. 목소리가 많이 떨리진 않았다.

"응, 오늘 같이 영화 봤거든."

윤영의 입가에 번지는 미소가 승리자의 미소라는 것을, 나루는 알 수 있었다.

"아, 그래."

"지후네 집에서 같이 저녁 먹기로 했어. 아, 너도 저녁 같이 먹을래? 지후야, 나루도 같이 먹어도 되지?"

윤영이 지후에게 애교스럽게 물었다.

지후는 보일 듯 말 듯 하게 고개를 끄덕였다.

윤영이 나루를 보며 생글생글 웃었다.

"같이 먹어도 된대. 너도 약속 없으면 같이 저녁 먹자. 내가 맛있는 거 해 줄게."

둘은 완전히 연인이 된 것 같아 보였다.

"아니, 괜찮아."

나루는 간신히 대답했다.

"나는 약속이 있어서. 맛있게 먹어."

"아, 그래. 그럼 어쩔 수 없지. 내일 봐."

"응."

두 사람이 나루의 집 앞을 지나갔다.

나갈 생각이 사라졌다.

나루는 집 안으로 들어와 조용히 문을 닫았다.

심장에서 피가 흐른다.

나루는 문에 기대어 스르륵 주저앉아 두 손으로 얼굴을 감쌌다.

'아, 너무 아프다.'

윤영은 닫힌 나루의 집 문을, 흘끗 돌아봤다.

'나, 방금 너무 나댔나?'

하지만 지후는 장단을 맞춰줬다.

'뭐, 괜찮겠지.'

문득 어젯밤에 꾼 꿈이 떠올랐다.

윤영을 향한 애정 어린 나루의 눈빛, 다정한 음성, 해사한 미소가 무척이나 생생하게 떠올라 당황스러웠다.

'뭐야, 갑자기.'

새까맣게 잊고 있었는데 왜 갑자기 생각난 걸까?

방금 전 나루를 보며 취했던 승리감이 순식간에 사라졌다.

'그냥 꿈일 뿐이잖아. 개꿈이라고, 개꿈!'

하지만 다시 생각난 꿈은 아침보다 더 깊이 윤영의 뇌리에 각인되었다. 영원히 지워지지 않을 듯 또렷하게.

*　　　*　　　*

윤영과 함께 들어오는 지후의 모습에, 재경은 말문이 막혔다. 둘이 영화를 본다는 건 알고 있었지만, 집까지 같이 올 줄은 몰랐다.

게다가 둘은 함께 장까지 봐 왔다!

몹시도 마음에 안 드는 상황이기는 하지만, 윤영의 앞에서 티를 내지 않을 만큼의 생각은 있었다.

"어, 둘이 같이 올 줄은 몰랐는데."

재경의 말에 윤영이 미안하다는 듯 웃었다.

"어떻게 하고 사는지 너무 궁금해서, 내가 지후를 졸랐어. 대신에 맛있는 거 해 줄게. 닭볶음탕 좋아해?"

"좋아하긴 하는데……."

재경은 지후를 돌아봤다. 지후가 무슨 생각을 하는지 도통 알 수가 없었다. 그의 무표정한 얼굴에는 아무것도 드러나 있지 않았다.

"미리 말했어야 했는데, 미안."

지후는 그렇게만 말했다.

"남자 둘이 사는 거라서 지저분할 줄 알았는데, 되게 깨끗하다. 누가 집안일을 잘하는 거야?"

윤영이 집을 둘러보며 물었다.

"지후가."

"아, 진짜? 재경이가 깔끔할 줄 알았는데."

"난 별로."

자기가 불러들인 주제에, 지후는 윤영을 상대해 주지 않았다. 그래서 재경이 윤영의 말에 대답을 해 줘야만 했다.

"집 되게 좋네. 이 빌라가 다 이런 구조인가?"

"아니, 방 하나짜리도 있고 그렇더라. 나루네는 방이 하나야."

"아, 나루. 방금 마주쳤는데."

"그래? 나루도 부르지 그랬어?"

"같이 저녁 먹자고 했는데 선약이 있대."

"아, 그래."

재경은 표정이 굳어지는 걸 막을 수가 없었다.

나루도 지후와 윤영이 함께 들어오는 모습을 목격하다니.

'오해할지도 모르겠는데. 아니, 오해가 아닌가?'

재경은 윤영을 도와 식료품을 정리하는 지후의 뒷모습을 노려봤다. 지후의 모습은 영락없이 저녁 준비하는 애인을 돕는 남자로 보였다.

울컥 짜증이 치밀었다.

'내가 어떤 마음으로 나루를 포기했는데.'

지후의 태도를 이해할 수가 없었다.

지후는 분명 나루를 좋아한다. 본인은 자꾸 아니라고 하지만, 재경도 사랑을 하기에 알 수 있었다. 지후 또한 자신과 같은 눈으로 나루를 지켜본다는 걸.

'아니면 내가 틀린 건가? 지후는 정말로 나루를, 그냥 내가 좋아하는 여자라고만 생각하는 건가?'

혼란스러웠다.

윤영은 즐거워 보였고, 재경은 그런 윤영이 곱게 보이지 않았다. 윤영이 특별히 재경에게 잘못한 건 없지만, 나루를 대하는 태도가 마음에 들지 않았다. 게다가 지금은 지후의 애인이라도 된다는 듯 행동해서 더 싫다.

"아, 지후야. 매운 건 잘 먹어?"

윤영이 지후에게 물었다.

"아니, 못 먹어."

"그래? 그럼 닭볶음탕 말고 찜닭을 할까? 간장이랑 다 있으니까."

"알아서 해. 내가 도울 건?"

"없어, 없어. 가서 앉아 있어."

"그래."

대화를 끝낸 지후가 뒤로 돌아서다가, 재경과 눈이 마주쳤다. 재경은 눈에 힘을 주고, '이 상황을 설명해 봐.'라는 질문을 던졌지만 지후는 무시하고 방으로 향했다.

재경이 지후의 손목을 붙잡았다.

"어디 가?"

"내가 도울 일 없대서."

"그렇다고 방에 들어가게?"

"들어가서 쉬고 있어도 돼. 재경이 너도."

윤영이 뒤를 돌아보며 말했다.

재경은 그런 윤영을 노려봤다. 더는 안 되겠다.

"이 집 안주인처럼 굴지 마. 여긴 네 집도 아니고, 넌 지후 애인도 아니니까."

재경이 차갑게 내뱉은 말에 윤영의 안색이 어두워졌다.

"재경아."

지후가 나무라듯 말했지만, 재경은 아랑곳하지 않았다.

"지금 이게 뭐하는 짓이야? 같이 사는 사람한테 묻지도 않고 여자를 데리고 오고. 그 여자는 뭐가 좋다고 남자 둘이 사는 집에 쭐레쭐레 따라온 건데?"

"성재경."

지후의 목소리가 낮아졌다. 이건 정말 화가 났다는 뜻이다.

하지만 민지후. 나도 화가 났어.

"미안해, 재경아. 난 그냥…… 괜찮을 줄 알았어. 우린 친구니까."

윤영이 울 것 같은 표정으로 변명을 했지만, 재경의 표정은 누그러지지 않았다.

"친구 좋아하시네. 나랑 너는 친하지도 않고, 아마 너랑 지후도 친하지 않겠지. 친하지도 않은 남자 집에서 밥 해 주는 게 취미인가 보지?"

"아니, 그건…… 그냥 친해지고 싶어서."

"나는 너랑 친해질 생각 없어."

"성재경, 그만해."

지후가 무거운 음성으로 말했다.

"아니, 그만 못 하겠네. 이 집은 너랑 나랑 같이 사는 집이야. 네가 김윤영한테 밥을 얻어먹고 싶었다면 김윤영 집을 가든가 했어야지. 나한테 의견도 안 묻고 이게 뭐 하는 짓이야?"

한 번 터뜨리고 나니 감정이 점점 더 격해졌다. 말없이 응시하는 지후와 안절부절못하며 이 상황을 지켜보는 윤영의 모습에, 더 화가 났다.

"미안해. 둘이 싸우지 마. 그냥…… 그냥 내가 집에 갈게."

윤영이 들고 있던 감자와 칼을 내려놓고 말했다.

재경은 윤영을 향해 차가운 시선을 던지며 대답했다.

"어, 그래. 너, 그냥 가라."

윤영이 도움을 청하듯 지후를 돌아봤다.

애 좀 봐 봐. 애가 나한테 뭐라고 해. 애 좀 혼내 줘.

그런 눈빛이었다.

그래, 어디 도울 테면 도와봐. 나도 가만히 안 있을 테니까.

재경은 마음을 단단히 먹었다.

지후가 또다시 끼어들면 싸울 생각이었다. 하지만 지후는 재경을 말리는 대신 윤영에게 다가갔다.

"가자, 데려다줄게."

윤영의 눈동자가 흔들렸다. 윤영은 아랫입술을 잘근 깨물었다가 고개를 끄덕였다.

"응, 그래. 미안해, 재경아."

재경은 대답하지 않고, 집 밖으로 나가는 윤영과 지후의 뒷모습을 노려봤다.

*   *   *

"데려다주지 않아도 돼. 재경이 많이 화난 것 같은데 들어가봐."

사실은 데려다줬으면 좋겠지만, 윤영은 그렇게 말했다. 사려 깊은 여자로 보이고 싶었다.

"아냐, 할 말도 있고. 일단 좀 걷자."

"할 말? 재경이 일 때문이라면 난 괜찮아. 재경이가 기분 나쁠 만했어."

"아, 재경이. 그래, 내가 재경이한테 미리 말을 해 뒀어야 했는데. 너한테 미안하게 됐다."

"에이, 왜 네가 미안해? 내가 집 구경하고 싶다고 조른 건데. 난 정말 괜찮아. 그만 가 볼게. 들어가서 재경이 좀 달래 줘."

"아니, 할 말이 있어."

윤영은 눈을 동그랗게 뜨고 지후를 올려다봤다. 자신이 이런 표정을 지으면 무척 사랑스러워 보인다는 것을, 윤영은 알고 있었다.

"이 얘기를 하려는 거 아니었어?"

"응."

"무슨 얘긴데? 여기서는 못 하는 말이야?"

"응. 일단 좀 걷자."

"아, 응."

끝까지 거절할 필요는 없었다. 재경과 그런 일이 있었음에도 가슴이 두근거렸다.

굳이 데려다주면서 할 말이 뭘까.

'사귀자는 말을 하려는 걸까?'

너무 앞서가고 싶지 않지만, 은근슬쩍 고개를 내미는 기대감을 억누르기 힘들었다.

'만약 사귀자고 하면 뭐라고 대답해야 하지? 너무 한 번에 수락하면 쉬워 보일 텐데. 그렇다고 괜히 싫은 척하면, 지후 성격에 두 번은 말 안 할 것 같고. 어쩌지?'

걷는 내내 사귀자는 말을 들었을 경우 어떻게 행동할지 시뮬레이션 했다.

대화 한 마디 없었지만 집으로 가는 시간이 짧게 느껴졌다. 이윽고 윤영의 집이 있는 골목길이 보였다.

골목길로 들어서기 전에, 놀이터가 하나 있었다. 이용객이 별로 없어서 관리하지 않은, 지저분한 놀이터였다.

"저기서 얘기하자."

지후가 놀이터를 가리켰다. 둘은 아무도 없는 놀이터로 향했다. 지저분한 벤치와 허름한 그네가 눈에 들어왔다.

"옛날엔 저 그네 자주 탔었는데. 지금은 많이 지저분해졌다."

긴장을 풀기 위해, 윤영은 그네를 보며 재잘거렸다.

지후는 그런 윤영을 가만히 내려다봤다. 지후의 기름한 눈매 안에, 깊은 눈동자가 갇혀 있었다. 부드러운 듯하면서도 신중한 눈빛은, 또래의 남자애들에게서 보기 힘든 것이었다.

윤영은 마른침을 꼴깍 삼켰다. 긴장이 돼서 숨을 쉬기가 힘들 었다.

"저기, 할 말이 뭐야?"

굳게 닫힌 지후의 입술이 열릴 생각을 하지 않았다. 견디다 못 한 윤영이 조심스럽게 물었다.

"윤영아."

"응?"

윤영은 두 손을 앞에서 모아 쥐었다. 지후가 사귀자는 말을 하면, 예상도 못 했다는 표정을 지을 준비를 했다. 그러나 다음 순간 이어진 지후의 말은, 정말로 윤영이 예상도 못 했던 말이었 다.

"나는 널 이용하고 있는 거야."

순간 그 말의 의미를 제대로 받아들이지 못했다.

윤영은 멍하니 지후의 입술을 응시했다. 추측에서 너무 한참 벗어난 말이라, 표정 관리를 해야 한다는 생각조차 하지 못했다.

"어…… 무슨 뜻인지…… 모르겠는데?"

목소리가 갈라졌다는 것조차, 윤영은 깨닫지 못했다.

"나는 널 이용하는 거라고."

지후가 다시 한 번 분명하게 말했다. 그의 무표정한 얼굴에서는, 생각을 읽을 수가 없었다.

"그러니까 그게 무슨 뜻인데? 뭘 어떻게 이용한다는 거야?"

"재경이가 나루를 좋아한다는 거, 너도 알고 있을 거야. 나는 재경이와 나루가 잘됐으면 좋겠어."

"그런데?"

"내가 중간에서 둘을 방해하고 싶지 않아. 그래서 너한테 관심 있는 척한 거야. 그래야 재경이가 날 신경 쓰지 않을 테니까."

윤영의 표정이 일그러졌다. 괜찮은 척하고 싶은데 쉽지 않았다. 지후가 뱉어 내는 한마디, 한마디가 비수가 되어 가슴에 박혔다.

윤영은 앞으로 모은 두 손을 꽉 움켜쥐었다.

"재경이가 널 왜 신경 쓰는데? 나루가, 널 좋아하기라도 해?"

"아니."

"그럼 왜?"

"내가."

"네가 뭐?"

시종일관 무표정하던 지후의 얼굴에 처음으로 감정이 드러났다. 지후는 다정하고 애정이 가득한, 지난 밤 꿈에서 보았던 그 표정을 지으며 말했다.

"내가 나루를 좋아해."

윤영의 심장이 쿵 내려앉았다. 사실 짐작하고 있었다. 믿고 싶지도, 받아들이고 싶지도 않았다. 그래서 애써 모르는 척해 왔다.

"네가."

윤영은 깊이 호흡했다.

"네가 나루를 좋아한다고?"

"응."

"그럼, 그럼 네가 나루랑 잘되면 되잖아. 왜 군이 재경이랑 이어 주려는 건데? 친구를 위한 거야? 우정? 그것 때문에 그래?"

화낼 일이 아니었다. 사실 지후는 오해할 만한 행동을 하지 않았다. 오늘 만나자고 한 것도 윤영 자신이고, 집 구경을 시켜 달라고 했던 것도 본인이었다.

지후는 계속 거리감을 유지하려고 했다. 윤영이 멋대로 망상하고 부풀리고 기대한 것뿐이지만, 거기까지 생각이 미치지 않았다.

지후가 날 가지고 놀았어.

그런 생각만이 머릿속에 가득했다.

"우정, 그것 때문만은 아니야."

지후가 여상히 말했다.

"그럼 뭔데? 왜 날 이용하면서까지 연나루를 양보하려고 하는 건데?"

"그게 나으니까."

"뭐?"

"그 편이, 나루에게 더 좋으니까."

"뭔 소리야, 그게? 대체 왜? 네가 성재경보다 부족한 게 뭔데? 큰 빚이라도 있어?"

그 순간 지후가 지은 표정에, 윤영은 입을 다물었다.

'뭐야, 저 표정은?'

지후는 몹시도 쓸쓸한 표정을 짓고 있었다. 보는 이의 가슴마저 아릿하게 만드는 표정. 어디서 본 것 같다는 생각이 들었는데, 곧 깨달았다.

간혹 나루가 윤영을 볼 때 짓는 표정이었다.

왜일까.

왜 둘은 같은 표정을 짓는 걸까?

그리고 왜 나는.

'또 그 꿈을 생각하고 있는 거지?'

개꿈일 것이 분명한 지난밤의 꿈이 자꾸만 머릿속을 휘저었다. 지후와 나루의 약지에 낀 커플링, 서로를 보는 애정 어린 눈빛, 마주 잡은 손과 입가에 뜬 미소.

마치 실제로 경험한 것처럼 생생하게 떠올라, 가슴이 아팠다.

"나루는 재경이랑 사귀어야 행복할 거야. 재경이는 나루를 아주 많이 좋아하니까. 그리고…… 정말로 좋은 녀석이니까."

지후가 말했다.

윤영은 정신을 차리고 지후의 얼굴을 살펴봤다. 방금 전에 지었던 쓸쓸한 표정은 사라지고 없었다. 다시 무표정으로 돌아간 그를 보니, 뱃속에서 부글부글 끓던 원인 모를 분노도 많이 가라앉았다.

이제야 이것이 지후에게 화낼 일이 아니라는 것을 받아들일 수 있었다.

"너도 좋은 녀석이잖아."

윤영의 말에 지후가 후, 하고 웃었다.

"널 이용하는데도?"

"이게 뭐가 이용하는 거야? 다 밝혀 놓고."

"나를 좋아하지 마, 윤영아."

"너무 훅 들어온다. 내가 좋아할까 봐 겁나니?"

"그래, 겁나."

지후의 말에 가슴이 아팠다.

"왜 겁나? 나, 이래 봬도 인기 많아. 괜찮은 여자라고."

"괜찮은 여자라는 거 알아. 인기가 많다는 것도 알고. 하지만 내가 널 좋아하는 일은 없을 거야, 절대."

지후는 '절대'라는 말을 강조했다. 자존심이 상했지만 윤영은 내색하지 않고 물었다.

"세상에 절대라는 게 존재한다고 생각해? 아, 수학에서 빼고."

"있어, 때로는."

"사람 마음은 네가 원하는 대로 흘러가는 게 아냐."

"그래, 알아. 하지만 내가 널 좋아하는 일은 절대로 없어."

"야, 너무 그러니까 기분이 좀 나빠진다. 내가 어디가 어때서?"

"네가 어디가 어떤 게 아냐. 너는 정말 좋은 여자야. 네 문제가 아냐. 내 문제지."

"왜? 그 마음이 평생 나루만 향할 것 같아?"

약간은 조롱하듯 물었다. 하지만 돌아온 대답은 진지했다.

"응, 그럴 거야. 나는 평생 나루만 사랑하다가 죽을 거야."

웃기는 소리였다. 평생 사랑하고 어쩌고…… 그런 말들을, 윤영은 믿지 않았다. 사랑처럼 부질없고, 사랑처럼 빨리 식는 것이 없다고 생각해 왔다.

하지만 지후의 말은 그리 가볍게 느껴지지 않았다. 아아, 이 남자는 정말로 평생 연나루만 사랑하다가 죽겠구나, 라는 생각이 들었다.

윤영은 문득 떠오른 바보 같은 생각을 황급히 지웠다.

'그럴 리 없잖아. 사귀는 것도 아닌데 평생 사랑을 하다니. 죽고 못 살아서 결혼한 부부도 이혼을 하는 판에.'

"나는 널 계속 이용할 거야. 앞으로도 너한테 잘할 거고. 네가 오해하지 말아 줬으면 좋겠다."

지후의 말에 윤영은 인상을 찌푸렸다.

"날 계속 이용하겠다고?"

"싫다면 안 할게."

"아니, 싫다는 건 아니고……."

지후가 잘해 주겠다는데 싫을 리 없었다. 자존심은 상하지만, 아직도 지후를 좋아하는 마음이 남아 있었다. 이용을 당해서라도, 지후와 친하게 지내고 싶었다.

영원한 것도, 절대적인 것도 없다.

지후는 평생 나루만 사랑하겠다고 말했지만, 눈에서 멀어지면 마음에서도 멀어지는 법. 그건 달리 말하면, 가까이에 있는 사람이 마음에 들어올 수도 있다는 뜻이다.

계속 어울리다 보면, 지후의 마음도 윤영을 향하게 될지도 모른다.

"만약 나루가 널 좋아하면 어쩔 건데? 나루 마음이 중요한 거 아냐?"

"아니야."

지후의 단호한 대답에 어이가 없었다.

"아니긴 뭐가 아냐. 걔가 널 좋아한다고 하면, 어쩔 수 없는 거지."

"아니, 그래도 안 돼. 나루는 재경이를 만나야 돼. 재경이는 분명 나루를 행복하게 해 줄 거야."

"넌 못 해 주고?"

그 말에 지후는 대답 없이 웃기만 했다. 역시나 애달픈 미소였다.

"난 정말 네 결정이 이해가 안 돼. 그래, 우정 때문에 나루를 양보하려고 하는 건 이해하겠어. 그런데 나루가 널 좋아하게 되면, 그때는 받아들여야지. 억지로 재경이랑 사귀라고 할 수는 없는 거잖아."

"그렇겠지."

"그런데 왜? 나 좀 이해시켜 봐 봐. 내가 머리가 나쁜 건지, 혼자서는 이해를 못 하겠으니까."

"너도 언젠가 이해하게 될 거야."

"대체 언제?"

"글쎄. 12년 후쯤?"

＊　　　＊　　　＊

저녁을 먹다 말고, 명진은 벌떡 일어났다. 갑자기 일어난 명진을, 가족들이 황당하다는 듯 올려다봤다.

명진은 숟가락을 손에 쥔 채로 굳어 있었다. 막 퍼 올린 쌀밥이 바닥으로 툭 떨어지는 것조차, 명진은 깨닫지 못했다.

'그래, 내가 왜 그 생각을 못 했지?

뒤통수를 강타하듯 깨달음이 찾아왔다.

'난 진짜 멍청이야!'

"야, 윤명진. 뭐하는 거야? 밥 먹다 말고 개그하냐?"

둘째 누나의 책망에, 명진은 정신을 차렸다.

"나, 잠깐 나갔다가 올게."

"뭐? 이렇게 갑자기? 어디?"

"다녀올게."

명진은 숟가락을 내려놓을 생각도 못 하고 집을 뛰어나갔다.

오랫동안 집 앞에 세워 뒀던 오토바이가 눈에 들어왔다. 잠시 망설이다가 오토바이에 올랐다. 그제야 숟가락을 들고 있었다는 걸 깨닫고 옆으로 던져 버렸다.

명진은 오토바이에 시동을 걸고, 그 어느 때보다도 빠르게 달리기 시작했다.

*　　　*　　　*

지후가 들어오자마자 재경은 달려들 듯 지후에게 다가갔다.

"야, 민지후. 너, 나랑 얘기 좀 하자."

"할 얘기 없어."

"아니, 있어야 할 거야."

"없다고."

지후가 재경을 밀고 들어가려 했다. 하지만 재경이 지후의 앞을 단단히 막아섰다.

"민지후, 설명해. 너, 지금 뭐 하는 짓인지."

"뭘 설명하라는 건지 모르겠다. 너한테 말도 없이 사람을 데리고 와서 화가 난 거라면, 앞으로는 주의하도록 하지. 이런 일 없을 거야."

"지금 그것 때문에 이러는 게 아니잖아."

"그럼 뭐 때문인데?"

"뭐 때문이냐고? 그걸 몰라서 물어?"

"어, 모르겠다."

지후가 낮은 목소리로 말했다.

지후는 재경과 눈을 똑바로 맞췄다.

"내가 윤영이랑 어울리는 게 무슨 문제가 되는 거지? 윤영이가 네 원수라도 돼?"

"원수는 아니야. 하지만 넌…… 너는 나루를 좋아하잖아."

"하."

지후가 어이없다는 듯 짧게 숨을 뱉어 냈다.

"저번부터 정말 왜 그러는지 모르겠다. 왜 네 생각을 밀어붙이는 거야? 내가 아니라는데."

"맞잖아. 내가 널 몰라?"

"지금 보니 모르는 것 같네."

"아니, 넌 연나루를 좋아해. 그런데 내가 좋다고 하니까 포기하려고 하는 거잖아."

지후가 피식 웃었다.

"말도 안 되는 소리. 네가 왜 그런 생각을 하게 됐는지, 난 정말 모르겠다. 말했다시피 네가 연나루를 좋아한다고 했고, 네가 누굴 좋아한다고 말한 게 처음이었고, 그래서 연나루에게 잘해 줘야겠다 싶었어. 가끔 내가 연나루를 쳐다봤다면, 그건 너 때문이야."

"그게 왜 나 때문이야? 네가 연나루를 좋아하니까……."

"아니. 신기해서. 수많은 여자들에게 고백을 받아도 무심했던 네가 처음으로 관심을 보인 여자잖아. 내 친구가 대체 연나루의 어떤 부분을 좋아하게 된 건지 궁금해서. 보면 알 수 있을까 싶어서 본 거야."

언제나처럼 감정을 싣지 않고 느릿하게 말하는 지후를, 재경은 가만히 응시했다.

지후를 조금만 덜 알았더라면, 지금 이 이야기를 믿었을지도 모르겠다. 지후는 상대를 안심시키고 신뢰하게 만드는 재능이 있으니까. 그럴듯한 지후의 말을 믿고, 마음 편하게 나루를 사랑할 수 있었을지도 모른다.

그러는 편이 재경도 좋았다. 그러나 재경은 지후를 너무 잘 알았다.

재경의 눈썹 끝이 내려갔다.

"지후야, 너 그거 아냐?"

재경은 쓴웃음을 지으며 말했다.

"넌 거짓말을 할 때면 말이 많아져."

"거짓말이라니. 그런 거……."

"왜 그렇게 절박해? 그래, 민지후. 나, 나루 좋아해. 태어나서 처음으로 누군가를 좋아하게 됐어. 하지만 괜찮아. 누구나 하는 거잖아, 짝사랑이라는 거. 누구나 사랑을 하고 아파하고 그러다가 괜찮아지고, 또 다른 사랑을 하게 되고. 그런 거잖아."

"재경아."

"내가 하는 사랑도, 많고 많은 짝사랑 중 하나일 뿐이야. 조금도 특별할 거 없어. 그런데 왜, 넌 그렇게 절박해? 왜 너답지 않은 행동까지 하면서, 나루를 양보하려는 거야?"

지후가 입을 꾹 다물었다. 고집스럽게 닫힌 입술이 결코 열리지 않으리라는 걸, 재경이 납득할 만한 답을 주지 않으리라는 걸, 재경은 알 수 있었다.

모르기에는, 지후를 너무 잘 아니까.

그때였다.

초인종이 울린 것은.

딩동—

딩동—

딩동—

신경질적으로 울리는 초인종 소리가 무거운 분위기를 깨뜨렸다.

지후가 마침 잘됐다는 듯 현관문으로 향했다.

문을 열었다.

명진이었다. 명진은 인사도 건네지 않고 지후의 손목을 잡아끌었다.

"민지후, 나랑 얘기 좀 하자."

강한 힘에, 지후가 끌려 나갔다.

탁—

문이 닫혔다.

재경은 황당한 표정으로 닫힌 문을 응시했다.

"지후랑 얘기하고 싶어 하는 사람, 참 많네."

"손 놔도 따라갈게."

지후가 말했지만 명진은 손에서 힘을 빼지 않았다. 빌라에서 멀리 떨어진 공터에 도착할 때까지, 명진은 앞만 보고 걸었다.

이윽고 공터에 멈췄을 때, 명진은 휙 돌아서서 지후를 응시했다. 그리고 지후가 무어라 말하기 전, 명진이 먼저 말했다.

"민지후, 너도지? 너도 시간을 돌아온 거지?"

*　　　*　　　*

나는 죽었다.

생명이 사라지던 그 순간을, 나는 똑똑히 기억한다.

나루를 향했던 칼은, 내 복부 깊이 들어왔다. 상대는 목적을 달성하지 못한 것에 분노했는지, 칼을 마구 휘저었다.

타는 듯한 통증, 흐르는 피, 그리고.

나루의 절규.

피와 함께 생명이 흘러 나가는 것을 느끼는 와중에도, 나는 하나만 생각했다.

살아야 돼. 연나루는 살아야 돼.

나루의 비명이 근처에 있는 살인범을 자극하게 될까 봐 걱정이었다. 그래서 나는 말했다.

"쉿."

살아야 돼. 너는 살아서 행복해야 돼.

그러니까.

"쉿."

그 한 마디에 많은 염원을 담았다. 사실은 더 많은 말을 할 기회가 있을 줄 알았다.

나루에게 해 주고 싶은 말이 아주 많았다.

나루야. 너는 정말로 사랑스러운 여자야.

너를 만난 이후, 너와 함께한 매일이 축복이었어.

네가 있어서 내 삶이 완성되었어.

나는 먼저 가지만, 너는 더 살아야 돼. 더 오래 살다가 와.

미안해하지 마. 네가 죄책감을 가질 일이 아니야.

있는 힘껏 행복해져. 내 몫까지, 많은 것을 보고, 많은 것을 경험하고, 그렇게 살아가.

좋은 남자를 만나고, 예쁜 연애를 하고, 결혼도 하고, 아이도 낳고, 그렇게 오랫동안 살다가 많은 사람들의 배웅을 받으며 떠나와.

그때까지 내가 먼저 가서 지켜볼게.

너의 모든 순간을 내가 함께하고 싶었지만, 그러지 못하니까 멀리서나마 지켜볼게.

그러나 기회는 주어지지 않았다.

"쉿."

그 말을 끝냄과 동시에, 암흑이 찾아왔다.

그리고…….

눈을 떴더니, 나는 편의점에서 콜라를 들고 서 있었다.

내게 벌어진 일을 이해할 수가 없었다.

대체 무슨 일일까.

나는 죽었다. 내 인생에서 유일했던 연인의 품에 안겨 생을 마감했다. 그런데 왜 나는 지금 콜라를 들고 편의점에 서 있는 거지?

어째서? 이게 뭐지?

이런 게 죽음인 건가?

죽으면 편의점에서 콜라를 사게 되나?

콜라나 사이다, 둘 중 하나를 선택해서 천국과 지옥이 가름 나거나 그러는 걸까?

콜라는 지옥, 사이다는 천국. 그런 건가?

"저기요."

그때, 짜증스러운 목소리가 나를 일깨웠다. 내 뒤에 서 있던 남자였다.

이 남자도 죽은 걸까?

"계산 안 하실 거면 좀 비켜 주실래요?"

계산? 그제야 나는 내가 계산대 앞에 서 있다는 걸 깨달았다.

"아, 네. 죄송합니다."

사후 세계는 의외로 산 자의 세계와 비슷하다. 어떻게 돌아가는 시스템인지는 알 수 없지만, 나도 계산을 해야 할 것 같아서 돈을 지불했다.

돈을 지불하면 무언가 벌어질 줄 알았는데, 아무 일도 일어나지 않았다. 그래서 나보다 앞서 계산한 남자가 그랬듯, 나도 편의점을 나왔다.

편의점에서 나오면 새로운 죽음의 세상이 펼쳐질 줄 알았다. 하지만 내 눈에 들어온 건, 묘하게 그리움을 자아내는, 익숙한 거리였다.

'여긴.'

대학 다닐 때 자취하던 빌라 앞이다.

사후 세계에 왜 이런 곳이 있는 걸까?

'아, 이거 혹시 주마등인가?'

어쩌면 아직 사후 세계에 가기 전인지도 모르겠다. 사람은 죽을 때가 되면 인생의 모든 순간이 순식간에 흘러 지나간다고 한다.

지금 나는 그걸 겪고 있는지도 모르겠다.

나의 가장 좋았던 순간.

내 인생에서 가장 축복받았던 순간.

연나루를 만나고 반하게 된 그 순간부터, 나의 주마등이 시작되는 건지도.

그렇다면 가 보자.

그녀를 처음 보고, 사랑에 빠진 그 장소로.

나는 콜라를 들고 빌라를 향해 걸어갔다.

계단을 올라가는 동안 설레었다.

죽으면 끝인 줄 알았는데, 20살의 연나루를 한 번 더 볼 수 있다니.

행운이다. 아니, 아니야. 지금 나루는 나를 잃고 괴로워하고 있을 텐데, 너무 좋아하면 안 되지.

하지만 4층에 올라선 나는, 기억과 다른 장면을 목격했다.

나는 나루에 관계된 모든 일을 기억하고 있다. 그녀를 처음 본 날, 그녀가 입고 있던 청바지와 회색 후드 티셔츠, 구겨 신은 운동화에 묻은 얼룩까지도 전부 기억한다.

그런데 지금 나루는, 내 주마등 속의 나루는 잠옷을 입고 있었다.

주마등이라면 내 기억과 똑같이 흘러가야 하는 거 아냐?

의아함을 느낄 새도 없이, 재경이 나를 불렀고 나루가 나를 돌아봤다. 나를 본 나루의 표정은 마치…… 유령을 본 것 같은 표정이었다.

—우와, 너네! 진짜 키 크다!

내 기억과 같다면, 나루는 우리를 보며 그렇게 말해야만 했다. 그게 그녀의 첫 마디였다. 그러나 내 주마등 속의 나루는 내 얼굴을 한참 동안 노려보다가 도망치듯 집으로 들어가 버렸다.

이게 대체 뭘까?

왜 주마등이 내 기억과 다른 걸까?

혼란스러워하며, 나는 재경을 따라 집으로 들어갔다.

현관문을 닫자마자 재경이 날 돌아봤다.

"방금 연나루라는 애."

나는 멍하니 재경을 응시했다. 그리고 재경의 이어지는 말에, 나는 이것이 주마등이 아니라는 걸 깨달았다.

"진짜 내 타입이야. 정말 예쁘다."

＊　　　＊　　　＊

원래는 내가 먼저였다.

집 앞 복도에서 나루를 마주치고, 짧은 대화를 나누고, 집으로 들어와 재경에게 말했다.

　—나루, 귀여운 것 같아.
　—귀여워? 뭐야? 반한 거야?

장난스럽게 대꾸하는 재경에게, 나는 진지하게 말했다.

　—응, 반했어. 첫눈에 반했어.

하지만 상황이 바뀌었다.

나는 들뜬 듯한 재경에게서 눈을 뗄 수가 없었다.

그런 거였나?

성재경도 나와 마찬가지였던 거였나?

내가 나루에게 반했듯, 재경도 나루에게 반했던 거였나?

단지 내가 먼저 말하는 바람에, 그 마음 감추고 나를 응원해 준 거였나?

가슴이 미어졌다.

울고 싶었다.

내 죽음에도 흐르지 않았던 눈물이, 재경의 진짜 마음을 아는 순간 흐르려 했다.

그대로 있다가는 재경에게 못 볼 꼴을 보이게 될 것만 같아, 나는 도망치듯 방으로 들어와 문을 잠갔다.

어떻게 된 거지?

지금 이게 주마등이 아니라면 뭐지?

왜 내 기억과 다른 일들이 펼쳐지는 거지?

길게 생각할 것도 없었다.

나는 내가 시간을 돌아왔다는 걸 어렵지 않게 받아들일 수 있었다. 인간이 상상하는 모든 일은 실제로 벌어질 가능성이 있다는 말을, 나는 믿어 왔다. 때문에 시간을 돌아왔다는 것 또한 믿을 수 있었다.

어째서 이런 기회가 내게 주어진 건지는 모르겠다.

'사람이 죽으면 다들 한 번씩 이런 기회를 얻는 건가? 후회되는 일을 바꿀 기회.'

벌써 기회는 주어졌다.

나는 내 친구의 마음을 전혀 모르고 있었다.

내 소중한 친구가 내 연인에게 어떤 마음을 품고 있는지, 알려고도 하지 않았다.

그리고 지금, 나는 내 친구의 마음을 알게 되었다.

그렇다면.

'바꿔야지.'

나는 12년 후에 죽는다.

12년 후, 나루는 연구를 완성시킬 것이고, 그 연구를 필요로 하는 무리와 그 연구를 말살시키려는 무리들에 의해 위협을 받게 될 것이다.

그리고 나는 나루를 지키다가 죽는다.

이건 변치 않는 사실이다.

내가 살 수 있을지도 모른다는 생각은 하지 않았다.

죽음은 모두에게 공평하다.

죽음은 피할 수 없다.

그렇다면 재경을 위해, 그리고 나루를 위해, 나는 둘 사이에서 빠져 주어야만 한다.

'잘됐어.'

혼자 남을 나루가 걱정이었다.

혼자 울고 혼자 생활할 나루가 걱정이었다.

하지만 나루와 재경이 연인이 되고, 내가 둘의 가장 좋은 친구로 남는다면.

내가 나루를 지키다가 죽었을 때에, 나루는 혼자 울지 않아도 된다.

나루가 느낄 죄책감 또한, 재경이 어루만져 줄 것이다.

*   *   *

내 친구가 내가 사랑하는 여자를 사랑한다. 그리고 이제 나는 내 평생에 걸쳐 사랑한 연인을 내 친구에게 넘겨주어야만 한다.

슬프지 않다면 그건 거짓말이다.

나는 방문을 걸어 잠그고 조금 울었다.

나를 위해 사랑을 포기하고, 그 사랑을 결코 드러내지 않았던 재경에게 고마워서.

평생 곁에 있겠다는 약속을 지키지 못하고 혼자 남겨 두고 온 나루에게 미안해서.

그리고 나루와의 행복했던 나날이 그립고 아쉬워서.

이렇게 죽을 줄 알았더라면 조금 더 잘해 줄걸.

더 많이 행복하게 해 줄걸.

사랑한다는 말도 더 자주 할걸.

후회와 슬픔이 가슴에 사무쳤다.

하지만 곧 눈물을 멈췄다.

내게는 후회되는 일을 반복하지 않을 기회가 주어졌다. 이것이 죽어 간 모든 이들에게 주어진 기회인지, 내게만 특별히 주어진 기회인지는 알 수 없지만, 나는 이 시간을 후회하지 않도록 살아갈 것이다.

내 사모하는 이가 나를 잃고 괴로워하는 일이 없도록, 내 소중한 친구가 속에 품은 사랑을 드러내지 못하고 힘들어하지 않도록.

결심을 굳힌다고 해서 내 마음을 내가 원하는 대로 움직일 수 있는 것은 아니었다.

재경이 나루와 가까워지도록 부추기며, 내 마음을 드러내지 않으려고 노력했다.

그러나 그녀를 향한 내 마음은 몹시도 크고 깊어서, 노력만으로 행동을 제어하기는 힘들었다.

20살의 나루는 귀엽고 풋풋하고 사랑스러웠다. 내 기억과 조금 다른 행동을 하기는 하지만, 시간을 돌아왔으니 모든 것이 옛 시간과 같을 수는 없을 것이다.

그럼에도 나루는 사랑스럽고 또 사랑스러워서, 나는 그녀에게서 눈을 뗄 수가 없었다. 있는 힘껏 그녀를 보지 않으려 노력하지만, 간혹 긴장을 늦추면 그녀를 보고 있는 내 자신을 발견했다.

아니, 간혹이 아니다. 자주 그랬다. 옛 시간에서 늘 그랬기에, 내 눈은 습관적으로 나루를 찾아 헤맸다. 습관이란 무서웠다.

나는 군대에서 피우기 시작했던 담배를, 이 시간에 돌아와 피우게 되었다. 옛 시간에서 담배를 많이 피우지는 않았었다. 아주 가끔 일이 힘들 때, 고민이 있을 때 피웠다.

이 시간으로 돌아와 나는 늘 마음이 힘들었다. 담배를 피운다고 가슴에 이는 이 통증이 사라지는 건 아니지만, 지푸라기라도 잡고 싶은 심정으로 피웠다.

재경에게 나루에 대한 고민 상담을 해 준 후, 나는 집 밖으로 나왔다. 술렁이는 마음을 잠재우기 위해, 담배를 하나 꺼내 입에 물었다.

벽에 기대어 담배를 피우다가, 인기척을 느끼고 고개를 돌렸다.

나루가 있었다. 어스레한 가로등 불빛 아래에 서 있는 그녀의 모습은, 자칫 잘못하면 흩어질 듯 위태로웠다.

왜 저런 분위기를 풍기는 걸까?

왜 저렇게 슬픈 눈으로 나를 보는 걸까?

안아 주고 싶었다.

저 마른 몸을 꼭 끌어안고, 괜찮아, 내가 옆에 있잖아, 슬퍼하지 마, 그렇게 말해 주고 싶었다.

그러는 대신, 나는 입에 물고 있던 담배를 슬그머니 아래로 내렸다.

내 옆으로 다가온 나루가 나를 올려다봤다. 나루의 새까만 눈동자를, 티 없이 맑은 그 눈동자를. 나는 무척이나 사랑한다.

옛 시간에도, 이 시간에도 마찬가지이기에, 사랑하는 까만 눈동자가 나를 물끄러미 응시하자, 심장이 격하게 뛰었다.

이 소리가 그녀의 귀에 닿지 않기를.

"담배, 피우네?"

그때, 그녀가 의아하다는 듯 물었다.

나는 담배를 벽에 문질러 끄며 그렇다고 대답했다.

"원래 피웠어?"

이 시간의 나루는, 역시 뭔가 다르다.

나루는 절대 오지랖이 넓지 않았다. 호기심이 많지도 않은 편이었다. 내가 모르는 연나루의 일부분이 존재할 리 없다.

"원래라니?"

"어, 그러니까…… 언제부터 피운 거야?"

이게 그렇게 중요한 문제인 걸까?

내 또래의 남자가 담배를 피운다는 건 이상한 일이 아니었다. 그런데도 의혹에 가득 찬 눈으로 나를 보며 꼬치꼬치 캐묻는 나루가 이상했다.

그리고 다음 순간, 나는 나루의 눈동자에 담긴 애정과 간절함을 발견했다.

그리하여 깨달았다.

그녀 또한 시간을 돌아왔음을.

내가 기억하는 것보다 어두운 그녀의 눈빛과 슬픔을 띤 미소, 그녀답지 않은 기이한 행동들을 이상하다고 생각했었다.

나루 또한 이 시간으로 돌아왔다고 하면 모든 것이 설명되었다.

나루가 어떤 생각을 하는지, 어렵지 않게 알 수 있었다. 그녀를 지키려다가 내가 죽었으니, 나를 사랑하지 않고 나와 연결되지 않겠다고 생각하는 것이리라.

내가 그녀를 구할 기회를 주지 않으려고 하는 것이리라.

가슴이 미어졌다.

"고등학교 때부터."

간신히 대답한 나는, 황급히 시선을 정면으로 돌렸다. 나루를 계속 보고 있다가는, 그녀를 끌어안게 될 것만 같았다. 내 몸은 여전히 그녀를 원했다. 그녀의 향기와 체온, 부드러운 살결을 그리워했다.

'아, 어쩌지?'

난처한 상황이었다. 나를 사랑하지 않던 20살의 연나루인 줄 알았는데, 아니었다. 나를 사랑하는 연나루가 지금 내 눈앞에 있다.

그렇다면 나는 어떻게 행동해야 하는 걸까?

계획을 변경해야 하는 걸까?

나를 사랑하는 나루에게 있어서 성재경은, 나의 가장 좋은 친구이자, 나루에게도 좋은 친구였다.

나루가 과연 그런 재경에게 사랑을 느끼게 될까?

나에게로 향했던 마음을 재경에게로 돌릴 수 있게 될까?

혼란스러웠다.

내게는 생각을 정리할 시간이 필요했다. 그러나 아랫입술을 잘근잘근 깨물며 고개를 숙이고 있는 그녀를 모르는 척할 수도 없었다.

이런 시간에 밖에 나온 이유는, 아마도 잠이 안 오기 때문이리라. 안 그래도 예민한 성격이라 불면증에 시달리는데, 이 시간으로 돌아와 잠이나 제대로 잤을지 걱정이었다.

―넌 내 수면제야.

불현듯 그렇게 말하며 말갛게 웃던 그녀의 모습이 떠올랐다.

―네가 옆에 있으면 정말 잠이 잘 와. 난 원래 엄마 옆에서도 잘 못 자는데, 신기해.

재잘재잘 떠들던 그녀의 음성이 그리웠다. 그녀의 볼을 마음껏 만질 수 있었던 그 시간이 간절했다.

안 돼, 지금은 안 돼.

어떤 선택을 해야 할지 결정하는 게 우선이야.

아직은 나루에게 필요 이상으로 가까이 다가가서는 안 돼.

그리 생각했지만, 밤길을 혼자 걸어가는 그녀를 보는 순간 결심이 무너졌다.

이런 길을 그녀 혼자 걷게 둘 순 없었다. 어둠 속에서 어깨를 축 늘어뜨리고 혼자 걷는 그녀를 모르는 척할 수 없었다.

나는 그녀를 사랑한다. 그녀를 위해 두 번이고, 세 번이고 죽을 수 있을 만큼. 그 선택을 결코 망설이지 않을 만큼. 그런데 어찌 그녀를 혼자 보낼 수 있겠는가. 나와 같은 고독감을 느낄 것이 분명한 나루를 못 본 체할 수 있겠는가.

나는 그녀를 따라 걸었다. 바로 옆에서 그녀의 손을 잡고 걷고 싶었지만, 그 욕심은 꾹 눌러 담았다. 그 정도의 이성은 남아 있었다.

"나, 혼자 가도 돼."

나루가 울음 가득한 목소리로 말했다.

나는 나루의 자그마한 뒤통수를 보며 생각했다.

바보야. 너, 정말 연기 못하는구나.

*　　　*　　　*

순간의 소중함은 그것이 추억이 되기까지는 절대 알 수 없다

　　　　　　　　　　　　　　　　　　—닥터 수스—

"민지후, 너도지? 너도 시간을 돌아온 거지?"

눈을 똑바로 마주치고 묻는 명진을, 지후는 물끄러미 응시했다. 눈치가 빠른 녀석이라는 생각은 했다. 어쩌면 나루가 시간을 돌아왔다는 걸, 명진도 알고 있을지도 모른다는 생각을 했다.

"무슨 소리를 하는 건지 모르겠는데."

지후는 인상을 찌푸렸다. 일단은 부정을 해야만 했다. 옛 시간에서 그리 친하지 않았던 명진이, 지금은 나루와 친해졌다. 아직 명진에 대해서는 제대로 파악하지 못했다.

어쩌면 이 모든 사실들을 나루에게 이실직고할지도 몰랐다. 나루는 절대로 내가 이 시간에 돌아왔다는 것을 알아서는 안 된다.

"모르는 척하지 마. 너도 시간을 돌아온 거잖아."

"갑자기 찾아와서 뭐라고 하는 건지 모르겠다. 알아듣게 좀 설명해 줄래?"

"아, 그래? 설명이 필요해서?"

명진의 입꼬리가 스윽 올라갔다.

"그래, 좋아. 그럼 설명하지. 네 분위기가 도통 요새 애들 같지 않다든가 하는, 지레짐작에 대해서는 말하지 않을게. 사실만 설명하겠어."

명진이 도전적인 어조로 말했다.

지후는 입을 꾹 다물고 명진의 입술을 응시했다.

"나루에게 네 이야기를 많이 들었어. 보통 옛 시간에서의 너에 대한 이야기였지. 나루가 그러더라. 네가 군대 다녀와서 담배를 피우기 시작한 줄 알았는데, 이 시간으로 돌아와서 고등학교 때부터 피웠다는 걸 알게 됐다고."

거기에 대해서는 지후도 할 말이 없었다. 나루에게 담배 피우는 모습을 들킨 게 잘못이었다.

"그리고 너, 연나루 좋아하잖아. 좋아하는 정도가 아니지. 허구한 날 나루만 보고 있으니까."

"그건……"

"아, 변명은 하지 마. 네 변명, 말 안 해도 뻔해. 재경이가 나루를 좋아해서 관심을 갖고 지켜본 거네, 어쩐 거네. 그런 소리는 됐어."

"아니, 그런 게……"

"나, 아직 말 안 끝났다니까."

"그래, 말해 봐."

"나루는 이제부터 널 마음껏 사랑하겠다고 했어. 내가 그러라고 했거든. 아마 네게 표현도 했을 거야. 그런데도 넌 나루를 밀어냈지."

"그건…….."

"재경이가 좋아해서? 친구를 위해? 아니, 그런 건 아닐 거라고 생각해. 심지어 너는 김윤영이랑 데이트까지 했잖아. 걔한테 마음이 조금도 없으면서."

"왜 내 마음에 대해 확신을 하는 거지? 난 윤영이한테……."

"그럼 동아리방에서의 그건 뭐야?"

"뭐?"

"저번에 나랑 동아리방에서 눈 마주친 적 있지?"

지후는 말문이 막혔다. 그런 적이 있었다. 잠든 나루를 지켜보다가 충동을 이기지 못하고 그녀의 머리를 쓰다듬을 뻔한 적이 있었다. 그걸 명진에게 들켰다.

"네가 김윤영에게 관심이 있을 리가 없어. 너는 연나루를 사랑하니까."

확신에 찬 어조로 말하는 명진을 보며, 지후는 계획을 바꾸기로 했다.

"그래, 맞아. 나는 나루를 좋아해. 하지만 재경이도 나루를 좋아하지. 나는 여자보다 친구가 먼저야. 내가 나루와 이어지는 일은 없을 거야."

"아하, 그렇게 나오시겠다? 그럼 하나 더 추가하지."

그렇게 말하며 명진은 검지로 자신을 가리켰다.

"나."

지후는 미간을 좁혔다.

"뭐야, 그게?"

"나 말이야. 너, 나루가 나랑 친하게 지내지 못하게 하잖아. 혹시라도 나루랑 나랑 잘될까 봐서."

"그건 재경이가……."

"재경이 좀 그만 끼워 넣어. 지금 이건 너와 나루의 이야기를 하고 있는 거니까. 생각해 봐. 그래, 네가 진짜로 재경이와 나루를 이어 주기 위해서, 네 마음 감추고 뒤로 빠진다고 쳐. 그런데 네가 나루의 인맥까지도 일일이 간섭할 자격은 없잖아. 재경이가 나루를 좋아한다고 해서, 나루도 반드시 재경이를 좋아해야만 하는 것도 아닌데. 넌 과할 정도로 나를 견제했어."

"……."

"내가 죽기 때문이잖아."

"……."

"1년 후, 봄에. 내가 죽는다는 걸 너도 알고 있기 때문이잖아."

지후는 주먹을 꽉 쥐었다.

"그래서 나루가 곧 죽을 놈이랑 엮였다가 슬퍼할까 봐, 나랑 떨어뜨려 놓으려는 거잖아."

자신의 죽음에 대해 담담하게 말하는 명진에게, 더는 거짓말을 할 수가 없었다.

지후는 눈을 질끈 감았다가 떴다.

"미안."

"뭐가?"

"그냥. 너한테 그런 식으로 군 거."

"됐어. 네가 날 죽인 것도 아닌데, 뭐."

명진이 툭 던지듯 대꾸했다.

지후는 힘이 쭉 빠져서 쭈그리고 앉았다.

"하아. 진짜. 너한테 들킬 줄은 몰랐는데."

명진도 지후의 옆에 앉았다.

"그래, 나도 나한테 이런 일들이 벌어질 줄은 몰랐지. 설명해 봐, 대체 어떻게 된 거야? 넌 언제 돌아온 건데?"

그렇게 묻는 명진에게, 지후는 자신의 이야기를 들려주었다. 죽음, 그리고 편의점의 콜라. 처음부터 시작된 긴 이야기임에도, 명진은 묵묵히 지후의 이야기를 들었다.

"그날, 산책을 끝내고 돌아와서 나는 고민했지. 나 혼자 이 시간에 돌아왔다고 생각했을 때는, 아직 나를 사랑하지 않는 나루를 재경이와 잘되도록 이어 주면 그만이었어. 그러기 위한 기회라고 생각했던 거지. 그런데."

나루도 돌아왔다.

지후는 혼란에 빠졌다.

어째서 나루도 돌아온 걸까? 이건 무엇을 위한 회귀인 걸까?

"고민을 해도 답이 나오지 않았어. 그래서 나는 처음의 계획을 계속 진행하기로 했지. 그 편이 나루에게도, 재경이에게도 좋으니까. 그런데."

지후는 두 손으로 얼굴을 감쌌다.

"쉽지가 않더라. 나는 분명 제대로 행동하고 있다고 생각했어. 나루와 마주치지 않으려고 학교에도 잘 안 나가고, 나루가 가까이 오면 냉정하게 대하기도 했지."

하지만 마음이 너무 컸다. 그녀를 사랑하는 마음이 너무 커서, 불현듯 행동으로 드러나곤 했다. 그러면 안 된다고 매일 밤 되뇌지만, 그녀를 챙겨 주는 데에 익숙해진 몸은 멋대로 움직였다.

"나루가 고독해 한다는 걸 느낄 수 있었어. 나는 나루를 너무 잘 알거든. 내 자신보다 나루를 더 잘 알거든. 그래서 그 애가 어떤 생각을 하는지, 어떤 마음인지, 표정만 봐도 알 수가 있어. 나루가…… 너무 슬퍼 보여서. 너무 고독해 보여서. 너무 외로워 보여서. 안 된다고, 안 된다고 하면서도 자꾸 나루를 챙겨 주게 되더라."

사랑하는 연인이, 친한 친구가 나를 기억하지 못하는 상황. 나루는 그런 상황에 처해 있었다.

지후는 그나마 나았다. 내 연인이 나와 같이 시간을 돌아왔다는 것도 알고 있고, 재경도 옆에 있으니까.

하지만 나루는 오롯이 혼자였다.

"나루가 가장 외로운 순간에, 가장 나를 필요로 하는 순간에. 나루의 곁에 있어 줄 수가 없다는 게 정말 괴롭더라. 게다가 나루의 기이한 행동 때문에, 원래 나루와 친했던 애들까지도 나루와 거리가 생겼어."

옛 시간에서 윤영은 나루의 좋은 친구였다. 친자매처럼 지내던 두 사람의 사이가 멀어지는 것이, 그 원인이 바로 민지후 자신 때문이라는 것이, 지후는 견디기가 힘들었다.

"나는 윤영이를 좋아해. 물론 나루의 절친인 김윤영일 때의 이야기지만."

옛 시간에서 윤영은 지후에게 관심이 있는 듯한 행동을 한 적이 단 한 번도 없었다.

"꾸며 낸 게 아니라고 생각해. 재경이는 그런 쪽으로 눈치가 빠른 녀석인데, 옛 시간에서는 윤영이가 나한테 관심이 있는 것 같다는 얘기를 한 적이 없으니까. 게다가 윤영이는 자기 속마음을 잘 감추지도 못하는 성격이고. 윤영이는."

지후의 좋은 상담자였다. 나루에게 무언가를 해 주고 싶을 때마다 윤영과 상담했다. 그러면 윤영은 귀찮은 기색 없이 지후의 이야기를 듣고, 함께 즐거워하며 이벤트를 준비했다.

―나는 나루가 보증을 서 달라고 하면 서 줄 수도 있어.

옛 시간에서 윤영은 나루에 대해 그렇게 말했었다. 왜 그리 나루를 좋아하느냐고 물으면, 윤영은 그저 웃으며 대답했다.

―그런 게 있어.

아마도 윤영 동생의 죽음과 관련된 일이겠지만, 윤영은 자세히 말해 주지 않았다.

그리고 나루 또한 그 일에 대해 언급하지 않았다.

"나는 그런 나루를 사랑했어. 나루는 깨닫지 못하지만, 걔는 늘 누군가에게 도움을 줘. 마음의 위로가 되어 주지. 그리고 그걸 잊어. 나는 너에게 이만큼 해 줬으니 너도 나한테 이만큼 해 줘야 돼. 그런 게 없어, 나루는."

나루의 이야기를 하는 지후의 얼굴에는 애정 어린 미소가 묻어 있었다. 지후 본인도 깨닫지 못하는 미소였다.

"나는 내 마음을 잘 감추고 있다고 생각했는데, 꼭 그런 것만도 아니었나 봐. 다들 눈치를 채더라. 재경이도, 윤영이도."

지후의 말에 명진이 중얼거렸다.

"나루는 전혀 눈치를 못 채던데."

지후가 웃었다.

"그래, 나루는 둔하니까. 옛 시간에서 내가 나루를 좋아한다는 걸, 우리 과 애들이 전부 알고 있었거든. 그런데 나루는 내가 고백했을 때, 정말 깜짝 놀라더라. 전혀 몰랐다고. 그게 얼마나 귀엽던지."

즐거운 듯 말하는 지후를, 명진은 물끄러미 응시했다. 나루에 대한 이야기가 나올 때마다, 지후의 얼굴에는 행복한 미소가 번졌다. 명진은 그 표정을 본 적 있었다. 나루가 옛 시간의 지후에 대해 이야기할 때와 같은 표정이었다.

저렇게나 좋을까.

"나는 내가 상황을 통제할 수 있을 줄 알았어. 내게 주어진 시간은 앞으로 12년. 그 기간 동안 나루가 재경이를 사랑하게 만들고, 내가 12년 후 죽을 때에 두 사람이 서로를 위로하며 슬픔을 달랠 수 있도록 만들어 놓을 생각이었지."

그런데 변수가 너무 많이 생겼다.

"나 혼자만 돌아온 거라면 가능했을지도 모르겠어. 그런데 나루까지 돌아오는 바람에…… 난처하게 됐다, 정말."

지후가 계획한 대로 흘러가는 일이 하나도 없었다. 자신이 무언가 하려고 하면 할수록 더 엉망이 되어 가는 것만 같았다.

"오늘은 재경이가 크게 화를 내더군. 이러다가 절교 선언을 당하는 게 아닌지 모르겠어."

"김윤영이랑 데이트한 것 때문에?"

"그래. 재경이는 내가 나루를 좋아한다고 생각해. 그래서 자기 마음을 접으려고 하고 있지. 옛 시간에서 그랬던 것처럼."

"너는 김윤영한테 관심 있는 척을 해서 성재경이 안심하게 해 줄 생각이었고?"

"그런 이유도 있고."

또 다른 이유도 있었다.

"나는 이 시간에서 연애 같은 건 하지 않을 거야. 그리고 그 대상이 김윤영인 건, 더더욱 견딜 수 없지. 윤영이는 나루의 가장 좋은 친구니까."

"여기선 아니잖아."

"아니지. 하지만 나에게 윤영이는 나루의 친구야. 그런 여자와 관계를 가질 수는 없어."

"그래서?"

"이용하다가 상처를 주고 버릴 생각이었어. 나한테 정이 뚝 떨어지도록. 하지만."

그럴 수 없었다. 순수하게 들뜬 윤영의 모습을 보니 가슴이 따끔거렸다.

지후는 윤영이 얼마나 좋은 여자인지 알고 있었다. 그리고 남자 때문에 얼마나 상처를 받았었는지도 알고 있었다.

"너무 잘 아는 게 문제야, 항상. 너무 잘 알아서, 상처를 줄 수가 없더라. 내가 그런 짓을 하면, 윤영이는 결코 회복하지 못할 테니까."

지후가 명진을 돌아봤다.

"자, 난 이제 다 설명했다. 나루에게는 내가 시간을 돌아왔다는 얘기를 하지 말아 줘."

"내 생각은 달라."

명진의 말에 지후가 인상을 찌푸렸다.

"다르다니?"

명진은 나루에게 말했던, 자신의 가설을 설명했다. 잠자코 명진의 이야기에 귀를 기울이던 지후가 말했다.

"네 말대로 큰 틀을 벗어나는 건 안 좋다고 생각해. 벌어질 일은 반드시 벌어질 테니까. 그런데."

거기까지 말하고 지후는 입을 다물었다.

명진의 죽음까지 1년도 채 남지 않았다. 그런 상황에서 자신의 가설을 주장한다는 건, 명진에게 가혹한 일이 될 수도 있었다.

지후의 생각을 읽은 듯, 명진이 말했다.

"죽음을 피할 수는 없을 거라고?"

"난 네가 이렇게까지 눈치 빠른 녀석일 줄은 몰랐다."

"그렇겠지. 옛 시간에서 나랑 친하지도 않았다며."

"그래. 이런 녀석인 줄 알았더라면 친하게 지내 둘 걸 싶네. 하여간. 그래, 너한테는 미안하지만 나는 죽음을 피할 수는 없다고 생각해. 죽음은 공평해."

지후는 깊은 한숨을 내쉬고 덧붙였다.

"너는 죽을 거야. 그리고 나도 죽을 거고."

"안 죽어, 난."

죽을 거라고 생각했지만, 명진은 고집스럽게 말했다.

"나는 안 죽어."

"미안."

지후는 더 말하지 않고 짧게 사과만 했다. 그래서 오히려 진실로 받아들여졌다. 명진은 울고 싶어졌지만 간신히 참았다.

"그래, 죽음이 공평하다고 치자. 그래서 우리는 죽을 수밖에 없다고 쳐. 그럼 네 말에 모순이 있는 거 알아?"

"모순이라니?"

"죽음이 공평하다는 건, 운명도 공평하다는 거겠지. 너랑 나루는 사랑할 운명이야. 그게 바뀔 거라고 생각해?"

"……."

"너랑 나루랑 둘 다 과거로 돌아왔어. 그렇다는 건, 둘의 관계는 절대로 변하지 않으리란 뜻이겠지. 안 그래? 네가 아무리 발버둥을 쳐도, 연나루가 성재경을 사랑하게 되는 일은 없어. 네가 중간에서 무슨 짓을 하든, 연나루는 너만을 사랑할 거야."

"아니, 달라."

지후가 고통스러운 표정으로 중얼거렸다. 하지만 그 음성에는 더 이상 힘이 없었다. 지후 자신도 확신하지 못하기 때문이었다.

"다르지 않아. 같은 거야."

"사랑은 변하게 되어 있어. 그래, 지금 당장은 나루가 나를 사랑하고 있겠지. 나를 잃은 지 얼마 되지 않은 시점에서, 나를 다시 보게 됐으니까. 하지만 더 시간이 지나면? 내가 옛 시간에서와는 달리 냉정하고 몹쓸 행동들을 하면, 자기가 몰랐던 내 모습이 있다고 생각하고 나를 다시 보게 되겠지. 그런 와중에 다른 여자까지 내 옆에 있으면, 마음이 서서히 식어 갈 거야. 그리고."

"재경이를 사랑하게 될 거라고?"

"그래."

"넌 연나루가 그렇게 우스워?"

"뭐?"

"연나루를 그렇게 가볍게 보는 거냐고. 그래, 설령 사랑이 변한다고 치자. 그래서 연나루가 너한테 정 뚝뚝 떨어지고, 널 사랑하지 않게 된다고 치자. 그런다고 연나루가 네 친구인, 자기가 가장 사랑했던 남자의 친구인 성재경을 사랑하게 될 것 같아?"

"……."

"차라리 다른 놈을 사랑하게 될 수는 있겠지. 그런데 성재경은 아냐. 연나루는 절대 네 친구인 성재경을 사랑하게 될 일은 없을 거야."

"사람 마음은 모르는 거야."

"쓸데없는 고집부리지 마. 네가 그랬잖아. 네가 뭘 하려고만 하면 일이 더 엉망이 된다고. 그건 결국 너랑 나루도 운명이라는 뜻이겠지."

"죽음도, 운명도 피할 수 없다면. 우리가 이 시간으로 돌아온 이유가 뭐지? 아무것도 바꿀 수 없다면, 왜 나랑 나루는 시간을 돌아온 건데?"

"그건 나도 모르지! 하나 알겠는 건, 너랑 나루는 서로 사랑하고 있고, 앞으로도 그럴 거고. 그렇다면…… 차라리 12년 후에 후회가 없도록, 서로를 더 많이 사랑하는 게 낫지 않겠냐? 어쩌면 한 번 더 행복하라고, 한 번 더 아껴 주라고 돌아온 걸지도 모르잖아."

"말도 안 돼."

지후가 고개를 저었다.

"그래 봐야 나루가 한 번 더 고통스러울 뿐이야. 12년 후, 나를 지키지 못했다는 죄책감에, 바뀐 게 없다는 절망에 더 괴로워할 거야. 우리가 운명이든 아니든, 그런 건 아무래도 좋아. 나는 이 시간에서 나루가 조금이라도 덜 상처받기를 원해. 그래서 난."

지후가 명진과 눈을 맞췄다.

"앞으로 있는 힘껏 연나루를 사랑하지 않을 거야."

9장
나는 당신을 있는 힘껏
사랑하겠습니다

둘은 같은 주제를 놓고 계속 실랑이를 했지만, 답은 나오지 않았다.

당연한 일이었다.

"이건 정답이 없는 일이야."

이윽고 지후가 말했다.

"우리가 아무리 머리를 굴려도 답은 없어. 그렇다면 각자 믿는 대로 행동하면 되는 거야."

옳은 말이었다.

명진도 지후의 고집을 꺾을 수 없다는 걸 슬슬 받아들이던 참이었다.

"내가 원하는 건 하나야. 내 죽음에 나루가 아파하지 않는 거.

나루가 사랑하는 사람이 꼭 성재경이 아니어도 좋아. 재경이면 좋긴 하겠지만, 그것까지 욕심을 낼 순 없지. 그저 12년 후, 나루의 가슴에 들어 있는 사람이 나만 아니면 되는 거야."

반박할 말이 많았지만, 명진은 아무 말도 하지 않았다.

말해 봐야 지금껏 했던 말다툼이 또 반복될 뿐이다. 지후의 말대로 이 일에는 정답이 없었다. 여러 가지 추측과 가정만이 난무할 뿐이었다.

그렇다면 후회가 남지 않도록 자신이 믿는 바를 행하는 수밖에 없었다.

어차피 이 일의 당사자는 지후와 나루였다.

'나는 곁가지일 뿐이지. 1년 후에 죽을 놈이 뭘 해 줄 수 있겠어.'

씁쓸했다.

나루의 곁에서 그녀의 고독을 덜어내 주는 것조차 할 수 없었다.

'내가 죽으면 나루는 슬퍼하겠지.'

이제야 거기에 생각이 미쳤다.

'옛 시간에서 나는 나루에게 아무것도 아니었지만, 이제는 나루랑 친해졌으니까. 옛 시간에서는 느끼지 못했던 슬픔을 느끼게 될 거야. 그럼 이것도 결국 나루가 과거를 바꾸려고 하는 것에 대한 대가를 치르게 되는 걸까? 저번에 지후가 물에 빠져서 죽을 뻔한 것도, 지후가 나루와의 관계를 바꾸려고 해서 벌어진 일일까?

명진은 자신이 살날이 1년도 남지 않았다는 걸 믿고 싶지 않았다. 그러나 이 시간으로 돌아온 사람이 둘이나 된다. 게다가 한 번 죽었던 지후는 죽음에 있어서 무척이나 단호했다.

그래서인지 명진의 생각도 자꾸만 안 좋은 방향으로 흘러갔다.

운명을 바꿀 수 없는 것처럼 죽음 또한 바꿀 수 없다고.

"네가 뭘 말하는지, 잘 알겠어. 무슨 생각인지도 알겠고."

"그래, 알아주니 고맙다. 그럼 나루한테는 나도 이 시간으로 돌아왔다는 이야기, 하지 말아 줘."

"말 안 해. 하지만 나루가 먼저 눈치챌 수도 있어."

"눈치 못 챌 거야. 엄청 둔해서."

그렇게 말하며, 지후는 나루의 둔한 점이 사랑스러워 견딜 수 없다는 듯 미소 지었다.

"성재경이 네 마음을 눈치챈 게 이해가 된다."

"응?"

"아냐, 아무것도. 아무튼 나도 내 가설이 정답이라고는 생각하지 않으니까, 네가 이 시간으로 돌아왔다는 걸 나루에게는 말하지 않을게."

"그래, 고맙다."

"하지만 내가 죽으면, 나루는 또 혼자가 돼."

"……."

"나루는 나랑 친해졌으니까 이 시간에서는 슬퍼하겠지. 그리고 유일하게 연나루를 알아주는 사람이 사라진 거라고 생각해서, 엄청 고독해질 거야. 나를 알기 전보다 더 많이."

"그래, 그렇겠지. 그래서……."

"나랑 엮이지 못하게 하려고 했던 거겠지."

"그래, 맞아. 냉정하게 말해서, 넌 나루에게 아무 득이 안 돼."

"뭐, 어쩌겠어. 이미 친해졌는데."

그냥 친한 관계가 아니었다. 나루에게 명진은 유일하게 속마음을 털어놓을 수 있는 상대였다.

"나는 나루가 조만간 너에 대해 알아낼 거라고 생각해. 하지만 그러지 못한다면, 나는 얘기할 거야."

"윤명진."

"그렇게 멋지게 불러도 소용없어. 나는 내가 죽기 전에, 그러니까…… 1년 후 이맘때가 되면 얘기해 줄 거야. 혼자가 아니라고. 내가 죽더라도 슬퍼하지 말고 네게 기대라고."

지후의 얼굴이 일그러졌다.

"네가 나루 슬퍼하는 걸 보고 싶지 않아 하는 것처럼, 나도 그래. 나한테도 나루는 소중한 사람이 됐어. 걔가 혼자 우는 꼴, 나는 못 보겠다. 뭐, 그때는 죽은 후라서 뭘 볼 수도 없겠지만."

"그래, 알겠다."

"응. 네 마음은 알겠지만, 나 죽고 나서 걔가 12년 간 혼자 고독하게 살아가는 건, 주객이 전도되는 거잖아."

"그 전에 나루한테 기댈 사람을 만들어 줘야지."

"하여간 고집은."

명진은 혀를 쯧, 차고는 일어났다.

"하. 나이가 드니까 좀 오래 불편한 자세로 앉아 있었다고 아주 삭신이 쑤시네."

투덜거리는 명진을, 지후가 물끄러미 응시했다.

"뭐야, 철딱서니 없는 어린 동생 보는 것 같은, 그 시선은."

"32살이 돼 봐라. 지금이 그리워질 테니까."

"안됐네. 난 32살은 못 경험해 볼 것 같거든."

"아……."

지후가 자신의 말실수를 깨닫고는 입을 다물었다.

명진은 지후의 어깨를 툭 치며 말했다.

"그런 표정 짓지 마서. 나는 젊고 생생하고 가장 아름다운 나이로 평생 기억될 예정이니까."

*　　*　　*

명진이 떠난 후에도 지후는 그 자리에 남아 담배를 한 대 피웠다. 천천히 연기를 뱉어 내며 고개를 들어 하늘을 올려다봤다.

회청빛 밤하늘이 유독 시리게 다가오는 이유는, 옛 시간에서 나루와 종종 올려다보던 밤하늘과 같은 색이기 때문이리라.

있는 힘껏 그녀를 사랑하지 않겠다고 말했지만, 사실은 그럴 수 없다는 것을 알고 있다.

12년 후, 죽는 그 순간까지 이 마음을 오롯이 품고 가게 될 것이다. 그저 있는 힘껏 그녀를 사랑하지 않는 '척'을 하며 살아가야 하는 거겠지.

담배를 끄고 일어났다.

'앞으로 1년인가.'

명진은 죽기 전에 나루에게 지후에 대한 것을 말하겠노라고 했다. 이제 그의 존재는 나루에게 독이었다. 명진이 나쁜 녀석이라는 생각은 들지 않았다. 오히려 너무 좋은 녀석인 것이 문제였다.

명진이 죽으면 나루는 크나큰 상실감을 느끼게 될 것이다. 그녀가 느끼는 고독과 외로움도 더 짙어지리라.

'그 전에 나루에게 사랑하는 사람이 생겨야 하는데.'

재경이었으면 좋겠다. 그러나 명진의 말대로, 나루가 재경에게 사랑을 느낄 가능성은 적었다.

재경은 지후의 친구이니까. 나루가 사랑하는 남자의 오랜 친구이니까. 그렇다면 다른 사람이라도 상관없다.

나루를 곁에서 보호해 주고 지탱해 줄, 이왕이면 지후와도 친하게 지낼 수 있는 남자가 생겼으면 좋겠다.

'그래야 내가 12년 후에도 나루 근처를 어슬렁거릴 수 있으니까.'

나루와의 연이 끊기면 안 된다. 나루와 가까이 지내다가 죽음의 위험이 닥쳐오는 그 순간, 나루를 구해야만 한다.

빌라 계단을 올라간 지후는, 나루의 집 앞에서 걸음을 멈췄다.

이 안에, 나루가 있다.

'손만 뻗으면 닿는 곳에 있는데.'

만질 수 없음이 슬펐다.

옛 시간에서 그랬던 것처럼, 마음껏 그녀를 만지고 싶었다. 그녀의 부드러운 뺨과 목덜미를, 부드러운 살결을 어루만지고 싶었다.

자그마한 그녀를 품에 안고 머리칼에 얼굴을 파묻으면, 그녀의 체취와 샴푸 향이 어우러진, 달콤한 향기가 났다.

그 향기를, 지후는 무척이나 사랑했다.

차라리 멀리 떨어져 있다면 이토록 간절하지 않을 텐데.

달칵—

그때, 나루의 집 문이 열렸다.

피할 새도 없었다.

운동화를 신으며 나오던 나루가 지후의 신발을 발견한 듯 고개를 번쩍 들었다.

놀란 듯 눈이 동그래진 그녀의 모습이 귀여워, 하마터면 웃음을 터뜨릴 뻔했다.

지후는 간신히 무표정을 유지하며, 그녀를 내려다봤다.

"아, 어. 안녕?"

나루가 어색하게 인사를 건네 왔다.

"응, 안녕."

나루가 복도 쪽을 둘러본 후 물었다.

"윤영이는 갔어?"

"응."

"아, 그래."

나루의 표정은 어두웠다.

지후는 말해 주고 싶었다.

아니야, 네가 생각하는 그런 거. 알잖아, 내가 널 얼마나 사랑하는지. 내 마음에 너밖에 없다는 거, 너도 알고 있잖아.

그런 말을 할 수 없음이 슬펐다.

"저녁은 맛있게 먹었고?"

"응."

사실은 먹지 않았지만 거짓말을 했다.

"뭐 먹었어?"

"그냥 이런저런 것들."

"아, 그래."

"너는?"

"나도 뭐, 그냥 이런저런 것들."

시선을 옆으로 피하며 대답하는 나루의 모습에, 지후는 빙그레 미소를 지었다가 황급히 표정을 갈무리했다.

나루는 거짓말을 할 때면 시선을 똑바로 맞추지 못한다.

"나는 산책을 가려고."

나루가 말했다.

"아, 그래."

"같이 갈래?"

나루가 지후를 올려다보며 물었다. 까만 눈동자에 기대와 불안이 담겨 있었다.

당연히 함께 가고 싶었다.

그녀의 옆에서 함께 걷는 길은, 늘 새롭고 설레었다. 그리고 나루 혼자 이런 시간에 돌아다니는 것이 걱정스럽기도 했다.

하지만 나는 이제부터 있는 힘껏 그녀를 사랑하지 않는 '척'해야만 하니까, 여지를 주어서는 안 된다.

차마 내버려 둘 수 없어서 챙겨 주었던 행동도, 이제는 하면 안 된다.

"아니, 난 갈 생각 없어."

나루의 눈동자가 실망으로 흔들리는 모습에, 가슴이 미어졌다.

"아, 그래. 음. 왜?"

"응?"

"왜 산책 같이 안 가려는 거야?"

생각지 못한 질문에, 지후는 웃음을 터뜨릴 뻔했다.

이 바보 같은 여자야. 몰라서 물어? 나, 지금 널 피하는 거야.

지후는 웃음기 묻은 입매를 보이고 싶지 않아, 고개를 숙였다.

나루는 짝사랑을 한 번도 해 본 적이 없다고 했다. 그래서 짝사랑하는 남자를 대하는 모습이 이토록 서투른 것이리라.

'아, 귀여워 죽겠네.'

나루가 너무 귀엽고 사랑스러워서, 지후는 눈물이 날 것만 같았다. 그녀의 사랑을 받아서는 안 되는데도, 나를 혼자 사랑한다 착각하고 있는 그녀가 곱고 예뻐서, 가슴이 아려왔다.

"나는 산책을 하고 돌아오는 길이야."

간신히 대답했다.

"한 번 더 해도 좋잖아. 산책을 하는 건 건강에 좋아."

"내가 아직 건강 챙길 나이는 아니라서."

"그럴 나이야. 지금부터 챙겨야 나중에 편해."

"너, 진짜 집요하다."

지후는 고개를 들고 나루와 눈을 맞췄다. 최대한 냉정해 보이려고 노력하며 말했다.

"네가 이러는 거, 귀찮아."

나루의 눈이 조금 커졌다가 가늘어졌다.

"응, 그래. 귀찮을 거야. 이해해."

"이해하면 좀······."

"네가 좋아, 민지후."

거침없는 고백에, 심장이 두근거렸다. 그토록 사랑한다는 말을 많이 주고받았었는데도, 이 시간에서 듣는 고백은 색달랐다.

"누군가를 먼저 좋아하는 게 처음이라서, 어디서 어떻게 행동해야 할지 잘 모르겠어. 아마 좀 귀찮게 할 수도 있을 거야. 그러니까 너도 이 부분은 이해해 줘."

당당하게 요구하는 나루의 모습에, 지후는 어이가 없었다.

내가 사랑하는 여자는, 조금 맹랑한 구석이 있다.

"그걸 내가 이해해 줄 이유가 없잖아. 나는 원치 않는 사랑을 받는 입장이라고."

이 말이 그녀의 가슴에 비수가 되어 꽂힐 것을 알고 있다. 그리고 내 가슴에도.

나루를 밀어내는 말을 할 때마다, 지후의 심장도 아팠다. 하지만 오히려 나루는 아무렇지도 않은 표정이었다.

"이유가 없긴 왜 없어. 일단은 이웃이기도 하고, 대학 친구이기도 하잖아. 그 정도면 충분한 이유가 되지 않아?"

"너, 그거 말이 된다고 생각해?"

"안 될 건 또 뭐야. 친구 사이에 어려운 부탁, 한 번쯤 할 수도 있는 거지. 지금 이게 내가 친구로서 하는 부탁이야. 나, 사람 좋아하는 거 처음이라서 서투르니까, 좀 귀찮게 해도 이해해 달라는 거."

"……그런 식으로도 생각할 수 있다는 게 신기하네."

"응, 앞으로 더 신기한 것들을 많이 보게 될 거야."

"사양하고 싶은걸."

"사양하면 후회할걸. 나, 썩 괜찮은 여자거든."

그렇게 말하며, 나루는 해사하게 웃었다.

이 시간으로 돌아와서, 나루가 이렇게 웃는 건 처음 봤다.

심장이.

쿵—

쿵—

격하게 뛰었다.

그녀를 사랑하는 이 바보 같은 심장은, 여전히 그녀에게 강하게 반응한다. 그녀가 사랑스러운 모습을 보일 때마다, 첫사랑을 하듯 두근거린다. 이 심장은 한결같이 그녀를 향해 있으니까.

"썩 괜찮은 여자 같진 않은데."

썩 괜찮은 여자 정도가 아니다. 지후에게 나루는 늘 완벽한 여자였다.

"이렇게 사람 귀찮게 하는 여자는 매력 없어."

"에이, 그 부분은 좀 이해해 달라니까. 아무튼 같이 가자. 사격장에서 총 쏘게 해 줄게."

"하아. 나는 총 쏘는 거 별로 안 좋아해."

"그럼 그네 타러 가자. 나, 그네 타고 싶어."

"애도 아니고."

"그네를 꼭 애만 타야 하나."

"난 생각 없어. 너도 밤길에 돌아다니는 거 관두고 잠이나 자."

"못 자."

"왜? 착한 아이들은 잘 시간이야."

"그래, 그런데 난 착하지가 않거든. 사람 귀찮게 하는 못된 여자잖아. 그래서 못 자. 못 자겠어, 정말."

애써 밝은 표정을 유지하며 말하는 나루에게서 시선을 뗄 수가 없었다.

"넌 착한 아이라서 자야 할 시간인데, 내가 너무 매달렸네. 그래, 들어가 봐."

나루가 담백하게 말하고 돌아섰다.

"너, 그네 타러 가게?"

"응."

"거긴."

위험하다. 이 근처의 놀이터는 밤이면 노숙자나 취객들이 많아졌다. 옛 시간에서 이 무렵에 성추행 사건이 벌어지기도 했었다.

"사격장 가서 총이나 쏘지 그래?"

"신경 끄서. 난 그네 타기로 결정했으니까."

지후는 잠시 망설이다가 나루의 뒤를 따라 걸었다. 놀이터에 혼자 가게 놔둘 수는 없었다.

"넌 날 실컷 귀찮게 해 놓고, 너한테는 신경 끄라고 하냐?"

"넌 날 안 좋아하잖아. 그러니까 귀찮게 할 자격 없어."

"그게 말이 돼?"

"하면 말이지, 안 될 건 또 뭐람."

이게 좋아하는 남자를 대하는 태도인가 싶을 정도로, 나루의 행동은 제멋대로였다.

그리고 지후는 그런 나루의 모습조차 사랑스러웠다.

'사랑해.'

총총총 걸어가는 그녀의 뒤를 따라 걸으며, 지후는 차마 입 밖으로 낼 수 없는 말을 속으로나마 읊었다.

'사랑해, 나루야.'

*　　　*　　　*

자신의 뒤를 따라 걷는 지후의 기척에, 나루는 웃음을 삼켰다.

역시 지후는 다정하다. 냉정한 척 말해도, 이 시간에 위험해지는 놀이터에 나루를 혼자 보낼 수는 없었을 것이다.

역시 놀이터 이야기를 꺼내 보길 잘했다.

지후가 내뱉은 차가운 말들은 여전히 비수가 되어 가슴을 찔렀다. 하지만 피할 수 없다면 즐기기로 했다.

지후의 행동 하나하나에 상처받고 고통스러워하는 것은 성미에 안 맞았다. 시간을 돌아왔고, 그를 살릴 기회를 얻었다. 그 기회를 아파하고 슬퍼하면서 날려 버릴 순 없다.

나는 지후를 짝사랑하는 중이다. 지후는 나를 친구가 좋아하는 여자로만 생각한다.

거기서부터 시작하기로 했다.

'지후가 날 사랑하게 된 이유를, 나는 아직 모르지만.'

그래도 괜찮다.

─네가 숨 쉬는 모습까지도 사랑스러워.

옛 시간에서 지후가 했던 말을 믿기로 했다. 그것이 이 시간에서도 다시 시작되리라는 것을 의심하지 않기로 했다.

'그러니까 지후야. 나는 이제부터 널 있는 힘껏 사랑할 거야.'

*　　　*　　　*

인적이 드문 놀이터는 조용하고 어두웠다. 관리를 잘하지 않아서, 여러 개의 가로등 중 두 개만 빛을 내고 있었다.

나루는 을씨년스러운 놀이터를 거침없이 걸어가 그네에 앉았다. 지후는 그네에 앉지 않고 나루의 옆에 서 있었다.

나루는 그넷줄을 붙잡고 지후를 돌아봤다.

"넌 안 타?"

"안 타."

"그럼 여기까지 왜 온 거야?"

"그건."

지후는 입을 다물었다. 그의 잘생긴 얼굴에 못마땅한 표정이 가득 담겨 있었다. 그 모습이 귀여워, 나루는 속으로 조금 웃으며 발을 굴렀다.

그네를 타는 건 오랜만이었다. 이 시간에서도, 옛 시간에서도.

그네의 진자 운동이 강해질수록 얼굴에 닿는 바람도 세졌다. 그네가 충분히 높이 올라간 후, 나루는 발 구르는 걸 멈추고 두 다리를 쭉 폈다.

높이 오가던 그네가 진자 운동을 거듭할수록 조금씩 힘을 잃고 낮아졌다. 거의 멈춰 갈 무렵, 지후가 말했다.

"다 탔으면 그만 들어가."

"난 더 탈 거야."

"대체 왜 이 시간에 나와서 그네를 타는지 모르겠다."

"그러는 넌 왜 이 시간에 날 따라와서 잔소리를 하는 거야?"

나루의 지적에 지후가 인상을 찌푸렸다.

"너, 나 좋아한다면서?"

"응, 좋아해."

"이게 좋아하는 사람의 태도야?"

"말했잖아. 짝사랑은 처음이라서 서투를 수 있다고."

눈을 깜빡거리며 말하는 나루를, 지후는 물끄러미 응시했다. 이렇게 제멋대로 굴면 짜증이 나야 하는데, 이 여자를 너무 사랑해서 문제였다.

이런 모습조차도 사랑스럽고 귀여워서 견디기 힘들다. 아직 젖살이 빠지지 않은 볼을 가볍게 꼬집으며, '으이그, 연나루. 으이그.' 과거에 했듯 그렇게 말해 주고 싶었다.

지후는 그러는 대신 주머니에 넣고 있던 손을 꽉 쥐고 말했다.

"난 갈 거다."

"응, 잘 가."

나루가 담백하게 인사했다. 강하게 나가면 따라올 줄 알았는데, 지후가 놀이터 입구까지 갔을 때에도 나루는 일어나는 기척이 없었다.

슬쩍 돌아봤더니, 나루는 다시 그네를 타고 있었다.

저 여자가 진짜!

지후는 놀이터 주위를 둘러봤다. 어두침침한 놀이터 주변은 아무리 봐도 위험해 보였다. 지금은 오가는 사람이 없지만, 혹시 모를 일이었다.

그런 장소에 나루를 혼자 두고 갈 수는 없었다.

지후는 다시 걸어가 나루의 옆에 섰다.

"돌아가자."

"싫어."

"고집 그만 부려."

"고집 부리는 거 아냐. 나는 그냥 그네를 타고 싶어."

"내일 낮에 타도 되잖아."

"내일 낮에는 또 다른 게 하고 싶겠지."

"너, 이렇게 제멋대로 굴면 평생 남자 못 사귈걸."

"걱정 마. 이런 내 모습까지도 사랑해 주는 남자가, 분명 있을 테니까."

물론 있다.

민지후란 이름을 가진 남자. 지금 이 순간에도 사랑하고 있는 남자.

"연나루. 그만 가자."

나루는 천천히 그네를 움직이며 지후를 돌아봤다.

"넌 나 안 좋아한다며? 왜 그렇게 신경 써? 그냥 내버려 두고 들어가서 자."

"친구잖아. 이웃이기도 하고. 어떻게 신경을 안 쓸 수가 있겠어?"

지후의 다정한 말에, 나루는 고개를 숙였다. 역시 이 남자는 너무 다정하다.

지후가 냉정하게 대할 때보다 다정하게 대해 줄 때, 더 눈물이 나려고 하는 이유가 뭘까.

"나는 그네 탈 거야."

생떼를 쓰고 고집을 부려도 화를 내지 않는 그의 행동이 좋아서, 옛 시간으로 돌아간 듯한 기분이 들어서. 나루는 한 번 더 고집을 부렸다.

"하아."

지후가 깊은 한숨을 내쉬고는 옆 그네에 앉았다.

"너, 진짜 남의 말 안 듣는다."

"응, 그런 말 자주 들었어."

"그래, 자주 들었겠지. 앞으로 더 자주 들을 거고."

"응, 아마 그럴 거야. 그래서."

널 잃게 돼.

—그 연구는 관두는 게 좋지 않을까?

심심풀이 삼아 몰래 시작한 연구가 조금씩 궤도에 오르고 있을 때, 지후에게만 그 연구에 대한 이야기를 했다.

그러자 지후는 그렇게 말했다.

—위험할 것 같아, 그거.

그때, 그 말을 들었더라면 지후가 죽는 일은 없었을 것이다. 하지만 나루는 그 말을 듣지 않았고, 연구 성과를 발표하며 공개 연구로 돌렸고, 위험에 처했다.

그리고 나루로 인해 시작된 그 위험은, 결국 지후를 죽였다.

"내가 남의 이야기를 좀 더 귀담아 듣는 애였더라면 좋을 뻔했어."

나루가 말했다.

"그럼 지금부터라도 그러는 게 어때?"

"아니, 이미 늦었어. 나는 그냥 쭉 남의 말을 귓등으로도 듣지 말아야 돼."

그래야 그 연구를 성공시키고, 위험에 처하고, 지후가 나루를 구하려는 그 순간, 지후를 구해 낼 수 있다.

만약 그 연구를 성공시키지 못한다면, 지후에게는 다른 죽음의 위험이 닥쳐올지도 모른다.

그게 명진의 가설이었고, 나루는 그 가설을 믿기로 했다.

이 고집스러운 말에 대해 무어라 할 줄 알았던 지후는 아무 말도 하지 않았다.

고개를 돌리니, 지후가 나루를 빤히 응시하고 있었다.

"왜 그렇게 봐?"

"어쩌다가 이런 거랑 엮였나 싶어서."

곧바로 돌아온 대답에 나루는 입술을 삐죽거렸다.

"그럼 집에 가든가."

"아무리 봐도 넌 날 좋아하는 게 아냐."

"좋아한다니까 그러네."

"좋아한다는 사람한테 하는 행동치고는, 너무 막 하는 거 아냐?"

"그럼 어쩔까?"

나루는 벌떡 일어나, 지후가 피할 새도 없이 그의 앞으로 가서 섰다. 지후는 그네에 앉아 나루를 올려다봤다. 나루는 그의 볼을 향해 손을 뻗었다. 그녀의 따스한 손이 볼에 닿을 때까지, 지후는 숨도 쉬지 못했다.

나루는 지금까지의 어린애 같은 표정을 버리고 애틋한 미소를 지으며 지후를 내려다보고 있었다.

점멸하는 가로등 불빛에 감싸인 그녀는 심장이 쿵 내려앉을 만큼 매혹적이었다.

"이렇게."

지후의 볼에 손을 댄 채, 나루가 입을 열었다.

"상냥하고."

나루는 허리를 굽혔다. 그녀의 얼굴이 그의 얼굴과 가까워졌다. 둘의 숨결이 허공에서 얽혔다.

"농밀하게."

지후는 눈을 감고 싶었다. 그녀의 눈동자가, 코가, 입술이 너무 가까운 곳에 있다. 입 맞추고 싶은 충동이 지후를 덮쳐 왔다.

그넷줄을 잡은 지후의 손에 힘이 들어갔다.

"대해 줄까?"

꿀꺽―

지후는 침을 삼켰다.

"그러면."

나루가 엄지로 지후의 볼을 쓸었다.

"네가 나를."

나루가 다시 허리를 폈다. 지후를 내려다보며 나루가 아련한 미소를 지었다.

"좋아해 줄까?"

아직도 볼에 닿아 있는 그녀의 손을 뿌리쳐야만 했다.

장난치지 마. 이런 짓 하지 마.

그런 말을 하며 매몰차게 그녀를 떼어 내야만 했다.

하지만 그럴 수가 없었다. 그녀에게 매료되어, 지후는 꼼짝도 할 수가 없었다.

둘은 시간의 흐름을 잊고 시선을 맞추고 있었다.

얼마나 시간이 지났을까.

지후는 간신히 정신을 차리고 벌떡 일어났다. 볼에 닿아 있던 나루의 손이 자연스럽게 떨어져 나갔다.

"이런 짓 관둬. 재미없다."

지후의 차가운 말에 나루가 옅은 미소를 지었다.

"이런 걸 원하는 줄 알았는데."

"안 원해. 다 놀았으면 그만 가자."

이번에 나루는 고집을 부리지 않았다.

지후는 먼저 걸음을 옮겼고, 나루는 그 뒤를 따라 걸었다. 귀를 기울여 나루가 따라오는 걸 확인한 지후는, 속으로 한숨을 삼키며 그녀의 속도에 맞춰 천천히 걸었다.

빌라에 도착할 때까지, 지후와 나루는 쭉 같은 거리를 유지했다.

지후가 집에 들어갔을 때, 재경은 없었다. 재경을 상대할 각오를 하고 들어왔는데 당황스러웠다. 재경만 없는 게 아니었다. 그의 짐들도 사라졌다.

지후는 깊은 한숨을 내쉬었다. 관자놀이가 지끈거렸다. 전화를 걸어 볼까 싶어 휴대폰을 꺼냈다가 관뒀다.

그래, 어쩌면 잠시 떨어져 있는 게 좋을지도 모르겠다. 가까이 있어 봐야, 나루를 향한 마음을 재경에게 들킬 뿐이니까.

*　　*　　*

잠이 오지 않아서 인터넷에 과외 찾는 글을 올리고, 다른 아르바이트가 있나 찾다 보니 어느새 날이 밝아 오고 있었다.

'1교시는 째야지. 이 교수님은 2교시에 출석 부르니까.'

나루는 잠깐이라도 눈을 붙일 요량으로 침대에 누웠다. 몸은 피곤한데 도통 잠이 들지 않았다. 이리저리 뒤척이다가 깜빡 잠이 들었는데, 그 잠깐 동안 꿈을 꿨다.

"싫어, 난 안 가."

네 사람이 만나는 장소는 보통 재경의 병원 앞 커피숍이었다.

더운 여름, 가장 더운 오후에, 넷은 시원한 커피숍에서 만났다. 인턴인 재경은 점심시간에 잠시 짬을 내서 나온 터였다.

"왜? 집들이하면 꼭 온다고 했잖아."

나루가 월세를 벗어나 전세로 큰 집을 구해 이사를 하고 얼마 안 됐을 때였다.

"집들이, 가고 싶지. 뭘 사 갈지도 고민했고. 네가 이사를 결정한 그 날부터, 네 집들이는 내 꿈이었다."

"꿈 한 번 작네."

윤영이 중얼거렸다.

"작다니. 친구 집들이는 처음이라고. 게다가 전세! 아름다운 전세! 아, 난 언제 월세를 벗어나나."

"아니, 그런 건 됐고. 그렇게 기대했는데 왜 안 오겠다는 거야?"

"네가 요리하겠다며?"

"응! 뭘 만들지도 정해 놨어. 찜닭이랑 잡채랑 만두 만들 거야."

"응, 그러니까 안 가."

"아니, 왜!"

"너 요리 못하잖아."

"못하진 않거든."

"아니, 못해. 안 그러냐, 윤영아?"

"나한테 묻지 마. 난 나루한테 쓴소리하고 싶지 않아."

윤영이 시선을 피했다.

"배신 때리지 마, 김윤영. 너도 저번에 나루가 끓여 준 라면 먹고 한동안 마음고생 했잖아."

"아니, 뭐 라면 가지고 마음고생까지 해?"

"연나루, 생각해 봐. 윤영이는 널 아껴. 그런데 네가 만들어 준 라면이 너무 맛없는 거야. 그걸 꾸역꾸역 다 먹고 잘 먹은 척했는데, 네가 또 끓여 주겠다고 약속을 했다며? 마음고생 안 하게 생겼냐?"

나루가 윤영을 돌아봤다.

윤영은 나루와 시선을 맞추지 못했다.

"윤영아, 그렇게 맛없었어?"

"아냐, 맛없긴. 먹을 만했어. 라면 맛이 다 거기서 거기지."

"거짓말하지 마라, 김윤영. 거짓말하면 코 길어진다."

"성재경, 내가 애니? 그 말은 요새 5살한테도 안 먹혀."

"우리 조카한테는 먹히더라. 펑펑 울던걸."

"애 좀 괴롭히지 마. 넌 어떻게 된 애가."

"괴롭히긴. 거짓말은 애초에 싹을 잘라야 돼."

윤영과 재경이 티격태격하는 동안, 나루는 옆에 앉아 있던 지후에게 물었다.

"그렇게 맛없었어?"

그러자 지후는 미소를 지으며 나루의 머리를 쓰다듬었다.

"아니, 맛있어."

재경이 지후를 노려봤다.

"네 놈 코가 긴 데는 이유가 있었어."

"지후 코는 안 길어. 아주 완벽하다고."

나루의 반박에 재경이 고개를 저었다.

"아니, 길어. 긴 편이야. 줄자 가지고 와서 재 볼까?"

"적당히 해, 성재경."

"너나 적당히 해, 민지후. 네가 그렇게 거짓말을 하니까 나루가 요리를 하겠다는 만행을 부리려는 거 아냐. 아무리 사랑을 해도 독해져야 하는 순간이 있는 거라고. 바로 지금처럼 음식으로 테러를 하려고 할 때!"

딩동—

그때, 초인종이 울렸다.

커피숍인데 왜 초인종이 울리는 걸까?

의아하게 생각하며 친구들에게 물어보려는데, 방금 전까지 함께 있던 친구들이 사라졌다.

4인용 테이블에 앉아 있는 건 나루 혼자였다.

이루 말할 수 없는 고독감이 그녀를 덮쳐 왔다.

딩동—

또 초인종이 울렸고.

나루는 잠에서 깨어났다.

멍하니 앉아서 좁은 자취방을 응시했다.

가슴이 지끈, 지끈 아팠다. 옛 시간에서 처음 전세를 구했을 때의 추억이었다.

행복한 시간이었는데, 지금은 그 시간이 가슴을 미어지게 만든다.

딩동—

채근하듯 울리는 초인종 소리에, 나루는 시간을 확인했다.

오전 8시. 1시간도 못 잤다.

'이 시간부터 누구지? 재경인가?'

침대에서 내려오는 동안 또 초인종이 울렸다.

"나가요, 나가."

문을 열었다.

"야, 넌 누구냐고 묻지도 않고 문을 여냐?"

명진이었다.

나루는 인상을 찌푸리고 명진을 올려다봤다.

"이 시간부터 어쩐 일이야?"

"잠에서 일찍 깼거든. 배도 고프고. 같이 아침이나 먹고 학교에 가자고."

"들어와. 나 준비해야 돼."

나루는 하품을 하며 돌아섰다. 집으로 들어오며 명진이 말했다.

"넌 여자애가 혼자 있는 집에 남자를 막 불러들이냐?"

"이 여자애는 여자애로 보이지만 사실 32살이란다, 아가야."

"하지만 내 눈에는 20살의 여자애인데? 이러다가 내가 확 덮치면 어쩔래?"

"아하하하하하."

"뭘 그렇게 신나게 웃어? 못 덮칠 것 같아?"

"진짜 덮칠 놈이면 그런 말 안 하지. 거기 앉아서 기다리고 있어. 금방 씻고 나올게."

명진은 침대 끝에 걸터앉았다.

나루의 집은 여자 혼자 사는 집답지 않았다.

"엄청 더럽게 해 놓고 사네."

명진도 깔끔한 성격은 아니지만, 나루의 집은 더했다. 여기저기 던져 놓은 옷가지와 책상에 수북한 물건들. 기대와 완전히 다른 모습이었다.

"너, 진짜 정리 정돈 안 한다? 집이 이게 뭐냐?"

명진이 씻고 나온 나루에게 잔소리를 했다.

"뭐 어때. 몸 눕힐 곳만 있으면 되지. 어차피 다 꺼내서 쓸 것들이야."

"그래도 좀 제자리에 넣어 두면 찾기 쉽잖아."

"다 찾을 수 있어. 지저분해 보이지만 나름의 규칙이 있거든."

"너 이러고 사는 거, 지후도 알아?"

"응, 알아."

옛 시간의 지후는 알고 있었다.

"늘 지후가 정리 정돈을 해 줬거든. 나는 어지르고 지후는 정리하고."

"걔도 참 힘들었겠다."

나루는 웃었다.

"그러게. 난 정말 챙겨 주기 힘든 여자였지. 대체 날 왜 사랑했었는지 모르겠다니까."

하지만 명진은 알 것도 같았다. 지후를 사랑해도 된다는 말을 들은 후, 나루는 한 꺼풀 벗어던진 것처럼 분위기가 변했다.

나비가 고치에서 나와 날개를 편 듯, 그녀를 둘러싼 해사한 공기는 상대를 기분 좋게 만들었다.

털털한 듯 아닌 듯한 행동도 매력적이었다.

'지후도 이 시간으로 돌아왔다는 걸 알면, 더 빛나겠지.'

마음껏 행복해하는 나루는 어떨지 궁금했다.

처음에는 이상하기만 했던 연나루라는 여자가, 어느새 명진의 가슴속에 들어와 앉았다.

1년 후 생을 마감하기 전에, 나루가 행복해하는 모습을 보고 싶다. 지후의 옆에서 마음껏 사랑하고, 사랑받는 모습을 보고 싶다.

그러면 안심하고 죽을 수 있을 텐데.

"뭐 먹고 싶은 거 있어?"

나루가 물었다.

"아니, 딱히. 이 근처에 맛있는 집 있어?"

"응, 자주 가는 가게 있어. 거기 가자."

명진이 먼저 신발을 신고서, 나루도 신발을 신는 걸 보며 현관문을 열었다.

그리고.

"뭐야? 네가 왜 거기서 나와?"

복도를 지나가던 지후가 명진을 보고 걸음을 멈췄다.

"내가 여기서 나오는 이유는, 지금껏 이 집에 있었기 때문이겠지."

명진의 담담한 대꾸에, 지후가 인상을 찌푸렸다. 그때, 명진의 뒤에서 나루가 나왔다.

"어, 지후야. 일찍 학교 가네."

"밥 먹으러 가는 길이야. 너, 왜 이 시간에 윤명진이랑 같이 나오는 건데?"

지후의 지적에 나루는 명진을 돌아봤다가, 씩 웃었다.

"왜? 질투하니?"

지후가 기가 막힌다는 표정을 지었다.

"질투? 그럴 리가 있나. 이런 시간에 여자 혼자 사는 집에서 남자가 나오는 게 이상하니까 묻는 거지."

"흐응. 그게 뭐가 어때서? 법적으로 잘못된 거야?"

"법적으로 잘못된 게 아니라……."

"역시 질투하는구나?"

"하. 너, 나 좋아한다며?"

"응, 좋아해."

"그런데 그 태도는 뭐야?"

"내 태도가 왜?"

"넌 지금 좋아하는 남자한테 딴 남자랑 한집에서 나오는 장면을 들킨 거야."

"아하하하. 지후, 너. 은근히 야하구나?"

"뭐?"

"내가 명진이랑 한집에서 무슨 짓을 했다고 상상하는 거야? 설마 옷이라도 벗고 뒹굴었을까 봐?"

"야, 너."

나루의 발언에 지후가 입을 열었다가 바로 다물었다.

명진은 놀라서 나루를 돌아봤다. 이 여자가 지금 무슨 생각인 걸까? 지후를 짝사랑하고, 그의 사랑을 받고 싶은 여자의 태도인 걸까, 이게?

'원래 나루 성격이 이런가? 그렇다면……'

명진은 지후에게 동정의 시선을 보냈다.

'지후도 참 고생 많았겠네. 어디로 튈 줄 모르는 여자와 12년 이나 사귀다니.'

명진의 시선을 느낀 듯 지후가 명진을 쳐다봤다. 동정 가득한 명진의 눈빛에, 지후가 미간을 좁혔다.

'동정하지 마.'

'하지만 불쌍한걸.'

'난 나루의 이런 모습까지도 사랑스럽고 귀엽다고!'

'안쓰럽다. 이런 모습까지도 사랑스럽고 귀엽다고, 자신을 세 뇌시켜야 했던 네가.'

'세뇌시킨 게 아니라 그냥 귀엽다고. 저절로 사랑스럽다고.'

'무리하지 마.'

'무리하는 거 아냐.'

둘은 무언의 대화를 주고받았다.

"아침 먹으러 가는 길이면 잘됐다. 우리도 아침 먹을 거거든. 같이 가자, 지후야."

정작 나루는 아무 생각이 없어 보였다.

"난 갈 생각 없어."

지후가 차갑게 말했지만 나루에게는 통하지 않았다.

"아침 먹으러 가는 길이었다며?"

"난 생각해 둔 메뉴가 있어."

"뭔데?"

"돼지고기 김치찌개."

"한성 식당에서?"

"응."

"우리도 거기 가는데."

"……메뉴를 변경해야겠군."

"왜 그렇게 고집을 부리는 거야? 내가 그렇게 싫어?"

나루가 눈을 동그랗게 뜨고 지후를 올려다봤다. 지후보다 키가 한참 작은 나루는, 궁금한 게 있을 때면 이렇게 지후를 올려다보며 묻곤 했다. 언제나 그 모습이 사랑스러웠다.

"응."

여전히 사랑스러운 그 모습을 보며, 지후는 간신히 대답했다.

"싫어."

그녀가 내게서 멀어지게 만들어야만 했다. 냉정한 모습에 질려 떠나도록 해야만 했지만, 이런 말을 할 때면 그녀가 느낄 아픔이 고스란히 돌아와, 지후의 심장을 찔렀다.

아직은 날 사랑하는 그녀의 마음이 다칠까 걱정…….

"그래, 그럼. 어쩔 수 없지. 우린 밥 먹으러 갈게."

되어야 하는데.

이게 뭘까?

전혀 상처받지 않은 듯 담백하게 대답하고, 먼저 걸음을 옮기는 나루의 뒷모습에서, 지후는 눈을 뗄 수가 없었다.

지후의 얼굴에 황당함이 떠올랐고, 지후와 비슷한 생각을 하고 있던 명진도 어이없다는 표정으로 나루의 뒷모습을 응시했다. 싫다는 말을 들은 나루보다 오히려 지후가 더 고통스러워 보여서 안타까워하려는 찰나였는데, 나루가 분위기를 다 깨뜨렸다.

"쟤는 원래 성격이 저래? 로맨틱함이라고는 눈을 씻고 찾아봐도 없는데."

명진이 작은 목소리로 말했다.

"어, 뭐. 그런 부분이 없잖아 있지."

"없잖아 있는 정도가 아니라 없는데."

"그래도 상관없잖아. 예쁘니까."

"네 눈에나 예쁘지."

"네 눈엔 안 예쁘단 말이야?"

지후는 충격을 받은 눈치였다.

"예쁘긴 한데…… 내가 상상했던 거랑 이미지가 너무 달라. 널 사랑하면 안 된다고 생각하고 있을 땐 애가 신비로운 느낌이 있었는데. 지금은 그냥…… 너무 제멋대로야."

명진의 평가에 지후가 씩 웃었다.

"그래, 제멋대로지."

"너, 진짜 중증이다. 제멋대로인 게 좋냐?"

"응, 좋아."

"그렇게 좋으면서 굳이 나루를 밀어낼 필요가 있을까?"

"그 얘기는 끝난 걸로 아는데."

그때, 나루가 뒤를 돌아봤다.

"윤명진, 뭐해? 밥 먹으러 안 가?"

"어, 가야지. 야, 너도 같이 먹으러 가자."

명진이 걸음을 옮기며 지후를 돌아봤다.

지후는 고집스럽게 말했다.

"난 너희랑 같이 밥 먹을 생각 없어."

＊　　　＊　　　＊

한성 식당 가장 구석 자리에 앉아, 지후는 한숨을 내쉬었다. 바로 옆 테이블에는 명진과 나루가 마주 보고 앉아 있었다.

왜 나는 여기에 앉아 있는가.

나루와 명진이 한성 식당에 간다고 하기에, 지후는 다른 곳으로 갈 생각이었다. 빌라에서 나와 반대쪽으로 가려는데, 나루가 앞을 막아섰다. 피해서 가려고 할 때마다 자꾸 따라와 앞을 막아서는 바람에, 다른 곳으로 갈 수가 없었다.

"왜 이래?"

"내가 뭘?"

뻔뻔하게 되묻는 나루가 귀여워서, 화를 낼 수도 없었다. 아니, 애초에 화를 낼 만한 일도 아니었다.

"왜 자꾸 앞을 막아?"

"그러게. 내 다리가 멋대로 움직이네. 널 보내기 싫은가 보다."

배시시 웃는 모습이 사랑스러워서, 가슴이 미어졌다.

"귀찮게 하지 말고 비켜."

최대한 감정을 누르고 차가운 음성으로 말했다.

"응, 비키고 싶은데 어쩌지? 다리가 멋대로 움직여서."

나루는 정말 곤란하다는 표정을 지었다.

'이 여자는 정말 왜 이렇게 귀여운 거야?' 라는 생각을 하는데, 명진이 지후의 어깨를 툭툭 두드렸다.

"이왕 이렇게 된 거, 그냥 같이 가지 그래? 테이블만 따로 앉으면 같이 밥 먹는 건 아니잖아."

그게 말이 되냐는 소리가 목구멍까지 튀어나왔지만, 어쩔 수 없었다. 길에서 그런 실랑이를 하는 게, 오히려 나루와 더 가까워지는 느낌이었기 때문이다. 그래서 한성 식당에 왔고, 테이블을 따로 잡았다.

나루는 그 부분까지 뭐라고 하지는 않았다.

"나는 돈가스 먹을래. 명진이, 넌?"

나루가 벽에 붙은 메뉴판을 보며 물었다.

"난 제육덮밥. 지후 넌 뭐 먹을 거냐?"

명진이 지후를 돌아봤다.

"지후는 돼지고기 김치찌개 먹겠다고 했잖아. 일단 주문할게."

지후가 뭐라 말할 새도 없이, 나루가 손을 들었다.

"이모. 여기 제육덮밥이랑 돈가스 주시고요, 저쪽에는 돼지고기 김치찌개 주세요."

"같이 온 거면 같이 앉지, 왜 따로 앉았어?"

가게 주인이 주문을 받으며 물었다.

"아, 같이 온 거 아니에요. 저랑 밥 같이 먹기 싫다더라고요."

나루가 쾌활한 목소리로 대답했다.

"아니, 왜 우리 예쁜 학생이랑 같이 먹기 싫대? 따돌리고 그러는 거야?"

가게 주인이 지후를 돌아봤다. 지후는 이번에도 나루가 대신 대답해 주기를 기다렸지만, 나루도 명진도 지후의 입술만 빤히 응시하고 있었다.

지후는 속으로 한숨을 삼켰다.

"그런 거 아닙니다."

"그럼 같이 앉아서 먹어."

"싫습니다."

"잘생긴 총각이 고집이 세네."

"네, 제가 한 고집합니다."

"고집 부려 봐야 뭣에 써? 시간 지나면 다 별일 아닌데. 그냥 같이 좀 먹어."

"싫습니다."

"쯧쯧."

가게 주인이 혀를 차며 주방으로 향했다.

나루는 수저를 꺼내 명진과 자신의 앞에 놔뒀다.

"이제 중간고사도 끝났으니까 축제 준비하겠다. 우리 동아리에서는 뭘 하려나."

"봉사 동아리인데 뭐 할 수 있는 게 있나?"

"수화 공연이나 그런 걸 하지 않을까?"

"나, 수화 모르는데."

"아는 선배가 가르쳐 주겠지. 지후야, 너도 동아리 참여할 거지?"

나루가 지후를 돌아봤다.

"글쎄. 봐서."

"같이 하면 재미있겠다. 동아리 준비하면서 연습을 가장한 합숙도 하고 그럴 텐데."

"술만 마시는 거 아냐?"

"그러고 보니, 명진이 넌 술 잘 마셔?"

"못 마시진 않아. 지후, 넌?"

"그럭저럭."

나루와 명진은 지후를 자꾸만 대화에 끼워 넣었다. 음식을 가져다주러 온 가게 주인이 그 모습을 보고는 말했다.

"그럴 거면 그냥 같은 식탁에 앉으라니까 그러네."

"싫습니다."

지후는 단호했다. 그런 지후의 모습에, 나루는 속으로 웃음을 삼켰다. 지후는 엉뚱한 면이 있었다. 이런 식으로 부리지 않아도 되는 고집을 부리는 모습도, 그의 엉뚱한 면 중 하나였다. 그렇게 싫으면 묻는 말에 대답하지 않으면 될 텐데. 이 와중에도 대답은 꼬박꼬박 해 주는 지후가 귀여웠다.

냉정한 그의 태도에 아프지 않은 건 아니었다. 그러나 생각을 바꿨더니, 그 아픔마저도 즐거이 받아들일 수 있었다.

이것은 과정일 뿐이다. 그를 사랑하고, 그의 사랑을 받게 되기까지의 과정. 옛 시간에서는 그가 했던 나를 향한 짝사랑을, 이제는 내가 하고 있는 것이다.

옛 시간에서는 무심히 넘겼던 순간들을, 이제는 머릿속에 꾹꾹 눌러 담을 기회가 생겼다. 슬퍼할 이유는 없었다.

지후만 따로 앉아 도란도란 대화를 나누며 아침을 먹었다. 각자 계산을 하고 밖으로 나왔을 때, 명진이 지후에게 물었다.

"아, 그러고 보니 성재경은? 걔는 학교 안 가냐?"

지후가 미간을 좁혔다.

"재경이는, 집을 나갔어."

"집을 나가다니?"

"본가에 갔어. 당분간 거기에 가 있겠다고."

"왜? 무슨 일 있어?"

나루의 질문에 지후가 어깨를 으쓱했다.

"글쎄. 나도 모르지."

"뭐야, 민지후. 너네 권태기니?"

나루의 말에 지후가 피식 웃었다.

"그러게. 권태기인가?"

*　　*　　*

"드디어 니들한테도 권태기가 왔구나."

지후의 누나인 지연의 말에 재경은 피식 웃었다.

"권태기라니. 그런 거 아냐."

"아니긴. 신혼부부처럼 찰싹 붙어 다니더니, 드디어 별거하는 거잖아."

"아니, 누나는 단어 선택이 왜 그래? 좀 좋은 표현도 있잖아."

"좋은 표현? 음. 이혼?"

"누나……."

"이혼을 해도 조정 기간이 있는 법이야. 이대로 갈라서지 말고, 생각 잘해."

"아니, 그러니까 그런 거 아니라고."

학교에 가기 위해 나오다가 마주친 지연은, 재경이 잠깐 본가에서 통학하기로 했다는 말에 권태기를 운운했다.

권태기라니.

'그러고 보니, 나랑 지후가 싸운 건 이번이 처음이구나.'

오랫동안 알고 지냈는데도 싸운 적이 단 한 번도 없었다. 사내아이들은 다투면서 더 친해지는 법인데, 지후와 재경 사이에

나는 당신을 있는 힘껏 사랑하겠습니다　191

는 사소한 말다툼도 없었다.

'그건 아마도.'

늘 지후가 양보를 했기 때문이다. 그때는 몰랐지만 이제는 안다. 지후가 얼마나 많은 것들을 양보했는지. 영화를 봐도, 밥을 먹어도, 늘 재경의 선택을 따랐다. 그러면서도 그런 내색을 한 번도 하지 않았다.

'그래도 양보할 게 따로 있지.'

여자를 양보하려고 하다니.

재경을 생각하는 지후의 마음을 알기에, 더 싫었다.

'나는 지 생각 하나도 안 했는데.'

나루에게 푹 빠져서, 지후의 감정을 보려고 하지 않았다.

나루에게 푹 빠져서, 지후가 죽을 뻔한 순간에도 지후를 질투했다.

'몹쓸 놈이야, 나는.'

그런 몹쓸 놈을 위해, 마음에도 없는 여자와 데이트를 하면서까지 나루를 양보하려는 지후를, 지금은 보고 싶지 않았다.

지후의 그 무한한 자기희생을 보면, 그를 질투했던 내 자신이 초라해졌다. 그런 한편 화가 나기도 했다. 나루는 지후를 좋아하고, 지후 또한 나루를 좋아한다. 둘의 사이에서 방해가 된다는 게 민망하고 창피하고 화가 나고 슬펐다.

'나만 없었으면 둘은 벌써 고백하고 사귀었겠지.'

이런 상황, 참 싫다.

　　　　　*　　　　*　　　　*

"아침까지 먹어 놓고 1교시 땡땡이를 치겠다고?"

학생회관 앞에서, 지후가 어이없다는 표정으로 나루를 내려다봤다.

"응, 배부르니까 졸려서. 동방에서 한숨 자고 가야겠어."

"아무리 과 수석이라도 이렇게 자꾸 수업을 빠지는 건 안 좋은 것 같은데."

"왜? 나루가 친구 못 사귈까 봐 걱정되냐?"

명진이 끼어들었다.

지후가 눈을 가늘게 뜨고 '입 조심해.'라는 경고의 눈빛을 보냈다.

"뭐, 상관없잖아. 땡땡이치는 게 나루만 있는 것도 아니고."

"그럼 또 누가 있는데?"

"나."

명진이 검지로 자신을 가리켰다.

"나도 동방에서 한숨 자려고."

지후의 표정이 굳었다.

"동방에서, 둘이?"

"그럼 동아리 사람들 다 불러들일까?"

"너……."

지후는 으르렁거리듯 명진을 노려봤다.

"나루랑 나랑 둘이 자는 게 걱정되면, 너도 따라오든가. 이 교수님, 1교시 때 출석 안 부른다며."

명진이 도발하듯 말했다.

지후는 명진이 무슨 생각을 하는지 빤히 보였다. 이런 식으로 나루를 걱정하는 행동을 이끌어내, 지후의 마음을 나루가 눈치채게 하려는 것이 분명했다.

"걱정 안 되고, 난 수업 들을 거다."

지후는 명진이 나루에게 몹쓸 짓을 하지 않으리라는 걸 알 수 있었다. 이상하게도 명진에게는 신뢰가 생겼다.

매몰차게 말하고 돌아서서 걸어가는 지후의 뒷모습을 지켜보다가, 나루가 명진을 올려다봤다.

"왜 그러는 거야, 너?"

"내가 뭐?"

"괜히 지후 속 긁잖아."

"긁긴 뭘 긁어. 동방서 잘 거야?"

"응, 너무 졸려. 어젯밤에 잘 못 잤거든."

둘은 동아리방으로 향했다. 동아리방에는 아무도 없었고, 나루는 구석에 있는 이불을 가져다가 덮고 누웠다.

명진은 벽에 기대어 앉아, 가방에서 만화책을 꺼냈다.

"넌 만화책 진짜 좋아하나 보다."

"응, 어지간한 건 다 읽었지. 아, 그러고 보니 이 만화, 언제 완결돼? 완결은 나냐?"

명진은 만화책을 흔들며 물었다. 장편으로 연재된, 꽤 유명한 만화책이라 나루도 그 만화에 대해 알고 있었다. 좋은 스토리에 비해 터무니없는 결말이 났다고, 인터넷에서 자주 언급됐었기 때문이다.

"응, 완결 나."

"몇 권에서?"

"42권인가?"

"어마어마하구먼. 1년에 2, 3권밖에 안 나오는데. 어떻게 돼?"

"나중에 사서 봐."

"아, 치사하다. 좀 알려 주지."

"사서 봐. 미리 알아서 뭐하니?"

'나는 이게 완결 나기 전에 죽을지도 모르니까.' 라는 말이 목구멍까지 튀어나왔지만, 명진은 간신히 삼켰다.

'이 만화가 완결나기 전에 죽을 가능성이 높으니까.'

그런 말로 나루를 흔들고 싶지 않았다.

나루는 명진이 아니어도 고민할 거리가 많을 터였다.

"나, 음료수 좀 사 와야겠다. 뭐 마실래?"

명진이 일어나며 물었다.

"아니, 난 잘래. 다녀와."

나루는 눈을 감았다.

명진이 나가는 소리가 들렸고, 조금 지나 다시 문 열리는 소리가 들렸다. 나루는 눈을 감은 채로 말했다.

"좀 전까지는 엄청 졸렸는데 잠이 안 와. 아까는 지후가 있었고, 지금은 지후가 없어서 그런가 봐."

들어온 사람이 나루의 옆에 앉았다.

"옛 시간에서도 이랬어. 지후가 있으면 정말 잘 자는데, 없으면 못 자고. 걘 항상 내 수면제였어. 지금 나는 매일, 매일 불면증이야."

"나루야, 너."

들려오는 목소리가 명진의 것이 아니었다.

나루는 눈을 번쩍 떴다.

재경이 혼란스러운 눈으로 나루를 내려다보고 있었다.

"원래 지후랑 아는 사이였어?"

*　　　*　　　*

"나루야, 너. 원래 지후랑 아는 사이였어?"

뭐라고 대답을 해야 할까. 나루는 입을 꾹 다물고 재경을 응시했다.

"옛날에 이랬다니. 지후랑 언제 아는 사이였는데?"

나루의 대답이 돌아오지 않자, 재경이 다시 물었다.

나루는 아랫입술을 잘근잘근 깨물다가 말했다.

"아니, 그냥. 꿈을 좀……."

"꿈?"

"응, 그냥. 꿈에서."

"꿈 얘기를 하는 것 같지는 않았는데. 지후랑 언제 알던 사이였어? 둘이 원래 알던 사이라는 거, 지후 본인도 알아?"

몰아붙이는 어조는 아니었다. 하지만 제대로 된 대답을 듣고 싶다는 듯, 재경은 단호했다.

'난 바보야. 누가 들어왔는지 확인을 했어야 했는데.'

하지만 이 시간부터 동방에 오는 사람은 거의 없었기에, 당연히 명진일 거라고만 생각했다.

"아니, 그게……."

"아, 그래. 지후도 아는 거겠지. 수면제였다니……. 그 정도면 긴밀한 관계였다는 건데. 나는, 들은 적이 없는데. 아무것도."

재경이 혼란스러워하는 것도 이해가 됐다.

재경과 지후는 어릴 때부터 친구였다.

나루와 지후 사이에 접점이 있었다면, 그걸 재경이 모를 리가 없었다.

큰일 났다.

달칵—

그때, 동아리방 문이 열리고 콜라를 손에 든 명진이 들어왔다.

"오, 재경. 너, 지후랑 별거 중이라며?"

명진이 유쾌하게 말했다.

재경이 인상을 찡그렸다.

"별거라니. 그런 거 아냐."

"아니긴. 지후가 상심이 크더라. 적당히 하고 들어가. 별거 길어지면 이혼인 거 알지?"

"아, 왜 다들 별거네, 이혼이네 하는 거야. 그런 거 아니라고."

"그럼 어떤 건데?"

다행이다.

명진 덕분에 이야기의 주제가 방향을 틀었다.

"넌 몰라도 돼. 이건 지후와 내 사이의 문제니까."

"크흐. 둘이 진짜 너무 열렬하네."

"열렬이라니. 너, 단어 선택 진짜 이상하다. 남들이 들으면 우리 둘이 사귀는 줄 알겠네."

"거의 그 급이잖아. 둘이 찰싹 달라붙어서 다니는 걸 보면."

"어, 그래서 이제 좀 안 그러려고. 나 때문에 지후가."

재경이 나루 쪽을 흘끗 보며 말을 이었다.

"여자를 못 사귀는 것 같아서."

"뭐, 그게 꼭 너 때문이겠냐. 친한 친구 있는 놈들이 다 애인 못 사귀는 것도 아니고."

"그냥 넌 모르는 그런 게 있어. 그나저나, 나루 너는 지후랑 언제 어떻게 알던 사인데?"

망했다.

대화의 주제가 다시 원래대로 돌아왔다.

나루는 주먹을 꽉 쥐었다.

"응? 지후랑 나루랑 뭘 어떻게 알던 사인데?"

명진이 끼어들었다.

"나루가…… 옛날에 지후가 항상 수면제였다고 그래서."

재경의 대답에, 명진이 눈을 부릅뜨고 나루를 노려봤다.

'이 멍충아. 너, 얘한테 뭔 소리를 한 거야?'

'넌 줄 알았다고!'

'넌 애가 나사 하나 빠진 것 같을 때가 있어! 과 수석이면 뭐 해?'

'아, 그놈의 과 수석 타령 좀 하지 말라고!'

나루와 명진 사이에 무언의 대화가 오고 가는 동안, 재경은 점점 미심쩍어졌다.

물론 나루와 지후가 이전에 알았다고 해도, 크게 문제될 일은 아니었다. 그러나 눈을 감고 중얼거리던 그녀의 음성이 몹시 애달파서, 그냥 넘어갈 수가 없었다.

둘 사이에 무언가 있는데도 재경 때문에 갈라서야만 했던 거라면, 자신을 더욱더 용서할 수 없을 것만 같았다.

'하지만 대체 언제? 지후는 늘 나랑 붙어 있었는데.'

지후가 아무리 감추려 했다고 해도, '내 수면제야.'를 운운할 만큼 긴밀한 사이였다면 완전히 감추기는 힘들었을 것이다.

이런저런 핑계를 대며 나루를 만나러 가거나 해야 했을 텐데, 대학에 들어오기 전에는 그런 적이 단 한 번도 없었다.

권태기며, 별거며, 이혼이며 따위의 소리를 들을 정도로, 둘이 함께하는 시간이 많았다.

"망상이야."

재경의 고민을 뚫고, 명진의 단호한 음성이 들려왔다.

재경은 멍한 표정으로 명진을 돌아봤다.

"뭐?"

"망상이라고, 그거."

"망상이라니?"

"너도 알지? 얘가 민지후 좋아하는 거."

"어, 알아."

"그래서 망상하는 거야. 과거에 이랬네, 저랬네, 하고. 맞지?"

명진이 나루를 보며 물었다.

나루가 고개를 끄덕였다.

"응, 내가 좀 상상력이 풍부하거든. 지후랑 연인이었다면 이렇지 않았을까 하고 상상한 거였어. 내가 좀 여기가 정상이 아니잖니."

나루가 자기 관자놀이를 가리키며 어색하게 웃었다. 그 모습을 보며 더 수상하다고, 재경은 생각했다. 다른 경우였다면 믿었을지도 모르겠지만, 아까 나루의 음성은 정말로 애달팠다. 그 애달픔이 망상에서 비롯된 것 같지는 않았다.

재경은 도저히 끼어들 수 없는, 강렬하고 짙은 무언가가 존재했다. 의문이 남아 있지만, 두 사람이 이렇게 말하는데 계속 캐물을 수도 없었다.

언젠가는 알게 되겠지.

의문이 개운하게 가시지 않은 어색한 분위기 속에서 시간을 보내다가, 셋은 2교시 수업을 듣기 위해 강의실로 향했다.

마침 1교시가 끝났는지 화장실에 가려고 나오는 과 학생들이 보였다.

재경은 멈칫했다. 아직 지후를 마주칠 마음의 준비가 되지 않았다. 절교를 한 것도 아닌데, 얼굴을 보고도 못 본 척을 할 수는 없다. 하지만 아직은 웃으면서 인사를 할 기분이 아니다.

그래서 머뭇거리는데, 명진이 뒤를 돌아봤다.

"뭐 하냐, 안 오고."

"아, 나는 좀 이따 들어갈게."

"왜? 지후 보기 껄끄러워서?"

재경의 눈이 가늘어졌다.

이놈은 뭔데 이렇게 눈치가 빠른 거지?

"둘이 정말 무슨 일 있는 거야?"

나루가 걱정스럽게 물었다.

"아니, 그런 건 아니고. 그냥 좀. 아무튼 먼저들 들어가."

"적당히 해라. 부부 싸움 칼로 물 베기라는데, 어차피 화해할 거, 계속 질질 끌어 뭐하냐?"

"부부 싸움 아니라고."

왜 꼭 이런 순간에 당사자가 등장하는 걸까.

강의실을 나오던 지후가 이쪽을 돌아봤다. 흠칫한 재경이 뒷걸음질을 치려는데, 지후가 성큼성큼 다가와 재경의 손목을 잡았다.

"성재경."

"이거 놔."

"놓긴 뭘 놔. 나랑 얘기 좀 하자."

"할 얘기 없어."

"난 있어."

"난 없다고."

"난 있어. 얘 좀 데려간다."

지후가 명진과 나루를 돌아보며 말했다. 토라진 여자 친구를 데려가는 남자 친구 같은 지후의 모습에, 명진과 나루는 멍하니 고개를 끄덕이는 수밖에 없었다.

멀어지는 지후와 재경의 모습을 지켜보다가, 명진이 말했다.

"야, 연나루. 너, 잘 생각해 봐라. 너랑 민지후, 진짜 사귀었던 거 맞아? 쟤들 둘이 연인이었던 것 같은데?"

"어, 나도 지금 그런 생각을 하는 중이야."

*　　*　　*

키가 큰 지후는 어디에 있어도 눈에 띄었다. 그런 지후가 재경의 손(정확히 말하면 손목이지만)을 잡고 무시무시한 기세로 걸어가는 모습은, 지켜보는 이들에게 강렬한 인상을 남겼다.

'쟤들 둘이 사귀는 거야?'

'둘이 너무 붙어 다닌다 싶었어.'

그런 시선을 보내거나 말거나, 지후는 사람이 별로 없는 곳까지 재경을 끌고 갔다.

"뭐 하는 거냐, 이게."

재경이 잡힌 손목을 빼내며 툴툴거렸다.

"너야말로 뭐 하는 건데?"

"내가 뭘?"

"왜 갑자기 집을 나간 거야?"

"그냥 좀 떨어져 있어야 할 것 같아서."

"난 그렇게 생각 안 하는데."

"난 그렇게 생각해."

"괜한 소리 하지 말고 집에 들어와."

"싫어."

"들어오라고. 거기서 통학하기 힘들잖아."

"할 만해. 아, 오늘 아침에 너네 누나 만났다."

"그런 건 아무래도 좋아. 아니면 내가 나갈 테니까, 네가 여기 있든가."

"됐어. 그런 식으로 양보할 거 없어."

"양보라니."

"양보하잖아, 항상."

재경이 지후를 노려봤다.

"양보하지 않아도 될 것까지 양보하잖아."

"양보하는 게 아니라 상관이 없는 거야. 있어도, 없어도. 먼저 해도, 나중에 해도. 나한테는 중요한 문제가 아니니까……."

"나루도?"

지후의 말을 끊으며, 재경이 물었다.

"나루도 너한테 중요한 문제가 아냐?"

"여기서 나루가 왜 나와?"

"나는 걔가 제일 중요한 문제라고 생각하니까. 나한테도, 너한테도."

"틀렸어. 너한테나 그렇지, 나한테는……."

"네가 수면제래."

"뭐?"

"나루가 그러더라. 네가 자기 수면제였다고. 네가 있으면 잠이 잘 왔었다고. 그런데 네가 없어서 잠을 못 자겠다고."

나루에게 듣지 못한 진실을, 이 기회에 지후에게 듣자 싶어서 꺼낸 말이었다.

이 말이 지후에게 큰 파동을 일으킬 줄은 몰랐다.

'왜?'

다음 순간 지후에게 벌어진 변화에, 재경은 당황했다. 언제나 흔들림 없는 지후의 눈동자가 일렁, 움직이는가 싶더니…….

'왜 눈물이…….'

눈물이 고였다. 고인 눈물은 순식간에 사라졌지만, 재경은 똑똑히 목격했다. 착각 따위가 아니었다.

"너, 왜?"

재경은 지후의 팔뚝을 세게 붙잡았다.

"너, 왜 울어?"

"울다니."

지후가 인상을 찌푸렸다.

"그런 적 없어."

"울었잖아. 너, 대체 뭐야? 너랑 나루, 무슨 사이야?"

"아무 사이도 아냐."

"아무 사이도 아닌 게 아니잖아. 나루는 자기 망상이라고 하는데, 그럴 리가 없어. 나, 바보 아냐. 너, 나루랑 언제 어떻게 만난 건데? 왜 나한테 감춘 건데? 어째서……."

"망상이야."

지후가 말했다.

"모두 나루의 망상이야. 나랑 나루 사이에 연결점은 없어. 있다면 성재경, 너 하나겠지."

"나를!"

재경이 그대로 지후를 밀어붙였다.

턱—!

지후의 등이 벽에 닿았다.

재경은 그 상태로 지후를 노려보며 씹듯이 내뱉었다.

"무시하지 마, 민지후. 내가 바보야?"

"무시하지도 않고, 바보라고도 생각 안 해."

"그럼 피하지만 말고 솔직하게 좀 말해 달라고!"

분노에 찬 재경의 눈동자를, 지후는 똑바로 보기가 힘들었다. 재경은 늘 여유가 있고 다정하고 유쾌했다. 하지만 지후가 이 시간으로 돌아온 후, 재경은 달라졌다. 휘둘리고, 무엇에 휘둘리는지 몰라 혼란스러워하는 재경의 모습에, 가슴이 아팠다.

솔직하게 말하고 싶었다.

사실은 재경아. 사실은 말이야. 나는 12년 후에 죽어. 그래서 나루를 사랑할 수 없어. 내가 나루를 사랑하면, 나루가 내게 익숙해지면, 지난 시간의 아픔을 또다시 반복하게 될 거야. 그래서 네가 나루 곁에 있어 주었으면 해. 나루의 수면제 역할을, 나루가 기댈 나무의 역할을, 네가 해 주었으면 해.

'하지만 믿지 않겠지.'

재경은 이런 걸 믿지 않았다. 바보 취급한다고 더 화를 낼 것이 분명했다.

"피하는 건 내가 아니라 너야, 성재경. 나는 나루에 대해 더 이상 할 말이 없다."

지후는 생각을 바꿨다. 재경과 멀어지는 편이, 재경과 나루의 사이가 가까워지는 데에 도움이 될지도 모른다.

"떨어져서 지내고 싶다면 그렇게 해. 피하고 싶다면 계속 피하고. 나는."

지후는 여전히 팔뚝을 잡고 있는 재경의 손을 떼어 냈다.

"정말 할 말이 없으니까."

*   *   *

물리학 실험을 하는 동안, 재경과 지후 사이에 찬바람이 불었다. 같은 조인 선미와 나루, 윤영은 둘의 눈치를 보느라 숨도 제대로 쉬지 못했다.

"야, 니들 때문에 분위기 엿 같잖아."

명진만 당당하게 둘을 지적했다.

"우리가 왜?"

재경이 물었다.

"우리가 왜? 부부 싸움을 하더라도 너무 티는 내지 말아야지. 사랑싸움은 둘만 있는 데서 하고, 여기서까지 그렇게 분위기 어둡게 만들지는 말자, 좀."

"부부 싸움은 뭔 놈의 부부 싸움이라는 거야? 그런 거 아냐."

"아니긴. 둘이 눈도 안 마주치는구먼."

"하아. 그런 거 아니라고."

재경의 목소리가 점점 가라앉았다.

나루는 이러다가 재경이 버럭 할까 봐 걱정이 됐지만, 명진은 그렇지도 않은 모양인지 계속해서 재경과 지후를 나무랐다.

의외로 재경은 목소리만 낮아질 뿐, 화를 내진 않았다. 오히려 지후가 들고 있던 펜을 탁 소리 나게 내려놓고 실험실을 나갔다.

나루가 기억하는 지후답지 않은 행동이었다. 지후가 정 떨어지게 행동하려고 한다는 걸 모르는 나루로선, 의아할 수밖에 없었다.

그때, 윤영이 지후를 따라 나갔고, 나루는 어째야 하나 망설이다가 그냥 실험실에 남아 있었다.

"너도 나가 보지 그래?"

재경이 나루에게 말했다.

"내가 왜?"

"너, 지…… 아니다."

선미가 그 자리에 있다는 걸 깨닫고, 재경이 말을 멈췄다.

"재경아, 지후랑 싸운 거야? 무슨 일이야?"

선미가 조심스레 물었다.

"싸운 거 아냐. 그냥 의견이 좀 다른 문제가 있어서."

그렇게 말하며 재경은 나루를 흘끗 돌아봤다.

"분위기 흐려서 미안해. 얼른 실험이나 하자. 보고서 써야 하잖아."

재경이 애써 경쾌한 목소리로 말했다. 안에 남아 있는 사람들이 조교가 알려 준 대로 실험을 하는 동안, 윤영은 지후를 따라잡았다.

지후는 실험실 밖 흡연 구역에서 담배를 꺼내고 있었다.

"담배, 피우지 마."

"신경 꺼."

"나한테까지 그렇게 차갑게 굴 거 없잖아."

"후우."

지후는 담배를 다시 집어넣고 윤영을 돌아봤다.

"왜 따라 나왔어? 난 널 이용하려는 놈인데."

지후의 말에 윤영이 웃었다.

"날 이용할 마음이었다고 솔직하게 고백하는 놈이 나쁜 놈 같아 보이지는 않으니까."

"그러냐."

지후가 쭈그리고 앉았다. 윤영도 그 옆에 앉으며 물었다.

"재경이랑은 왜 그런 거야? 나루 때문이야?"

"응."

"나루도 죄 많은 여자네."

"그러게."

"나루의 어디가 그렇게 좋은 거야? 예뻐서?"

"응."

"나루 정도 예쁜 애들은 많잖아. 왜 그렇게 걔가 특별해?"

이런 식으로 말하지 않으려고 했는데, 톡 쏘는 듯한 말투가 되어 버렸다.

"특별해, 나루는."

하지만 지후는 윤영의 말투를 깨닫지 못한 듯, 옅은 미소를 지으며 말했다.

"웃어도, 찡그려도, 바보 같은 표정을 지어도. 뭘 해도 예쁘고 예뻐서 눈을 뗄 수가 없어."

지후는 심장이 쿵 내려앉을 정도로 달콤한 표정을 짓고 있었다. 한 남자에게 저런 표정을 짓게 만드는 나루가 윤영은 부럽고 미웠다.

윤영은 주먹을 꽉 쥐었다가 말했다.

"그렇게 예쁘고 눈을 못 떼겠으면, 그냥 네가 사귀어. 양보하려고 하지 말고."

"그건 안 돼."

지후의 얼굴에서 순식간에 표정이 사라졌다.

"나루는 내 것이 아니야. 나는 나루랑 사귈 생각 전혀 없어."

"정말이야?"

"응."

"절대 안 사귈 거야?"

"응."

"그럼."

윤영은 지후에게 '널 이용하는 거야.'라는 말을 들었던 날부터 쭉 생각해 오던 말을 꺼냈다.

"그럼 나랑 사귀자, 지후야."

"말했잖아. 나는 나루를 좋아해. 너랑 사귀는 일은 없어."

지후가 단호하게 말했다. 그의 한마디, 한마디가 날카롭게 윤영의 심장을 찔렀다. 하지만 윤영은 내색하지 않고 말했다.

"알아. 잘 알아들었어. 내 말은, 사귀는 척하자는 거야. 그러면 네가 더 편하지 않겠어?"

지후는 말없이 윤영을 응시했다. 지후가 속마음을 읽는 것만 같아서 민망했다. 윤영은 시선을 옆으로 피하며 말했다.

"날 이용해도 돼. 어차피 대학 내에서 누구 사귈 생각도 없었고, 나중에 밖에서 마음에 드는 사람이 있으면 그때는 너한테 말할 테니까. 그때까지는 나랑 사귀는 척해. 그럼 재경이도, 나루도 널 신경 쓰지 않을 거 아냐."

말이 너무 빠르지는 않았을까.

목소리에 너무 들뜬 기색은 없었을까.

지후의 대답이 들려오기까지의 짧은 시간 동안, 윤영의 머릿속에는 오만 가지 생각이 떠돌았다.

"고마운 제안이지만, 내가 널 좋아할 일은 없을 거야. 이런 일을 한다고 해서……."

"어휴. 너, 너무 자의식 과잉 아니니? 내가 널 좋아해서 이런 제안을 하는 것 같아? 너랑 재경이 싸우는 거 보고 싶지도 않고, 네가 왜 그렇게까지 나루랑 재경이를 이어 주려고 하는 건지 모르겠지만, 그게 절박한 것 같기도 하고. 그래서 친구로서 도와주고 싶은 것뿐이야."

"친구로서."

"그래, 친구로서."

사실은 그렇지 않았다.

이렇게라도 지후의 마음을 얻고 싶었다. 지후는 자꾸 '절대'를 붙이지만, 윤영은 사람 마음에 '절대'란 없다고 믿었다.

함께 있는 시간이 많아지고, 데이트를 하다 보면 정이 들고, 정이 들다 보면 애정이 생길지도 모른다.

이렇게 선을 긋고 멀리 떨어져 있는 것보다, 연인인 척하면서라도 지후와 가까운 곳에 있고 싶었다.

"그래, 그럼."

지후의 대답이 들려왔을 때, 윤영은 세상을 다 가진 기분이었다.

"다만 나는."

"날 좋아하는 일 없을 거라고. 그 말, 잘 알았으니까 더는 안 해도 돼. 애들 있는 데서 연기나 제대로 하서. 나도 그럴 테니까."

"그래."

"오늘 저녁에 만나고, 내일 사귄다고 얘기하면 되겠지?"

"응."

"알겠어. 그럼 들어가자."

"그래."

먼저 돌아서서 걸어가는 지후의 뒤를 윤영은 따라 걸어가며, 전에 꿨던 꿈이 떠올랐다. 나란히 앉아 행복하게 웃던 지후와 나루. 또다시 꿈을 꾸게 된다면, 나루의 자리에 자신이 앉아 있기를, 윤영은 간절히 바랐다.

실험실로 돌아온 윤영은 즐거워 보였다.

지후는 여전히 무표정이라 무슨 생각을 하는지 알 수 없었고, 재경은 지후 쪽으로 시선도 보내지 않았다.

'왜 이렇게 된 걸까?'

나루는 답답했다. 옛 시간에서는 이런 일이 없었다. 다툼도, 질투도, 미움도, 그들 사이에는 존재하지 않았다. 간혹 생기는 의견 충돌은 대화를 하며 풀었고, 어색함도 하루를 넘기지 않았다. 그런데 이 시간은 정말로 엉망진창이다.

'미래를 알면 좀 더 쉬울 줄 알았는데.'

인간관계도, 삶도 더 쉬워질 줄 알았다. 하지만 그렇지 않았다. 오히려 어렵다.

"오늘 학과 전체 모임 공지 봤어?"

눈치를 보던 선미가 침묵을 깨뜨렸다.

"아, 봤어. 이따 6시에 소강당이었나?"

재경이 대답했다.

"응, 다들 갈 거지?"

"가야지."

"응, 나도."

"난 못 가. 선약이 있어서."

지후가 말했다.

"나도. 나도 오늘 선약이 있어."

윤영이 들뜬 목소리로 말하며 지후를 흘끗 쳐다봤다. 마치 윤영의 행동은, '나 지후랑 약속 있어!'라고 말하는 것 같았다.

"뭐야, 너네 둘이 만나는 거 아냐?"

아니나 다를까.

선미가 콕 집어 지적했다. 그 말에 윤영이 얼굴을 붉혔다.

"아니, 뭐. 그런 거 아냐."

"아니긴. 둘이 만나는 거 맞네. 뭐야, 아까 나가서 무슨 얘기를 했던 거야?"

선미가 분위기 풀기에 좋은 소재라고 생각했는지, 둘의 사이를 물고 늘어졌다.

나루는 아랫입술을 깨물고, 지후 쪽을 보지 않기 위해 애썼다. 지금 지후를 보면 하지 말아야 할 행동을 하게 될 것만 같았다.

'싫어. 나, 네가 윤영이랑 단둘이 만나는 거 싫어.'

지금 지후는 내 것이 아니지만, 그래도 지후는 내 것이었다. 저 손도, 머리칼도, 갸름한 눈매와 오뚝한 코도. 남김없이 내 것이었다.

윤영이 아무리 친한 친구였더라도, 지후를 주고 싶지는 않았다.

그러나.

'이 시간은 옛 시간이랑 달라.'

너무 다르다.

재경과 지후의 관계도, 나와 재경의 관계도, 그리고 나와 지후의 관계도. 그렇기에 확신할 수 없었다. 그의 마음이 언젠가는 내게로 향하리라는 것을.

내가 숨 쉬는 모습마저 사랑한다는 그의 말을 믿고 싶지만, 그것은 옛 시간에서의 말이었다.

이 시간에서의 지후는 윤영이 숨 쉬는 모습마저 사랑하게 될지도 모른다.

나루는 그렇게 생각하자 등골이 서늘해졌다.

'나는 받아들일 수 있을까?'

이 시간의 목적은 오롯이 지후를 살리기 위함이었다. 12년 후, 지후만 살아날 수 있다면 나를 사랑해도, 사랑하지 않아도 괜찮았다.

'하지만 난 정말 그렇게 생각하는 걸까?'

아니. 그렇지 않았다.

나를 사랑하지 않는 지후를 보고 싶지 않았다.

나를 사랑하지 않는 지후의 12년 후를 원하지 않았다.

내 가장 사랑하는 남자가 내 가장 친한 친구와 연인이 되어 사랑을 나누는 것 따위, 지켜보고 싶지 않았다.

'그래도.'

나루는 아랫입술을 더 세게 깨물었다.

'그래도 지후만 살아간다면.'

나루는 고개를 들어 지후를 응시했다. 지후는 무어라 말하고 싶은 표정으로 나루를 지켜보고 있었다.

둘의 시선이 허공에서 얽혔다.

'괜찮아, 나는. 괜찮아.'

나루가 무슨 생각을 하는지, 지후는 알고 있었다. 말이 없어도 그녀의 마음을 알 수 있을 만큼, 그녀를 사랑하니까.

꽉 깨문 아랫입술이 안타까웠다.

'아니야, 나루야. 네가 생각하는 그런 게 아니야.'

그리 말해 주고 싶었다.

'알잖아. 내 마음에는 너만 있는 거. 하지만 나루야. 나는 12년 후에 죽어. 지금 우리가 사랑하게 되면, 너는 12년 후에 또다시 상처를 받고, 또다시 혼자가 될 거야.'

이 시간으로 돌아온 후 늘 꿈을 꾼다.

지후가 죽은 후, 텅 빈 집에 혼자 앉아 오열하는 나루의 모습을 보게 된다.

내 죽음보다 홀로 남은 그녀의 외로움이 더 걱정이었다. 작은 몸을 떨며 흐느끼는 그녀를 안아 줄 수 없어서, 괜찮을 거라고 말해 줄 수 없어서. 그래서 울다가 잠에서 깨곤 했다.

지후가 바라는 것은 단 하나였다.

나루가 혼자 울지 않는 것. 그래서 이 순간에, 흔들리는 그녀의 눈동자를 보며 단호하게 말할 수 있었다.

"응, 오늘 윤영이랑 선약이 있어."

*　　*　　*

생명공학과 학생회 임원들이 나와서 1학기 계획에 대해 브리핑을 하는 동안에도, 나루는 지후의 그 냉정한 눈빛을 떨쳐 낼 수가 없었다.

나루에게는 약간의 감정도 없는 차가운 눈빛과 밀어내는 듯한 목소리가 머릿속을 떠나지 않았다.

마음가짐을 바꿔야 한다고, 이 상황도 즐겨야 한다고 생각하지만, 마음이 그렇게 쉽지는 않았다.

사랑하는 남자가 나를 거부할 때 느껴지는 아픔은, 이성의 힘으로는 어찌할 수가 없었다.

"윤영이, 걔. 좀 웃기지 않아?"

옆에 앉아 있던 선미가 작은 목소리로 말을 걸었다.

"응?"

"전체 과 모임도 빠지고 지후 만나러 간 거잖아."

"그렇게 따지면 지후도 웃기는 거지, 뭐."

"아니, 그래도. 윤영이 걔, 지후한테 전혀 관심 없는 것처럼 굴었으면서, 이제 와서 웃기잖아."

"수줍어서 그랬을 거야. 호감 표현하는 게, 누구한테나 쉬운 일은 아니잖아."

나루의 부드러운 답변에, 선미는 입술을 비쭉거렸다.

"윤영이가 널 되게 싫어하는 거 알기는 해?"

"내가 그럴 만하게 행동했나 보지. 너도 나 싫어하잖아."

나루의 말에 선미가 얼굴을 붉혔다.

"아니, 그런 거 아냐. 내가 널 왜 싫어해."

"아니라면 다행이고."

상냥하게 웃는 나루를, 선미는 새삼스러운 기분으로 쳐다봤다. 얼마 전까지만 해도 재경과 지후에게 관심을 받는 나루가 싫었는데, 오늘 얘기를 나눠 보니 그렇게까지 싫은 느낌은 아니었다. 묘하게 어른스러운 모습이 나이 차가 한참 나는 언니와 대화를 하는 느낌이었다.

"저기, 내가 널 싫어하는 것처럼 보였으면 미안해. 나, 진짜로 널 싫어하는 거 아냐."

"응, 알았어. 나도 너 안 싫어해."

나루가 선미를 돌아보며 웃었다. 커다란 눈이 반달 모양으로 접히는 모습은 조금 신비롭게 보이기까지 했다.

뒷자리에 앉아 있던 재경은 속닥거리는 나루와 선미를 지켜보며 생각에 잠겨 있었다.

'지후랑 나루가 나한테 감추는 게 있어.'

윤영과 선약이 있다고 하는 뻔한 수작에도 화가 나지 않았던 이유는, 둘 사이에 무언가 있는 것 같다는 확신 때문이었다.

재경에게 말할 수 없는 '무언가' 때문에, 지후가 그토록 절박하게 자신의 마음을 감추려고 하는 것이리라.

그렇다면 그 '무언가'를 알아내야만 했다.

'그게 뭘까?'

짐작 가는 것이 없었다.

지후와 나루가 과거에 관계가 있었다는 것만큼은 분명했다. 둘은 자꾸 망상이라고 말하지만 그럴 리 없었다.

'누가 그런 망상을 입 밖으로 내? 게다가 아까 지후 표정은 정말……'

지후는 순식간에 표정을 갈무리했지만, 그 잠깐 흔들리는 감정을 재경은 분명히 목격했다. 그것은 아주 깊고 진해서, 함부로 끼어들 수 없는 종류의 것이었다.

'대체 언제 알고 지냈던 거야? 지후가 나루랑 만났었다면, 분명 나한테 들켰을 텐데.'

학교도, 학원도 같이 다녔다.

재경이 불시에 찾아가도, 지후는 늘 집이나 독서실에 있었다. 오히려 재경이 이리저리 돌아다녔지, 지후는 그런 적이 없었다.

'그러고 보니……'

문득 예전의 사건이 떠올랐다.

　　—커피, 아니, 커피 안 마시지? 코코아 타 줄게.

나루는 아주 당연하다는 듯 그렇게 말했다.

재경이 추가 합격을 한 게 아니라는 것도 알고 있었다.

'나루가 나에 대해 잘 알고 있었어. 그건 지후에게 들었기 때문인가? 그럼 그런 것들은 언제 얘기를 해 준 거지? 혹시 채팅 같은 걸로 만난 사인가?'

그럴 리 없다. 그렇다면 지후가 나의 수면제 운운하는 말은 나오지 않았을 것이다.

생각하면 생각할수록 의문점만 깊어졌다.

재경은 고개를 돌려, 옆에 앉아 있는 명진의 옆모습을 뚫어져라 응시했다.

명진은 지루한지 반쯤 누운 자세로 하품을 참고 있었다.

'얘는 알고 있는 것 같았어. 왜 내가 모르는 지후와 나루의 일을, 얘는 알고 있는 거지?'

명진이 재경의 시선을 느낀 듯 재경을 돌아보더니, 씩 웃었다.

"왜? 지후랑 이혼하고 나랑 만나고 싶냐?"

'왜 이런 실없는 놈이 나보다 아는 게 많은 거지?'

재경은 혼란스러웠다.

대학에 들어오기 전까지는 평온한 삶이었다. 이해되지 않는 일은 아무것도 없었다. 굳이 이해를 하려고 하지 않아도 될 만큼, 모든 것이 자연스러웠다. 그런데 지금은 다르다. 흘러가는 모든 상황이 부자연스럽다.

마치 누군가 의도적으로 상황을 뒤섞어 놓은 것처럼.

"응, 우리 사귀기로 했어."

윤영이 환하게 웃으며 그렇게 말한 것은, 생명공학과 전체 MT를 가는 날 아침이었다.

안 그래도 윤영과 지후가 유독 붙어 다닌다는 느낌을 받기는 했다. 점심도 같이 먹고, 집에 갈 때도 함께 돌아갔다. 그래서 다들 '둘이 사귀는 거 아냐?'라고 수군거리고 있던 참에, 두 사람이 교제 사실을 밝힌 것이다.

나루는 이런 상황이 오리라는 걸 예감하고 있었지만, 막상 손을 꼭 잡고 있는 둘을 보니 심장을 자근자근 저미는 통증이 일었다.

"뭐야, 언제부터?"

"진심? 진짜야? 정말?"

"우와, 대박. 축하해!"

"몇 호 커플이지? 준호랑 유미 다음이니까, 4호 커플인가?"

모두의 축하를 받는 윤영의 얼굴은 태양보다도 밝았다.

나루는 도저히 웃을 기분도, 무심한 표정을 가장할 기분도 아니라서 먼저 버스에 타려고 했다.

슬그머니 돌아서는 나루의 어깨를, 명진이 톡톡 두드렸다.

"오토바이 타고 갈래?"

"뭐? 야, 넌 아직도……."

"어차피 나 죽을지도 모르는 날까지는 좀 남았잖아. 그 전에 실컷 즐겨야지."

"명진아, 제발 좀 타지 말라는 건 타지 마. 저번에 지후, 물에 빠져 죽을 뻔했잖아. 너도 그렇게 막 행동하다가 더 빨리 그런 일이 벌어지면 어쩔래?"

"지후가 죽을 뻔한 게 꼭 걔가 12년 후에 죽는 거랑 관계된 건 아닐 수도 있잖아. 그냥 늘 일어나는 사고 중 하나일 뿐이야."

"그렇다면 더 안 되지. 오토바이는 위험하잖아."

"천천히 주의해서 달리면 안 위험해. 타고 가자. 저거 계속 지켜볼 기분 아니잖아."

명진이 턱으로 윤영과 지후를 가리키며 말했다.

나루는 그들을 물끄러미 응시했다. 지후는 이쪽을 쳐다볼 기미가 없었다. 아마 앞으로 쭉, 그의 시선을 마주치는 일이 없을지도 모른다. 가슴이 먹먹했다.

"응, 그래."

될 대로 되라는 심정이 들었다.

"타자, 오토바이."

"어디 가?"

명진을 따라가는 나루에게, 재경이 물었다.

"명진이랑 오토바이 타고 가려고."

나루의 말에, 재경은 못마땅한 듯했지만 고개를 끄덕였다.

"그래, 조심해서들 와라."

"응, 이따 봐."

재경에게 손을 흔들어 주고 명진의 오토바이가 있는 곳으로 향했다.

오토바이를 타는 건 처음이었다. 옛 시간에서도 타 본 적이 없었기에, 처음에는 무서웠다.

하지만 명진의 집에 들러 헬멧을 하나 더 들고 나와 머리에 쓰고, 다시 달리기 시작할 무렵에는 어느 정도 익숙해졌다.

명진은 약속대로 천천히, 조심하면서 달렸다. 한참을 달리다가 엉덩이가 아프다고 했더니, 명진이 근처 가게 앞에 오토바이를 세웠다.

오토바이에서 내려 헬멧을 벗었다.

"너, 머리 눌렸다."

명진이 나루의 머리를 가리키며 웃었다.

"고마워."

"뭐가? 널 놀리는 게?"

"아니, 내 마음 신경 써 줘서."

"별말씀을."

명진이 상냥하게 말했다.

"멈춘 김에 밥이나 먹고 갈까?"

명진이 밥집을 가리키며 물었다. 두부 요리 전문 식당이었다.

"너무 늦어지지 않을까?"

"일찍 가 봐야 넌 어차피 한 번 겪은 일이잖아. 뭐, 대단한 거 있어?"

"넌 못 겪어 봤잖아."

"나야, 뭐. 애초에 가는 이유 자체가."

거기까지 말하고 명진은 입을 다물었다.

"이유가 뭔데?"

나루가 물었지만, 명진은 씩 웃을 뿐 대답을 해 주지 않았다.

순두부찌개와 두부제육볶음을 시켰다. 해물이 가득한 순두부찌개는 적당히 얼큰하고 맛있었다.

"그나저나 여긴 어디쯤이지?"

아무 생각 없이 휴대폰을 꺼낸 나루는, 폴더폰을 보며 피식 웃었다.

"왜 웃어?"

"아니, 그냥. 습관이라는 게 참 신기해서."

"습관?"

"얼마 안 있어서 스마트폰이라는 게 나오거든."

"그게 뭔데?"

"휴대폰인데, 음. 휴대폰 안에 컴퓨터가 담겨 있어. 인터넷도 할 수 있고, 채팅도 할 수 있고, 영화나 만화도 볼 수 있고."

"별 게 다 나오네. 컴퓨터야 그냥 컴퓨터로 하면 되지, 그런 걸 쓰는 사람이 있냐?"

"깜짝 놀랄걸."

모두가 손에 스마트폰을 쥐고 다닌다는 걸, 지금의 명진은 상상도 할 수 없을 것이다.

"스마트폰으로 내가 지금 어디에 있는지도 알 수 있어. 어디로 가야 하는지, 뭘 타야 목적지까지 빨리 갈 수 있는지. 처음에 이 시간으로 돌아왔을 땐, 그게 없어서 정말 불편하더라."

"그런 걸 썼으면 그랬을 수도 있겠네. 하지만 컴퓨터로 다 할 수 있잖아."

"느낌이 달라, 느낌이. 컴퓨터는 일부러 켜고 그 앞에 앉아야 하지만, 스마트폰은 손에 쥐고 누워서도 할 수 있고, 아무 데서나 편하게 볼 수 있으니까."

"흐응."

"처음엔 참 불편했는데 나중에는 다행이라는 생각이 들더라. 이 시간에 스마트폰이 없어서."

"왜?"

"스마트폰은 영상 통화가 가능하거든."

지후가 출장을 가거나 나루가 연구 때문에 바빠서 퇴근을 못 하는 날에는, 영상 통화를 하곤 했다. 자그마한 스마트폰 화면에 비치는 그의 얼굴은, 바로 앞에서 볼 때와는 또 다른 느낌을 주었다.

"되게 하고 싶었을 거야. 매일 그걸로 지후에게 전화를 걸고 싶었을 거야. 그래서 다행이야."

아련한 미소를 짓는 나루를, 명진은 물끄러미 응시하다가 말했다.

"지후가 윤영이랑 진짜로 좋아서 사귀는 건 아닐 거라고 생각해, 난."

"과연 그럴까?"

"응, 과연 그래. 사실 너도 그렇게 생각할 거야. 다만 무서우니까 최악의 상황으로 가정하려고 하는 거지."

"그래, 그럴지도 모르겠어. 하지만 어쨌든 사귀는 거잖아. 그 두 사람, 손 꼭 잡고 있는 거 봤지? 정말 꼴 보기 싫더라."

조금은 장난기가 묻어 나오는 나루의 말에, 명진이 피식 웃었다.

"응, 꼴 보기 싫지."

"옛 시간의 윤영이 마음을, 이제 와서는 확신할 수가 없어. 하지만 이 시간의 윤영이는 지후를 좋아하는 게 분명해."

"그래, 눈에 보이게 행동하니까."

"윤영이는 정말 사랑스럽고 귀엽고 좋은 애야. 남을 배려할 줄도 알고, 생각도 깊어."

"글쎄. 내가 본 김윤영은 다른데."

"그건 아마도 내가 이 시간으로 오면서 많은 것들이 헝클어져서 그런 걸 거야. 하지만 윤영이는 정말 괜찮은 애야. 아마 지후는 앞으로 그런 윤영이의 모습을 발견하게 되겠지."

"흐응."

"그러면 조금씩, 조금씩 윤영이에게 마음이 갈지도 몰라. 지금이야 아무 생각 없이 사귄다고 해도, 언젠가는."

나루는 눈을 감았다. 지금도 눈을 감으면 또렷하게 떠올랐다. 그의 애정 어린 눈빛과 상냥한 미소, 다정한 손길과 부드러운 말투.

오롯이 연나루라는 여자만을 향한, 그 크고 깊은 사랑.

"언젠가는 윤영이에게 말해 주게 되겠지."

—네가 숨 쉬는 모습까지도 사랑스러워.

"이 세상에서 제일 사랑한다고."

연나루의 것이었던 민지후가 김윤영의 것이 되는 날이 올지도 모른다는 게 무섭고 아프고 싫었다.

"나는 참 이기적이고 못됐나 봐. 소중한 친구를 위해, 사랑을 양보하지 못하잖아."

"그게 뭐, 양보해서 되는 문제냐. 양보를 할 수도 있고, 안 할 수도 있고. 그건 결국 개인 가치관 차이지."

"글쎄. 그럴까?"

"게다가 너야 김윤영을 좋은 친구라고 여기지만, 김윤영은 널 싫어하잖아. 그런 애를 위해 굳이 양보할 필요는 없지. 성인군자도 아니고. 그리고…… 네가 뭘 걱정하고 두려워하는지는 알겠는데, 그래도 내 생각은 달라. 민지후가 김윤영을 좋아하게 되는 일은 없을 거야. 절대."

명진이 확신에 찬 어조로 말했다.

"아하하하. 세상에 절대가 어디에 있어?"

"있잖아, 너한텐."

명진이 힘없이 웃는 나루를 가리켰다.

"너한텐 절대가 있잖아. 너는 절대 성재경을 사랑하지 않을 거고, 넌 절대 민지후만을 사랑할 거잖아."

나루의 눈동자가 흔들렸다.

"그러니까 민지후한테도 절대라는 게 있을 수 있지."

"하지만…… 나야 지후 연인이었고, 그 시간을 함께 걸었던 기억이 있으니까 그렇다 쳐도, 지후는 아니잖아. 지후는 나와 함께 한 기억도, 추억도, 사랑도 없는데. 왜 걔한테 절대가 있을 거라고 생각해?"

나루의 질문에 명진은 입을 다물었다.

'얘는 진짜 눈치가 없구나.'

명진이 일부러 눈치챌 만한 발언을 했는데도, 나루는 지후가 자기처럼 시간을 돌아왔을 거라는 생각은 전혀 하지 않았다.

"옛 시간의 김윤영이 어땠는지는 모르겠지만, 지금의 김윤영은 조금도 매력적이지 않으니까. 민지후도 보는 눈이 있을 거 아냐."

"하지만 윤영이는 점점 매력적으로 변할 거야."

"글쎄다. 그건 모를 일이지."

*　　　*　　　*

"과자 먹을래?"

좌석 버스에서 옆자리에 앉아 있던 윤영이 지후에게 물었다.

"아니, 별로."

지후는 무뚝뚝하게 대답하며 창밖으로 시선을 돌렸다. 더 이상 말을 걸지 말아 줬으면 좋겠다는 듯이.

윤영은 그런 지후를 가만히 응시하다가 정면으로 고개를 돌렸다.

'사귀는 척하는 중이니까 너무 많은 걸 바라면 안 돼.'

집착하고 조급해하면 상대가 질리리라는 걸 알고 있었다. 하지만 지후가 무심히 행동할 때마다 마음이 급해지는 건 어쩔 수가 없었다.

'지후는 지금 무슨 생각을 할까? 나루 생각을 하는 걸까?'

다른 사람들은 눈치채지 못했겠지만, 윤영은 아까 모두 모인 자리에서 지후의 시선이 자꾸만 나루에게로 향하던 것을 알고 있었다.

윤영이 "우리 사귀고 있어."라는 말을 하는 그 순간에도, 지후의 눈동자는 나루를 향해 있었다.

'좋겠다, 나루는.'

요 며칠 지후와 사귀면서 그를 향한 마음이 더 깊어졌다. 지후가 좋아지는 만큼, 나루가 미워졌다.

'아무것도 하지 않아도 지후의 사랑을 받아서.'

지후는 윤영의 시선을 느꼈지만, 모르는 척했다. 흘러가는 차창 밖의 풍경이 눈에 익었다.

옛 시간에서 나루와 함께 이 거리를 드라이브한 적이 많았다. 언젠가 나루와 들렀던 가게가 보일 때마다 심장이 철렁, 철렁 내려앉았다.

조금 전에 봤었는데도 그녀가 그리웠다.

'명진이가 위로해 주고 있겠지.'

윤영과 사귄다는 걸 밝혔을 때 나루의 표정은 꼭 울 것만 같았다.

명진이 나루의 옆에 있어서 다행이었다. 하지만 명진도 내년 이맘때는 나루의 곁에 없다.

그때에 나루를 위로해 줄 사람이 얼른 생겨야 할 텐데.

'그나저나 그 둘은 오토바이를 타고 오는 건가? 위험할지도 모르는데.'

나루를 태운 명진이 위험하게 운전하지는 않겠지만 그래도 걱정스러웠다. 지후의 기억으로 나루는 오토바이를 타 본 적이 한 번도 없었다.

'무서워서 제대로 못 타고 오는 거 아냐?'

*   *   *

"더! 더 빨리 달리자!"

나루의 외침에 명진이 말했다.

"야, 여기서 어떻게 더 빨리 달려?"

"다른 오토바이들은 잘만 달리더라."

"너, 오토바이 처음 타 보는 거 맞냐?"

"처음이고 아니고가 뭐가 중요해? 자주 타 본 너는 느려 터졌잖아!"

"느려 터지다니. 무서워서 엉엉 울지나 마라."

명진이 더 속도를 냈다. 바람이 빠르게 스치고 지나는 느낌이 좋았다. 나루는 명진의 옆구리를 꽉 잡고, 볼을 스치는 바람을 느꼈다.

윤영과 지후가 사귄다. 그 사실을 알았을 때는 하늘이 무너지는 것만 같았다. 유일한 내 것을 빼앗긴 기분이었다.

"그럼 나도 뺏을 거야!"

나루가 외쳤다.

"나도 김윤영한테서 민지후를 뺏을 거라고!"

"그래, 그래."

"김윤영, 그 계집애. 내가 옛날에 얼마나 잘해 줬는데! 실연으로 울 때마다 며칠 간 밤새서 같이 있어 주고, 욕해 주고 그랬는데! 이런 식으로 배신을 때리다니!"

"그래, 그래."

"두고 봐! 뺏을 거야. 민지후는 내 거야. 늘 내 거였고, 앞으로도 내 거일 거야. 그러니까 내가 다시 가져올 거야!"

"그래, 잘 생각했다."

쉽지 않은 일이라는 건 알고 있었다.

지후와 윤영이 알콩달콩한 모습을 볼 때마다 가슴이 찢어질 듯 아프리라는 것도 예상할 수 있었다. 그러나 결국은 마음가짐의 문제였다. 결과가 무서워서 최악의 예상을 하기보다는 좋은 쪽으로 생각하기로 했다.

지후는 나루를 밀어내기 위해 윤영과 사귀는 극단의 조치를 취한 것이 분명하다. 그렇다면 결국 지후는 그만큼 나루를 의식하고 있다는 뜻이다.

"나는 의리고 뭐고 다 필요 없는 이기적인 애니까."

나루는 명진의 귀에 들리지 않도록 작은 목소리로 중얼거렸다.

"미안해, 윤영아. 나는 지후를 너에게 넘길 수가 없어."

*   *   *

오토바이가 다닐 수 있는 길로 돌아서 오느라, 다들 모인 시간보다 2시간 늦게 도착했다.

워크숍이나 MT를 위한 독채 펜션 앞마당에, 모두가 모여 있었다. 앞에서 진행을 하고 있던 2학년 과대가 나루와 명진을 보고는 인상을 찌푸렸다.

"거기 1학년들. 누가 마음대로 오토바이 타고 오래? 오늘 단체 행동인 거 몰라? 빠져 가지고."

명진과 나루가 살짝 고개를 숙여 미안함을 표시하고 1학년들 자리로 들어가려 했지만, 2학년 과대는 굳이 둘을 앞으로 불러 냈다.

"시작하기도 전부터 멋대로들 굴면 안 되지. 엎드려."

명진은 분란을 일으키기 싫어서 엎드리려 했지만, 나루는 2학 년 과대를 빤히 응시했다.

"왜죠?"

"뭐?"

"왜 엎드려야 하는 거죠?"

"늦게 왔잖아, 니들. 단체 행동인데 따로 행동하고."

"대학 MT가 단체 행동이라는 얘기는 못 들었는데요. 3, 4학년 선배들 중에서는 늦게 오는 사람들도 꽤 되는 걸로 알고 있고."

"야, 선배가 엎드리라면 엎드리지, 뭔 말이 그렇게 많냐."

진행을 도와주던 다른 선배가 짜증 섞인 목소리로 말했다.

나루는 이 두 사람을 잘 알고 있었다. 옛 시간에서도 늘 이런 식으로 후배들을 쥐 잡듯이 잡던 선배들이었다. 그땐 나루도 처 음이라서 당하기만 했지만, 지금은 그래 줄 생각이 없었다.

선배들에게 예쁨을 받아 봐야 아무 소용없고, 미움을 받는다 고 불이익을 받는 게 아니라는 걸, 이제는 알고 있다.

"여기가 군대도 아니고, 중고등학교 수련회도 아닌데 이러는 게 이상해서 그러죠. 다 같이 재미있게 놀자고 온 MT인데, 기합 받고 그러면 누가 MT를 오겠어요?"

나루가 눈을 동그랗게 뜨고 말했다.

2학년 과대의 표정이 구겨졌다.

"하, 쒸벌. 야, 너 뭐야? 너, 1학년 수석인가 그렇지? 성적 좀 좋다고 선배님 말씀이 말 같지가 않냐? 엉?"

"사람은."

나루의 입가에 우아한 미소가 번졌다.

"할 말이 없을 때 욕을 하죠. 저는 1학년 수석이 맞고, 성적 좀 좋다고 선배님 말씀을 말 같지 않게 생각하진 않아요. 그리고 지금 선배님의 그 말씀은 주제에서 벗어난 것 같고요. 저는 이 MT, 다 같이 즐겁게 놀자고 온 게 아니냐고 물었는데, 그에 대한 대답은 안 해 주시고 다른 말씀을 하시니까 당황스럽네요."

험악한 분위기 속에서도 고고하게 제 할 말을 하는 나루의 모습에, 모두 깊은 인상을 받았다. 하지만 당사자인 2학년 과대는 그렇지도 않은지, 험악한 욕설을 쏟아내기 시작했다.

자칫 잘못하면 한 대 칠 분위기였는데, 2학년 중 누군가가 말했다.

"야, 그만 좀 해라. 걔 말이 맞지, 뭐. 놀러 온 건데, 분위기 완전 더러워졌네."

동기에게까지 막말을 할 수는 없는지, 2학년 과대는 얼굴이 벌게졌다.

"그래, 그만해. 1학년 애들 잡으러 온 거 아니잖아. 1박 해야 하는데 재미있게 놀다 가자."

"맞아, 괜히 애들 괴롭히지 말고."

여론이 나루에게 호의적이 되자, 2학년 과대는 화가 난 듯 마이크를 땅에 집어던졌다.

"하, 쌍. 그럼 니들끼리 쳐 놀든가. 난 갈 거니까."

어린애 같은 대처에 당황한 2학년들이 잡을 새도 없이, 2학년 과대는 펜션 마당을 나가 버렸다.

"아, 쟤는 진짜 왜 저러냐."

"저런 애들은 훈장 차면 안 되는데."

분위기가 가라앉았다. 그때, 지민이 앞으로 나와서 바닥에 떨어진 마이크를 집어 들고, 특유의 까랑까랑한 목소리로 말했다.

"간 사람은 간 사람이고, 우린 놀아야지. 돈도 냈는데! 30분 후에 서바이벌 게임 시작하니까, 우선 팀부터 정하자."

*   *   *

서바이벌 게임은 옛 시간에서도 했었다. 그땐 나루와 지후가 한 팀이었고, 재경이 다른 팀이었다. 그런데 이번엔 나루가 재경과 한 팀이 되고, 지후와 명진이 같은 팀이 됐다.

"나루, 나랑 팀 바꾸자."

서바이벌용 옷을 입는 나루에게, 명진이 말했다.

"응? 왜?"

"나, 민지후랑 한 팀 하기 싫어서."

명진의 빤한 수작에 지후가 인상을 찌푸렸다.

"내가 그렇게 싫으면 윤영이랑 바꿔."

지후의 말에 근처에 있던 윤영의 표정이 밝아졌다.

"그래, 내가 바꿔 줄게."

"아니, 싫은데. 나는."

명진이 옆에서 총을 점검하던 재경의 팔짱을 끼었다.

"이놈이랑 같은 편 하고 싶거든."

재경은 놀란 듯했지만 곧 고개를 끄덕였다.

"그래, 너라면 내 뒤를 맡길 수 있을 것 같다."

"응, 나만 믿어. 내가 지켜 줄게."

"나도 네 뒤를 지켜 줄게. 우리 끝까지 살아남자."

나루는 황당하단 표정으로 둘을 보다가 중얼거렸다.

"둘이 언제부터 그렇게 친했다고."

"우린 원래 친했어. 그치, 성재경?"

"응, 네 그 머리를 처음 봤을 때부터 너라면 믿고 내 뒤를 맡길 수 있다고 생각했지."

아주 쿵짝이 잘 맞았다.

누가 봐도 나루와 지후를 한 팀으로 해 주려는 둘의 수작에, 윤영의 표정은 점점 어두워졌다.

"아무튼 나랑 바꿔, 연나루."

"아니, 뭐. 바꾸는 건 상관없는데."

"상관없으면 바꾸면 되지. 그럼 난 이쪽 팀이다. 선배님들, 잘 부탁드려요."

나루가 뭐라 하기 전, 명진이 선수를 쳤다. 나루는 입술을 비쭉거리며 지후 쪽 팀으로 가려고 했는데, 윤영이 나루의 손목을 잡으며 말했다.

"나루야, 나랑 팀 바꿔 주라."

10장
그대가 사무쳐서

당연히 바꿔 줄 거지, 라는 눈으로, 윤영은 나루의 대답을 기다렸다. 반짝반짝 빛나는 윤영을 똑바로 응시하며, 나루가 대답했다.

"싫어."

"어?"

"싫다고. 너랑 팀 바꿔 주는 거."

나루가 이렇게 나올 줄 몰랐는지, 윤영은 당황한 기색이 역력했다.

"아니, 좀 바꿔 줘도 되잖아. 나, 지후랑 같은 팀 하고 싶은데. 사귀고 나서 처음 놀러온 거기도 하고."

"응, 어떤 마음인지는 잘 알겠는데, 그래도 싫어. 지후랑 같은 팀 하고 싶으면, 다음에 둘이 놀러 와서 하면 되잖아."

"명진이랑은 바꿔 줬으면서."

"방금 그게 내 자의로 바꿔 준 것처럼 보였니?"

나루가 부드럽게 물었다.

윤영은 왈칵 짜증이 났지만 꾹 참았다. 보는 눈이 많았고, 나루의 바로 뒤에는 지후까지 있었다. 이 감정을 고스란히 내비칠 수는 없었다.

"그래, 알겠어, 그럼."

윤영은 애써 가볍게 대꾸하고 돌아섰다. 자기 팀으로 돌아가는 윤영의 뒷모습을 잠시 지켜보다가, 나루는 서바이벌용 페인트 총을 들었다.

저 앞에서 서바이벌 가게 주인이 사용법에 대해 이야기하고 있었지만, 굳이 들을 필요는 없었다.

옛 시간에서 서바이벌을 하러 종종 왔었고, 사용법 또한 잘 알고 있었다.

'지후는 열심히 듣고 있겠지.'

옛 시간에서 이 MT를 왔을 때, 공부라도 하는 것처럼 사용법과 주의사항을 듣는 지후의 모습에 웃었던 기억이 났다.

─어쨌든 총이잖아. 위험할 수도 있으니까 잘 들어 둬야지.

나중에 그걸로 놀리는 나루와 재경에게, 지후는 그리 대답했었다.

나루는 그때 지후의 표정을 떠올리며 뒤를 돌아봤다.

하지만 지후는.

'왜?'

옆 사람과 대화를 나누고 있었다.

'어째서?'

지후는 안전을 중요하게 여기는 성격이었다. 나루가 옛 시간으로 돌아왔다고 해서 그의 성격이 바뀌었을 리는 없었다. 그런데도 지후는 서바이벌 주의사항 따위는 듣지 않아도 된다는 듯, 옆 사람과의 대화에 집중을 하고 있었다.

뒤늦게 나루의 시선을 느낀 듯 고개를 돌린 지후가, 나루의 표정을 보고는 아차 하는 표정을 지었다.

'저건 뭐지?'

그 표정이 지후의 얼굴에 머문 시간은 아주 짧았지만, 그래도 나루는 똑똑히 목격했다.

'뭔가…… 이상해.'

항상 마음에 걸리는 것들이 있었다.

안개에 가려져 잡힐 듯, 잡히지 않는 것들.

"뭘 그렇게 봐?"

조금만 더 생각하면 그것이 손에 잡힐 것 같은데, 지후의 음성이 생각을 깨뜨렸다.

"어?"

"뭘 그렇게 보냐고."

"너를."

"……."

"널 좀 보고 있었어. 문제 있니?"

나루의 도발적인 대응에, 지후가 후, 하고 한숨을 쉬었다.

"오, 민지후. 인기 많은데."

옆에 있던 친구가 놀리듯 말했다.

"그런 거 아냐."

지후가 난처한 듯 말했지만.

"그런 거 아니긴. 그래도 어쩌냐, 연나루. 이놈, 이제 임자 있는데."

친구는 멈추지 않았다.

"그러게, 그거 참 안타깝네."

나루가 장난스럽게 대답했다.

"진작 좀 들이대지 그랬어? 우리 나루, 과 수석에 얼굴도 예쁘고. 조금만 빨랐으면 민지후는 연나루 건데."

친구는 눈치가 없는 게 분명했다.

지후의 표정이 점점 어두워졌지만 도를 넘어선 말까지 했다.

"뭐, 조금 느리면 어때? 골키퍼 있다고……."

"그만둬."

지후가 차갑게 나루의 말을 잘랐다.

"나는 윤영이가 좋아서 사귄 거지, 걔가 나한테 먼저 들이대서 사귄 게 아니니까."

전이었다면, 그의 이런 태도에 가슴이 아팠을 것이다. 그의 입술이 다른 여자를 향한 애정을 만들어 내는 것이 괴로웠을 것이다. 하지만 나루는 이제 그런 것에 일일이 아파하고 충격받지 않기로 했다.

나는 이 남자를 짝사랑 중이고, 이 남자는 언젠가 내 것이 될 테니까.

"응, 그래. 내가 너무 갔다."

나루가 상냥한 미소를 지었다.

"말조심할게, 미안."

그런 식으로 웃지 말라고, 지후는 말하고 싶었다.

그렇게 예쁘게 웃지 말라고, 그러면 누구든 너를 안아 주고 싶어지지 않겠냐고, 나루를 나무라고 싶었다.

내가 사랑하는 여자는 왜 이렇게 심각하게 예쁜 걸까?

조금만 덜 예쁘고, 조금만 덜 매력적이었더라면 쉬웠을 텐데. 그녀를 사랑하는 마음을 감추기가 어렵지 않았을 텐데.

나루가 웃는 얼굴이 눈부셔서, 지후는 눈을 가늘게 떴다.

"눈 그렇게 하니까 예쁘다. 반달 같아."

나루가 그렇게 말하고 다른 사람에게로 가 버렸다. 하지만 지후는 그녀의 뒷모습에서 눈을 뗄 수가 없었다.

—네가 웃으면 눈이 반달 같아. 정말 예뻐. 예뻐 죽겠어.

지후가 웃을 때면, 나루는 그렇게 말하며 지후의 눈가에 사정
없이 입맞춤을 하곤 했다.

쪽. 쪽. 쪽.

끊이지 않고 이어지는 입맞춤이 참으로 좋았다.

—내 남친은 어쩌면 이렇게 잘생겼나. 못난 구석 좀 찾아보
려고 했는데, 찾을 수가 없네. 엉덩이는 좀 못났으려나?

장난스러운 애정 표현도 좋았다.

여유로운 주말 오후, 소파에 앉아 노닥노닥 그런 장난을 쳤던
옛 시간의 추억이, 해일처럼 몰려들었다.

그 시간에 대한 그리움이 가슴에 사무쳐, 지후는 표정 관리를
할 수가 없었다.

"자, 출발하자!"

누군가의 외침에 정신을 차리고 보니, 저 멀리 서 있는 재경이
지후를 빤히 응시하고 있었다.

재경의 눈동자에는 의문이 가득 담겨 있었다.

너, 왜 그런 표정을 짓고 있는 거야?

둘만 있는 자리였더라면, 재경은 분명 그렇게 물었을 것이다.

지후는 한숨을 삼키며 나루가 있는 곳을 찾았다. 나루는 선미

와 재잘재잘 떠들고 있었다.

지후의 표정은 보지 못한 것 같았다.

다행이다.

그녀에게는 들키지 않아서.

그녀가 이 시간으로 돌아와 종종 지었을 그 표정이 내 얼굴에
도 묻어 났음을 들키지 않아서.

*   *   *

'지후는 어디에 있을까?'

서바이벌을 하기 위해 산속으로 들어왔다. 아주 험한 산은 아
니지만 나무와 돌이 많아서 걷기가 힘들었다.

팀원들의 뒤를 따라가면서도 온 신경은 나루와 지후에게로
쏠려 있었다.

'나루랑 같이 있으려나? 딱 달라붙어 있는 건 아니겠지?'

아까는 정말로 창피했다.

지후가 좀 도와줬으면 했는데, 지후는 나루와 윤영의 대화에
끼어들 생각이 없어 보였다. 그저 묵묵히 나루의 뒤통수를 내려
다봤을 뿐이다. 그 뒤통수가 사랑스러워 죽겠다는 듯이.

'내가 있는데도 걔를 그렇게 보면, 누가 나랑 사귄다고 생각하
겠어? 걔랑 사귄다고 생각하지.'

얼른 나루와 지후를 찾아내고 싶었다. 나루를 페인트 총으로

쏴서 탈락시키고 싶었다. 그러면 적어도 이 게임에선 두 사람이 붙어 있지 않을 테니까.

탕—!

그때, 어딘가에서 총소리가 울렸고, 그 소리를 깨닫기도 전에.

욱씬—!

팔뚝이 아팠다.

'무슨 일이 벌어진 거지?'

윤영은 놀란 눈으로 자신의 팔을 내려다봤다. 팔에 파란색 페인트가 묻어 있었다.

시선을 들자, 저 멀리 나무 옆에 서 있는 명진이 보였다. 그제야 윤영은 명진이 자신을 총으로 쏴서 탈락시켰다는 걸 깨달았다.

명진이 씩 웃으며 검지로 자기 가슴을 가리키고, 엄지를 들었다가, 다시 검지로 바깥쪽을 가리켰다.

'내가 널 죽였으니, 넌 얼른 꺼져.' 라는 뜻이었다.

"뭐야? 어디야?"

"누구 맞았어?"

"윤영이 맞았네."

"뭐야, 우리 팀 벌써 탈락이야?"

"야, 얼른 흩어져."

"윤영이는 조심해서 내려가고."

팀원들이 외치며 흩어졌고, 명진도 사라졌다.

윤영은 화가 치밀었지만 별 도리가 없었다. 나루가 끔찍이도 싫었다. 나루의 편을 들어주는 윤명진도.

*　　*　　*

"누가 죽었나 본데?"

"우리도 흩어져야 하는 거 아냐?"

"응, 그래야 할 것 같아. 둘씩 짝짓자. 서로 양옆이랑 뒤를 봐 주게."

"그래."

친한 사람들끼리 자연스럽게 짝을 짓는 동안, 나루는 혼자 저벅저벅 걸어갔다.

지후와 짝을 하고 싶지만 지후가 짝이 되어 줄 리 없었다. 그렇다면 그냥 혼자 다니는 게 편하다.

나루는 서바이벌에서 도망치는 걸 꽤 잘하는 편이었고, 그러려면 혼자인 편이 나았다.

저벅—

저벅—

뒤에서 발걸음 소리가 들려왔다.

"아, 전 혼자 가도 돼요."

선배 중 한 명일 줄 알고 돌아보며 말했는데, 지후가 있었다. 나루가 놀란 눈으로 올려다봤더니, 지후가 말했다.

"왜?"

"너, 왜 나 따라와?"

"둘씩 짝지으라잖아."

"아, 그렇긴 한데…… 너, 나 싫다며?"

"싫은데 어쩔 수 없잖아. 다들 친한 사람들끼리 짝을 지었으니."

지후가 엄지로 뒤쪽을 가리켰다. 선배들도, 동기들도 다들 짝을 지어서 흩어지는 모습이 보였다.

"아, 그러네."

나루가 환하게 웃었다.

"너한테 친한 친구 없으니까 좋다!"

"너무 팩폭인 거 아냐?"

"아하하하. 우리도 얼른 숨자."

웃으며 대답하고 걸어가다가 멈칫했다.

'지후가…… 팩폭이란 단어를 어떻게 알지?'

휙 돌아봤다.

지후는 왜 그러냐는 표정으로 나루를 보고 있었다.

팩폭.

팩트 폭력.

그 단어는 앞으로 한참 후에나 인터넷에서 유행하게 되는 말이었다. 이 시기에는 없었다.

존재하지 않는 말을, 지후가 알고 있다. 미래에나 생기는 인터넷 유행어를, 지후가 말했다.

심장이 쿵, 쿵, 쿵 뛰었다.

"지후야, 너."

탕—!

총소리가 났다. 등이 아파서 보니, 저 멀리 있는 누군가가 나무 사이로 사라지는 게 보였다.

"괜찮아?"

지후가 걱정스럽게 물어보며 나루의 등을 넘겨다봤다.

"응, 괜찮아. 페인트 총인데, 뭐."

"그래도 맞으면 아프잖아."

"응, 아프긴 한데. 너, 서바이벌 자주 해 봤나 봐?"

"누나가 해 봤거든. 오늘 서바이벌 한다고 했더니, 맞으면 아프다고 조심하라더라."

"아아, 그래."

"조심해서 내려가."

"응."

역시 데려다주겠다고는 안 하는구나. 딱히 기대하지도 않았기에, 나루는 총을 내리고 산에서 내려갔다.

나루의 모습이 사라진 후, 지후는 두 손으로 얼굴을 감싸고 주저앉았다. 자신의 말실수를 깨달았다.

'팩폭이라니. 이 멍청이!'

인터넷 유행어는 좋아하지 않는다. 하지만 팩폭이라는 말은 재미있어서 종종 쓰곤 했었다.

이 시간으로 돌아와 인터넷 유행어는 안 쓰려고 노력했는데, 저도 모르게 내뱉고 말았다.

'미치겠네. 나루가…… 의심할 텐데.'

나루가 아무리 눈치가 없더라도, 이쯤 되면 눈치를 챌 것이다. 아까 서바이벌 설명을 제대로 안 들을 때부터 의심하는 눈치였다.

'더 조심했어야 했는데.'

내려가면 나루가 추궁을 해 올지도 모른다.

'뭐라고 변명하지?'

탕—!

총소리가 났고.

'아, 나도 죽었네.'

지후도 탈락했다.

* * *

차마 입구로 돌아가지 못하고, 지후는 산에서 벗어나기 직전 나무 뒤에 앉아 있었다.

"너, 여기서 뭐하냐?"

반가운 목소리에 고개를 들어 보니, 여기저기 페인트 범벅이 된 명진이 내려오고 있었다.

"넌 왜 그 모양이냐?"

"막 쏘고 다니다가 복수 당했지, 뭐. 넌 언제 죽었냐?"

"거의 초반에."

"의외로 빨리 죽었네. 군대 갔다 온 사람은 이런 거 잘할 줄 알았는데."

"잘할 수 있었어. 원래대로라면 내가 승자였을 텐데."

"나루한테 들킬까 봐?"

"멍청한 짓을 했어, 나루한테."

"오오, 못 참고 덮쳤어?"

흥미로워하는 명진을, 지후는 어이없다는 표정으로 노려봤다.

"너, 대체 날 뭘로 보는 거야? 그런 짓 안 해."

"에이, 재미없게. 그럼 뭔데?"

"이 시간에 없는 단어를 사용했어."

"응? 그런 게 있어?"

명진이 흥미로워하며 지후의 옆에 쭈그리고 앉았다.

"인터넷 유행어인데. 팩폭이라는 단어가 있어."

"팩폭? 그게 뭔데?"

"팩트 폭력."

"팩트 폭력?"

지후는 어떤 상황에 그런 단어를 사용하는지 설명했고, 명진은 재미있어 했다.

"그게 나중에 나오는 말이라 그거지?"

"응. 지금껏 조심했었는데, 아까 나도 모르게. 하아."

지후가 고개를 숙이고 한숨을 내쉬었다.

"나루가 눈치챘을까? 걔, 둔하잖아."

"눈치챘어. 나한테 물어보려고 하는 중에 총에 맞아서 내려갔고."

"흐음."

"지금 돌아가면 분명 물어볼 거야. 그 단어를 어떻게 아느냐고. 뭐라고 변명을 해야 할지 모르겠다."

고민에 빠진 지후의 모습을 보며 명진이 웃었다.

"뭘 그렇게 웃냐, 넌?"

"넌 좀 분위기가 어른스러워서 대하기 어려웠었는데, 이렇게 고민하는 모습을 보니까 다 똑같은 인간이구나 싶어서."

"그동안 날 어렵게 대한 거였냐?"

"응, 서먹서먹했잖아."

"막대하면 어떨지 알고 싶지도 않다."

"뭐, 아무튼 고민 실컷 하셔. 난 그만 내려가…… 우왓! 넘어질 뻔했잖아!"

지후가 일어나려는 명진의 손목을 잡아당기는 바람에, 명진이 비틀거리다가 다시 주저앉았다.

"어떡하지? 나루가 물어볼 텐데, 뭐라고 해야 이 상황을 잘 빠져나갈 수 있을까?"

"나한테 묻지 마. 난 나루가 너도 시간을 돌아왔다는 걸 알게 되었으면 좋겠다고 생각하는 쪽이니까. 이런 걸 두고 연나루 편이라고 하지."

"도와줘."

"싫어. 난 연나루 편이야."

"지금 이 시점에서 나루에게 들킬 수는 없어. 이 시간으로 돌아와서 한 거라곤, 재경이와 사이가 나빠진 것뿐이야."

"그게 결국 네가 나루를 사랑하지 않으려고 해서……."

"그런 답 없는 얘기는 그만하자니까."

"야, 넌 그게 도움을 바라는 사람의 태도냐?"

"그럼 어쩔까? 무릎이라도 꿇을까?"

지후는 절박해 보였다. 덩치 큰 녀석이 무릎을 꿇는다면, 꽤 보기 좋은 광경일 것 같긴 했지만, 명진은 고개를 저었다.

"됐어. 나라고 답을 아는 것도 아니고. 그냥 지금까지처럼 나루를 피하든가, 무시하든가 해."

"그걸 못 하겠다."

지후가 한 손으로 눈가를 가렸다.

"무시해야 하는데, 아까도."

나루 혼자 걸어가는 뒷모습을 보았다. 모르는 척했어야만 했다. 그랬더라면 '팩폭'이란 단어를 써서 난처해지는 일도 없었을 것이다.

"모르는 척할 수가 없어서."

나루가 서바이벌 게임을 잘한다는 걸 알면서도, 내버려 둘 수가 없었다. 그녀가 혼자인 모습을 보면, 지후는 가슴이 미어졌다.

"나는 무시하겠다고 결심하겠지만, 나루가 그 예쁜 눈으로 날 보면서 추궁하면 결국 상대하게 될 거야."

지후의 말에 명진이 인상을 찌푸렸다.

"이 와중에도 예쁘냐?"

"예쁘지, 그럼. 안 예쁘겠냐?"

"이럴 때 할머니들이 쓰는 말이 있지."

"무슨 말?"

"지랄을 하네, 지랄을."

"……."

"하여간 네 사정은 알겠고. 나는 나루 편이지만."

명진은 절박한 눈빛의 지후를 보며 크게 한숨을 내뱉고 말을 이었다.

"이번만 방법을 알려 줄게."

*　　*　　*

탈락자들이 하나둘씩 내려오는 가운데, 나루는 가슴을 졸이며 지후를 기다렸다.

'팩폭이랬어, 분명.'

어쩌면.

'지후도.'

옛 시간에서.

'이 시간으로.'

돌아온 것인지도 모른다.

'왜 나는 그럴 거란 생각을 한 번도 안 해 봤을까?'

당연히 나 혼자 돌아왔을 거라고만 여겼다. 지후까지 돌아왔을 거란 생각은 못 해 봤다.

'그리고 보면.'

여러 가지로 이상한 점들이 많았다. 내가 몰랐던 20살의 민지후가 있구나, 라고 넘기기에는 너무 이상한 점들이 많았다.

지후의 행동도, 습관도 나루의 기억과 다를 때가 많아서 미심쩍다고 생각한 적이 몇 번이나 있었다.

"지후는 되게 잘하고 있나 보다."

"그러게. 아직도 안 내려오네."

뒤에서 윤영과 지영의 대화가 들려왔다.

"좋겠네, 김윤영. 남친이 든든해서."

"응, 좋아. 지후랑 같이 다니면 그늘이 생겨서 눈이 부시지도 않고."

"하긴, 지후가 키가 진짜 크긴 크지. 우리 학교에서 제일 크지 않나?"

"아마 그럴걸."

윤영은 '내가 민지후 연인이야.'라는 분위기를 물씬 풍기고 있었다. 목소리의 크기를 보면, 나루가 들으라고 하는 소리가 틀림 없었다.

그렇다면 성공이다.

거침없이 달리던 나루의 생각이, 윤영의 존재를 깨닫고 나서 멈췄다.

'그렇다면 왜 윤영이랑 사귀는 거지?'

만약 지후가 옛 시간에서 돌아왔다면, 윤영과 사귈 리가 없었다. 옛 시간에서 윤영은 나루와 친자매처럼 친한 사이였다. 거짓으로 사귄다고 해도, 윤영을 선택할 리 없었다.

'그리고…… 지후는 왜 날 밀어내려고 하는 걸까?'

제3자의 눈으로는 빤히 보이는 것이, 당사자가 되면 보이지 않는 경우가 있다. 나루가 그랬다. 만약 이것이 다른 사람의 일이었다면, 나루는 명진이 그랬듯 대번에 지후가 이러는 이유를 알 수 있었을 것이다.

하지만 나루는 지후가 나를 사랑하지 않으려고 하는 이유를 단번에 떠올릴 수가 없었다.

고민하고 있을 때, 명진이 돌아왔다.

페인트 범벅이 된 명진에게, 나루가 달려갔다.

"명진아. 나랑 얘기 좀 하자."

"나, 좀 씻고 오면 안 될까?"

명진이 자신의 옷을 가리키며 말했다.

"아, 응. 그래, 씻고 와서 얘기하자."

"그래."

나루를 피해 수돗가로 향하며, 명진은 한숨을 삼켰다. 지후에게 방법을 알려 주긴 했지만 잘한 일일지 모르겠다.

지후의 눈빛이 조금만 덜 간절했더라면 도와주지 않았을 텐데.

'지금 나루 태도를 보니, 지후가 돌아온 거라고 확신하는 게 분명하네. 저 정도면 내가 알려 준 방법이 안 통할 수도 있겠어.'

그렇다면 오히려 잘된 일이다.

'그래, 뭐. 이렇게 해서 알려진다면, 그건 그것대로 운명이겠지.'

*　　　*　　　*

지후는 나루와 마주치는 순간을 최대한 미루기 위해 시간을 때우다가 느지막이 내려왔다.

내려오자마자 나루는 묻고 싶은 말이 많은 눈으로 지후를 쳐다봤지만, 윤영이 지후에게 다가와 말을 거는 통에 가까이 오지 못했다.

이 순간에는 윤영의 접촉이 고맙게 느껴지기까지 했다. 서바이벌 게임을 마무리 짓고, 최종 승자에게 선물 증정을 하고, 다시 펜션으로 이동했다. 씻고 정리하고 저녁을 준비하는 동안, 몇 번이나 나루의 시선을 느꼈다.

'이대로 넘어갈 수 있으면 좋을 텐데.'

그러지 못하리라는 걸, 지후는 알고 있었다.

"저녁 먹기 전에, 피구나 한 판 하자."

선배들의 말에, 모두 펜션 마당에 모였다. 팀을 나누는 동안, 지후는 슬그머니 빠져나와 펜션 안에서 저녁을 준비하는 사람들에게로 향했다.

저녁 준비하던 선배가 지후를 보고 말했다.

"지후야, 너 가서 쌈장 좀 사 올래? 깜빡하고 쌈장을 안 사 왔네. 영수증 끊어 오고."

"네."

이곳에 있고 싶지 않았는데, 마침 잘됐다…… 가서 시간 좀 때우다가 저녁 시간에 딱 맞춰서 돌아와야겠다…… 그런 생각으로 펜션을 나와서 슈퍼 쪽으로 걷고 있을 때였다.

"지후야."

뒤에서 들려오는 목소리에, 지후는 눈을 질끈 감았다. 나루가 여기까지 따라올 줄은 몰랐다. 분명 피구를 시작한 걸 확인했는데.

"어."

대답을 하지 않으면 이상하게 생각할 것 같아서, 돌아보지 않고 답했다.

"어디 가?"

"선배가 쌈장 사 오래서. 슈퍼."

"아, 같이 가."

"피구하고 있었잖아."

"응. 그렇긴 한데, 너 나가는 거 보고 따라왔어."

"팀 나눠서 하는 거 아냐? 중간에 빠지면 안 되지."

"그런 건 아무래도 좋아. 나는 너랑 얘기 좀 해야겠어."

지후를 따라잡은 나루가 그의 팔을 잡았다. 지후는 거칠게 뿌리치는 대신 걸음을 멈추고 나루를 돌아봤다.

"무슨 얘기?"

"아까 서바이벌 할 때."

"응."

"네가 그랬잖아. 팩폭이라고."

"응?"

"팩폭 한다고 했잖아."

"그게 뭐야? 팩?"

나루의 눈동자가 잠깐 흔들리다가 다시 확신을 가지고 고정되었다.

"분명 들었어. 네가 하는 말. 팩폭 한다고 했잖아."

"그게 뭔데? 언제?"

"내가 너한테 친한 친구 없다고 했을 때, 네가 너무 팩폭 하는 거 아니냐고 그랬잖아."

"아, 그거 그 말 아니었는데."

"응?"

"핑퐁이라고 한 거야."

"응?"

나루의 얼굴을 일그러졌다. 그녀의 눈동자에 '말도 안 돼.'라는 빛이 떠올랐다. 물론 지후도 그렇게 생각했다. 정황상 '핑퐁'이라는 단어가 어울리지도 않고, 팩폭과 핑퐁 사이에는 어감에 큰 차이가 있었다.

—잡아떼.

그러나 방법을 알려 준 명진은 그렇게 말했다.

—핑퐁이라고 해. 그리고 잡아떼. 끝까지 잡아떼. 그 방법 밖에 없어.

"핑퐁이라니…… 그건 그 상황에 어울리는 말이 아니잖아."

"아니, 내가 한 말을 네가 받아쳐서, 핑퐁이라고 한 건데. 핑퐁이 왔다 갔다 받아칠 때 쓰는 말이잖아."

"말도 안 돼."

나루가 믿을 수 없다는 듯 고개를 저었다.

"아니, 나야말로 네가 무슨 말을 하는지 정말 모르겠는데. 팩폭이 뭔데 그래? 쓰면 안 되는 말이야?"

"정말 몰라서 물어?"

"하아."

지후는 짜증스럽게 머리를 쓸어 넘겼다.

"네가 여기까지 따라와서 정말 왜 이러는지 모르겠다."

나루의 눈동자가 일렁거렸다. 지후는 그녀의 확신이 무너지고 있음을 깨달았다. 여기서 조금만 더 밀어붙이면 된다.

"네가 필요 이상으로 친한 척하는 것도, 어지간하면 모르는 척 넘어가려고 했는데. 이건 좀 그렇지 않냐? 나, 지금 윤영이랑 사귀고 있고, 걔가 가슴 아픈 거 보고 싶지 않아. 그런데 이렇게 말도 안 되는 걸 핑계 삼아서, 나랑 둘이 있으려고 하는 거. 정말 불쾌하다."

불쾌했다. 지후는 이런 말을 해야만 하는 상황이 불쾌하고 슬프고 아팠다. 그녀의 예쁜 얼굴이 상처를 받아 어두워지는 것을 보는 게, 가슴이 미어져서.

"거참, 불쾌하게 해서 미안해 죽겠네!"

나루가 바락 외쳤다. 지후는 생각지도 못한 나루의 외침에 눈을 휘둥그레 떴다.

"그래, 내가 널 좋아하고, 단둘이 얘기 좀 하고 싶어서 말도 안 되는 핑계를 대면서 따라왔다. 그게 뭐 어때서? 그게 아주 죽을 죄야? 그렇게 한숨 팍팍 쉬면서 성질 낼 만큼?"

"아니, 지금 화낼 사람이 누군데……."

"누구긴 누구야, 나지!"

"……."

"너는 어쨌든 나한테 사랑을 받는 입장이잖아! 나는 널 짝사랑하느라 가슴이 아픈 상황이라고. 그러니까 좀 귀찮아도 참으라고. 그걸 못 참아? 왜 성질이야, 성질이."

"성질은 네가 내는 것 같은데."

"화낼 사람은 나니까! 넌 성질 낼 자격 없어!"

"아, 그래. 그것도 자격이 필요하냐?"

"필요해. 넌 그냥 입 닥치고 내 사랑 받아. 나는 네가 날 밀어낼 때마다 가슴이 아프고, 네가 윤영이랑 사귄다고 해서 속상하고. 그러니까 나랑 대학 친구로서, 좀 귀찮고 싫어도 내 투정 받아 줘!"

눈을 동그랗게 뜨고 바락바락 외치는 나루가 귀여워서, 말도 안 되는 소리를 밀어붙이는 그녀가 사랑스러워서.

지후는 하마터면 그녀를 끌어안을 뻔했다.

"가서 쌈장이나 사 와. 난 아주 분노의 피구를 해서, 살아남는 마지막 승자가 될 테니까!"

다 쏟아부은 나루가 휙 돌아서서 펜션을 향해 탁탁탁 달려갔다. 그 모습을 지켜보던 지후는 두 손으로 얼굴을 감싸고 주저앉았다.

"아, 진짜."

웃음을 참는 지후의 어깨가 가늘게 떨렸다.

"아, 정말."

지후의 입가에 미소가 번졌다.

"귀여워 죽겠네."

*   *   *

나루는 펜션에 돌아갔을 때부터 곱지 않은 시선을 느꼈다.

윤영이 할 말이 잔뜩 있는 표정으로 나루를 쏘아보고 있었다. 아니나 다를까. 피구가 끝나자마자 다가온 윤영이, 펜션으로 돌아가려는 나루의 팔을 거칠게 붙잡았다.

"연나루, 너 뭐야?"

"응?"

"너, 아까 왜 지후 따라갔어?"

"아, 그거. 지후한테 할 얘기가 있어서."

"무슨 얘긴데?"

우리의 이야기.

나루는 그렇게 말하고 싶었다. 내 옛 시간에 대한, 민지후와 나의 이야기. 너는 모르는, 하지만 알았으면 좋겠다고 생각하는 이야기. 네게 들려주고 싶은, 그런 이야기.

"무슨 이야기인지는 말하고 싶지 않은데."

나루의 말에 윤영이 눈썹을 치켜 올렸다.

"말하고 싶지 않다니. 나, 지후 여자 친구야."

"응, 알고 있어."

"네가 지후 따라가서 무슨 소리를 한 건지, 알 자격이 있다고 생각하는데?"

"정말 그렇게 생각해?"

나루가 눈을 동그랗게 떴다.

"당연한 거 아냐? 네가 내 남자를 건드리는데, 그걸 모르는 척 할 순 없잖아."

"글쎄. 내가 네 남자를 건드리려고 한 짓인지 아닌지는 알 수 없잖아, 아직. 내가 무슨 말을 했는지도 모르는데."

분위기가 험악해졌다. 아니, 험악해진 것은 윤영뿐. 나루는 여전히 담담한 표정이었다.

"자격을 따져야 하는 일이라면, 넌 나한테 그런 걸 물어볼 자격 없어. 내가 지후에게 무슨 말을 했는지 알고 싶다면, 지후한테 물어봐. 네가 자격이 있다면, 그 애가 알려 주겠지."

단조롭게 흘러나오는 나루의 말에, 윤영의 얼굴이 빨개졌다. 나루는 윤영에게 살짝 미소를 지어 보인 후, 돌아섰다.

"너, 정말 최악이야."

윤영의 목소리가 나루의 가슴을 때렸다.

"너처럼 남자만 보면 미쳐서 꼬리 치는 애, 진짜 싫어."

악의를 담은 음성이 사정없이 나루를 찔러댔지만, 나루는 돌아보지 않았다.

"그거 참 유감이네."

나루가 작게 내뱉은 말을, 윤영은 듣지 못했다.

＊　　　＊　　　＊

모멸감에 온몸이 떨렸다.

윤영은 펜션 입구에서 지후를 기다리며, 이를 악물었다. 안 그러면 눈물이 나올 것만 같았다.

'너무 애처럼 굴었어.'

보는 눈이 많은 상황에서는 조심했어야 했는데, 성격을 고스란히 드러내고 말았다.

나루와 윤영의 다툼을 지켜보던 사람들이 뭐라고 떠들어 대는지, 윤영은 알고 있었다.

　―윤영이 쟤, 왜 저래?

　―나루만 불쌍하네.

　―같은 과 친구끼리 얘기도 못 하나?

　―나루가 지후한테 관심 있을 리가 없잖아. 재경이가 그렇게 따라다니는데.

　―오히려 나루는 명진이랑 분위기 좋은 거 아니었어?

　―지후, 피곤하겠다. 김윤영, 집착 장난 아니네.

속삭이는 소리들이 귓속을 파고들어 왔다. 한 달 전이었다면, 나루의 편을 들어주는 사람들은 없었을 것이다. 나루가 기행을 하는 동안, 윤영은 인맥 관리를 잘 해 왔다. 선배들에게도, 동기들에게도 좋은 인상을 심어 줬다.

그런데 나루가 그걸 단숨에 바꿔 버렸다. 오늘 낮, 2학년 과대를 상대할 때의 나루는, 인정하고 싶지 않지만 멋있었다. 20살 또래답지 않은 성숙함과 흔들리지 않는 강렬함이 인상적이었다.

'싫어.'

나루가 싫었다. 지후와 사귀는 척하기로 한 지 며칠이 지났다. 지후를 만나 데이트를 하다가 간혹 나루에 대한 이야기가 나오는데, 그럴 때면 지후의 표정이 달콤해졌다. 보는 사람의 입 안이 달게 느껴질 만큼.

그래서 나루가 싫었다. 끔찍이도 싫었다.

저 멀리서 지후가 터덜터덜 걸어오는 것이 보였다. 윤영은 서둘러 표정을 갈무리하고 지후에게 다가갔다.

"뭐 사 오는 거야?"

"쌈장."

"아, 되게 오래 걸렸네. 가게가 멀리 있어?"

"응, 길을 좀 헤맸어."

"아까…… 나루가 너 따라 나가는 거 봤는데."

"아아."

"무슨 얘기했어?"

지후가 윤영을 돌아봤다.

"그걸 말해 줘야 하나?"

차가운 음성에 가슴이 지끈 아파 왔지만, 윤영은 내색하지 않으려고 애썼다.

"아니, 그냥. 궁금해서."

"궁금할 거 없어. 별 얘기 아니니까."

"별 얘기 아닌 거, 나도 좀 알자. 애인으로서 내 남자가 딴 여자랑 무슨 얘기하는지, 궁금할 수도 있는 거잖아."

윤영은 일부러 농담조로 말했다. 그러나 돌아오는 반응은 결코 가볍지 않았다.

지후는 우뚝 걸음을 멈추고 윤영을 응시했다.

"넌 내 애인 아니야."

지후가 냉정하게 말했다.

"네가 제안해 줘서 사귀는 척하고 있긴 하지만, 우린 진짜로 사귀는 사이도 아니고. 내가 누구랑 무슨 얘기를 하든, 너는."

거기까지 말한 지후는 입을 다물었다. 윤영의 눈에서 눈물이 흘러내렸기 때문이다. 차디찬 음성이 심장을 후벼 파, 윤영은 간신히 참고 있던 눈물을 막을 수가 없었다.

지후의 앞에서 울고 싶지 않았는데, 좋아하는 이 감정 드러내고 싶지 않았는데.

그리고.

"하아."

지후가 저렇게 귀찮아하는 표정, 보고 싶지 않았는데.

"관두자, 그냥."

지후가 말했다.

"우리 이렇게 거짓으로 사귀는 거, 관두자. 너한테 상처 주고 싶지 않아."

지후는 가슴이 답답했다. 옛 시간이었다면 윤영을 울린 지후를, 나루가 가만두지 않았을 것이다.

윤영은 나루에게도, 지후에게도 그런 존재였다. 윤영의 마음을 알기에 더 차갑게 행동하지만, 그럴 때마다 윤영이 상처를 받는 것 같아서 마음이 무거웠다.

"싫어."

윤영이 절박하게 말하며 지후의 팔뚝을 잡았다.

"싫어, 그만두는 거."

"윤영아⋯⋯."

"그냥 계속해."

윤영이 눈물을 흘리면서도 애써 미소를 지었다.

"앞으로는 물어보지 않을게. 네가 누구랑 얘기를 하든 신경 쓰지 않을게. 그러니까⋯⋯."

"안 돼."

"제발."

"윤영아, 말했잖아. 나는 널 좋아할 일 없을 거야. 그리고 너도 날 좋아하면 안 돼."

"나는⋯⋯."

널 좋아하지 않아, 라는 말은 이제 통하지 않으리라는 걸, 윤영은 깨달았다. 그 어떤 말을 해도, 자신의 행동이 어떻게 보일지 알 수 있었다.

그렇다면.

윤영은 지후를 올려다보며 떨리는 입술로 말했다.

"나는 널 좋아해."

감정을 억누르려고 했지만 목소리가 떨렸다. 지후는 윤영의 마음을 예상했다는 듯 흔들리지 않는 눈으로 윤영을 내려다보고 있었다. 그의 눈동자를 똑바로 볼 용기가 나지 않아, 윤영은 고개를 아래로 툭 떨어뜨렸다. 보지 않아도 느껴지는 냉랭함이 무섭고 슬펐다.

용기를 낸 나의 고백이, 오랜만에 다시 하게 된 사랑이, 보답받지 못하리란 확신이 들어서 아팠다.

"사실은 좋아해. 이런 말을 하면 네가 날 피할 것 같아서 말하지 않으려고 했는데. 끝까지 감추려고 했는데."

툭—

눈물이 떨어졌다.

"그런데 좋아. 좋아서 어떻게 해야 할지 모르겠어."

툭—

투둑—

떨어진 눈물이 바닥에 짙은 얼룩을 남겼다.

"네가 나루를 좋아하는 거 알아. 아는데…… 그런데…… 그래도 옆에 있고 싶어."

윤영은 손등으로 눈물을 닦아 내고, 다시 고개를 들었다. 아주 차가운 눈동자를 보게 될 줄 알았다.

그러나 아니었다. 지후의 눈동자는 가슴에 알싸한 통증이 번질 정도로 어둡고 난처한 기색이 가득했다.

'관심도 없는 애가 고백해서 귀찮아.'라는 감정이 아닌, 난감함이 그의 눈동자를 채우고 있었다.

"옆에 있게 해 줘. 애인 역할, 잘할 수 있어. 네가 성가실 정도로 캐묻고 그러지 않을게. 그냥 남들 보는 앞에서만 연인인 척할게. 앞으로는 단둘이 데이트하자고 조르지도 않을게. 그러니까……."

"윤영아."

지후는 더는 들을 수 없어, 윤영의 말을 끊었다. 그녀의 고백을 끝까지 들어줄 생각이었다. 그러나 절박하게 애원하는 윤영을, 그냥 보고 있기 힘들었다.

내 사랑하는 여자의 소중한 친구였다. 이 시간의 윤영은 전혀 모르는 일일지라도, 지후에게 윤영은 그랬다.

내 사랑하는 여자에게 할 프러포즈를 함께 고민해 주고, 내 사랑하는 여자와 말씨름을 할 때에 중재를 해 주는, 좋은 일, 궂은 일, 항상 함께해 주는, 그런 친구였다.

그래서 윤영이 자존심을 버리며 매달리는 모습을 보는 게 고통스러웠다.

"알겠어."

이런 대답을 할 생각은 아니었다.

윤영이 무슨 말을 하든 거절하려고 했다. 하지만 거절하면 윤영은 또다시 매달릴 것이다. 그런 성격이니까. 모든 일에 자신감을 가지고 행동하지만, 남자관계에 있어서만은 자존심을 버리는 성격이니까.

옛 시간에서 봐 오던 그런 윤영의 모습을, 당사자로서 보게 될 거라고는 상상조차 해 본 적이 없었다. 그래서 지후는 혼란에 빠져 있었고, 생각과 다른 대답을 하고 말았다.

윤영이 매달리는 모습을 더는 보고 싶지 않았기 때문이었다. 대답을 들은 윤영의 표정이 밝아지는 모습에, 지후는 아차 했지만, 무를 수도 없었다.

"하지만."

지후는 마음을 다잡고 단호하게 말했다.

"나루에게 연인이 생기면, 이 관계는 끝낼 거야. 이 관계는 그때까지 내 마음을 감추기 위한 관계니까."

*   *   *

모여서 고기를 구워 먹고 술을 마시는 동안, 윤영과 지후는 보란 듯이 찰싹 달라붙어 있었다.

윤영은 고기를 싸서 지후의 입에 넣어 주고, 지후는 미소를 지으며 윤영의 머리를 쓰다듬어 주었다.

누가 봐도 서로가 좋아서 죽을 것만 같은 커플의 모습이었다. 주위에 있던 몇 명이 "없는 사람 서러워서 살겠냐?"라며 야유를 퍼부을 때마다 윤영은 수줍게 웃었다.

술자리는 점점 무르익어 갔고, 얼굴이 빨개진 선배 한 명이 게임을 하자고 제안했다.

자리를 잡느라 어수선해진 틈을 타서, 나루는 펜션을 나왔다.

'옛날에도 이랬지.'

옛 시간에서도 술자리 게임에 참여하지 않았다. 분위기에 취해 따라 주는 술을 다 받아먹다 보니 취기가 올라왔고, 이러다가 정신을 놓지 않을까 싶어 바람을 쐬러 나왔었다.

조금 걷고 있을 때, 지후도 따라 나왔고, 가로등도 없는 어두운 길을 함께 걸으며 도란도란 대화를 나눴었다.

무슨 대화를 나눴는지는 기억나지 않지만, 느릿하게 걸으며 대화하는 시간이 참 좋았다는 느낌은 남아 있었다.

옛 시간에서 지후와 함께 걸었던 길을, 나루는 다시 걸었다. 지금 이 옆에는 지후가 없지만, 그와 함께였던 기억을 떠올리며 천천히 걸었다.

한참을 걷다가 다시 펜션으로 돌아왔다.

펜션 뒤쪽에는 자그마한 정원이 있었다. 손질하지 않아서 볼만한 건 없지만, 지저분한 벤치가 하나 있었다.

나루는 벤치에 앉아, 하늘을 올려다봤다. 서울에서 조금 떨어진 곳일 뿐인데, 밤하늘은 서울과 완전히 달랐다. 청빛 하늘을 수놓은 별들이 반짝거리는 광경이 아름다웠다.

한참 그러고 있는데, 누군가 옆에 와서 앉았다.

"괜찮냐, 너?"

명진이었다.

나루는 대답하지 않았다.

"어디 갔던 거야? 너, 나가고 나서 바로 따라 나왔는데 안 보이더라."

"그냥 좀 걸었어."

이번에는 나루가 대답했다.

"옛 시간에서 지후와 함께 걸었던 길을, 다시 한번 걸어 봤어."

"흐음."

"그땐 지후랑 사귀는 사이가 아니었거든. 그런데도 같이 걷는 길이 참 좋았어. 손등이 닿을락 말락 스치는데, 조금 두근거렸던 것 같기도 해. 잊고 있었는데, 그 길을 다시 걷다 보니 생각나더라."

나루의 입가에 미소가 번졌다.

"아마도 나는 그때도 지후를 좋아했던 것 같아."

"지후는?"

"글쎄. 모르겠어, 어땠는지. 나는 그런 쪽으로 눈치가 빠르지 않거든. 그런데…… 지금 와서 생각해 보니까, 처음부터가 아니었을까 싶어."

"처음부터?"

"응, 지후는 첫눈에 나한테 반한 게 아닐까?"

"……."

"오늘 서바이벌이 끝나고 나서부터 계속 생각을 해 봤어. 그런데…… 처음부터가 아니었을까, 싶어. 처음부터, 지후는 나한테 참 잘해 줬거든."

"그러냐."

"지후는 항상 나를 제일 먼저 챙겼어. 나를 신경 써 주고 배려해 줬지. 이 시간에서와는 다르게."

"……."

"이 시간의 지후는 내 기억이랑 다른 모습들을 자꾸만 보여. 나한테 너무 차갑게 굴기도 하고, 못된 소리를 하기도 하고. 얘가, 내가 알던 그 민지후가 맞나 싶을 때가 있어."

"그래."

"좀 전에만 해도…… 사람들 앞에서 윤영이랑 그렇게 연인인 티를 내는 거, 정말 지후답지 않은 행동이야. 연기를 하는 것처럼 보이더라, 정말."

명진은 입을 꾹 다물었다. 그거 연기야, 라는 말이 튀어나올 뻔했기 때문이다.

그때, 나루가 명진을 돌아보며 말했다.

"팩폭이라는 말 알아?"

"어?"

"팩폭. 이 단어, 들어 본 적 있어?"

명진은 당황했다. 물론 들어 봤다. 몇 시간 전, 지후에게서.

뭐라고 대답해야 할까.

안다고 해야 하나? 아니면 모른다고 해야 하나?

아까 나루는 지후를 따라갔고, 혼자 돌아왔고, 윤영과 신경전을 펼쳤다. 그것만으로는 나루와 지후 사이에서 어떤 대화가 오고 갔는지 알 수 없었다.

지후가 팩폭에 대해 어떻게 대응했는지 알 수 없기에, 명진도 뭐라 답해야 좋을지 알 수가 없었다.

나루는 굳이 명진의 대답을 들을 생각은 아니었는지, 계속해서 말했다.

"한참 뒤에 이런 단어가 생겨. 팩폭. 지후는 유행어나 말 줄임 같은 걸 좋아하지 않는데, 가끔 이 말은 쓰곤 했어. 그리고 아까, 지후가 이 말을 했어. 팩폭인 거 아니냐고."

"나도 알아, 그 말."

지후를 도와줘야겠다는 생각에, 명진은 말했다.

"응?"

"나도 그 말 안다고. 팩폭."

나루가 명진을 돌아봤다. 무표정하던 나루의 얼굴에 옅은 미소가 떠올랐다.

"그래, 그렇구나. 너도 아는구나."

"그래. 그거 저번에 인터넷에서……."

"너도 지후가 시간을 돌아왔다는 걸 아는구나."

나루의 음성은 확신에 차 있었고, 명진은 자신이 어떤 변명을 해 봐야 소용없다는 것을 깨달았다.

"그래, 넌 나보다 눈치가 빠르니까 나보다 빨리 눈치챘겠다. 지후가 도와 달라고 했니?"

"아니, 그게⋯⋯."

"펑퐁이라고 했다더라. 그거, 지후는 생각하지 못할 변명이거든. 펑퐁이라고 말한 걸 내가 잘못 들은 거라고 잡아떼는데, 그거 정말 지후답지 않아서 이상했거든. 네가 가르쳐 준 거구나, 그 방법."

"나루야."

"아, 그래. 네 반응을 보니까 더 확신하게 돼. 지후도 이 시간으로 돌아왔다는 걸."

나루는 미소를 짓고 있었지만, 그녀의 눈에는 눈물이 고여 있었다. 맺힌 눈물이 무게를 이기지 못하고 흘러내렸다.

"지후도 돌아온 거야."

"⋯⋯."

"나와의 추억들을, 나만 아는 줄 알았던 추억들을, 지후도 기억하고 있는 거야. 맞지?"

더는 부정할 수 없었다.

명진은 고개를 끄덕였고, 나루는 고개를 숙였다. 눈물이 나루의 허벅지로 뚝뚝 떨어졌다.

명진은 말없이 그녀의 모습을 지켜봤다. 한참 그러고 있던 나루가 다시 고개를 들었을 때, 그녀의 눈동자는 반짝반짝 빛나고 있었다.

얼마나 반짝이는지, 그 찬란한 아름다움에 숨이 턱 막힐 지경이었다.

"지후가 시간을 돌아왔어. 이유는 모르겠지만, 나한테 그 사실을 감추려고 하고. 아마 앞으로도 쭉 그렇게 감추려고 하겠지. 그러니까 이제부터 나는 증거를 찾을 거야. 지후도 이 시간으로 돌아왔다는 증거."

지후도 이 시간으로 돌아왔다. 아까부터 나루는 확신하고 있었다.

지후가 아무리 잡아떼도 나루에게는 통하지 않았다. 그가 '나를 사랑하고, 내가 사랑하는 남자.'라는 걸 확신하자마자, 그의 표정을 읽을 수 있었다.

핑퐁이라고 말했다며 잡아떼면서 민망해하는 걸, 귀찮게 하지 말라고 짜증 내면서 미안해하는걸. 나루는 알 수 있었다.

민지후였다. 내가 사랑하고, 나를 사랑하는 민지후였다. 20살, 나를 사랑하기 전의 민지후가 아니라 32살, 나를 쭉 사랑해 온 민지후였다.

감격에 심장이 요동쳤다. 자꾸 흐르는 눈물을 멈출 수가 없었다.

당장이라도 달려가 그의 목에 매달려 사랑한다고 말하고 싶었다. 이 품이 그리웠다고, 이 향기가 간절했다고 말하고 싶었다.

하지만 아직은 때가 아니다.

왜인지는 모르겠지만 지후는 온 힘을 다해 나루를 밀어내려고 하고 있었다.

"너는 아니?"

명진은 알지도 모른다는 생각에 물었다.

"명진아, 넌 알아? 지후가 날 밀어내려는 이유."

"응, 알아."

명진이 자포자기한 듯 대답했다.

"이유가 뭐야?"

"너랑 비슷한 이유지, 뭐."

"나랑 비슷한 이유⋯⋯."

거기까지 말했을 때였다.

"두 사람, 무슨 말들을 하고 있는 거야?"

둘의 뒤에서, 재경의 음성이 들려왔다.

*   *   *

지후와 윤영이 알콩달콩한 모습을 보이는 게 불편했고, 도망치듯 나간 나루가 걱정이 됐다.

나루를 따라 나가고 싶었지만, 명진이 먼저 일어나 나가기에 앉아 있었다.

한참 시간이 지났는데도 돌아오지 않아서 걱정이 됐고, 위로해 주는 사람이 하나보다는 둘이 나을 거란 생각이 들어 밖으로 나왔다.

어디에 있는지 몰라 서성거리고 있는데, 명진의 목소리가 들려왔다.

"괜찮냐, 너?"

그때부터 쭉 들었다. 믿을 수 없는 대화들을.

처음에는 무슨 소리를 하는 건지 조금도 알 수 없었다. 옛 시간이라는 둥, 이 시간이라는 둥, 팩폭이라는 둥.

이해할 수 없는 이야기들을, 나루와 명진은 당연하다는 듯 하고 있었다. 듣다 보니, 나루가 오랫동안 살다가 다시 과거로 돌아왔다는 얘기를 하는 것 같았다.

말도 안 되는 소리였다.

정말이지 말도 안 되는 소리인데…… 믿어졌다.

그동안 나루가 보인 기행들과 나루가 재경에 대해 속속들이 알고 있다는 점과 절대로 재경은 안 된다고 밀어냈던 것들이, 설명되었기 때문이다.

그러나 역시 믿을 수 없는 이야기였다.

그동안 의문이었던 것들이 설명되는데도, 믿을 수가 없어서 저도 모르게 입을 열고 말았다.

"두 사람, 무슨 말들을 하고 있는 거야?"

나루가 벌떡 일어났고, 명진은 재경을 향해 고개를 돌렸다.

나루는 휘둥그레 뜬 눈으로 재경을 올려다봤고, 명진은 느릿느릿 일어나 한숨을 쉬었다.

"재경아……."

나루의 음성이 떨렸다.

"너, 언제부터 엿들었냐?"

명진은 거침이 없었다. 재경은 엿들었냐는 말에 불쾌감을 느낄 정신이 없었다. 머릿속이 뒤죽박죽이었다.

"처음부터. 전부 다."

재경은 숨기지 않고 말했다.

나루가 '어떡하지?'라는 눈으로 명진을 돌아봤다. 명진은 고민하는 듯 고개를 잠깐 숙였다가 들더니, 나루의 어깨를 툭툭 두드렸다.

"나는 모르겠다. 얘기 잘 해 봐라."

"가지 마!"

"갈 거야. 술 마실래."

명진이 나루를 놔두고 도망쳤다. 나루는 따라가고 싶다는 눈으로 명진의 뒷모습을 한참 보다가, 재경에게로 시선을 돌렸다.

재경은 혼란스러운 눈으로 나루를 보고 있었다. 나루는 어렵게 입을 열었다.

"재경아. 내가 하는 말들을, 너는 믿지 않을 거야."

"그건 들어 봐야 알지."

"아니, 넌 안 믿을 거야. 너는 원래 이런 걸 믿는 애가 아니니까. 그래서 말 못 했어. 사실은 너한테 제일 먼저 말하고 싶었는데, 말할 수가 없었어."

"왜 그렇게 확신해?"

"나는 널 아니까. 네가 생각하는 것보다 더, 너에 대해 잘 아니까."

"……시간을 돌아왔다는 게, 미래에서 여기로 돌아왔다는 거야?"

재경의 질문에 나루는 살짝 고개를 끄덕였다.

"그럼 그게…… 타임머신이나, 그런 걸로?"

이번에는 고개를 저었다.

"그럼? 어떻게?"

"그걸 잘 모르겠어. 나도 '어떻게'인지는 모르겠어. 그냥……
우리가 32살이 되었을 때, 지후가 죽어. 지후가 죽고, 나는 울었어. 많이 울고 또 울다가 정신을 차려보니, 여기로 돌아와 있었어."

"지후가 죽는다니…… 왜?"

"나 때문에."

"너 때문에?"

"응, 날 구하려다가."

"차에 치여서?"

"아니."

나루의 눈동자가 흔들렸다.

"칼에 찔려서."

"칼에 찔리다니. 그게 무슨…… 대체 왜? 지후가 어째서?"

"나를 죽이고 싶어 하는 사람들, 나를 납치하고 싶어 하는 사람들이 있었어. 그 두 팀 중 어느 쪽인지는 모르겠어. 아마 날 죽이고 싶어 하는 사람들 중 한 명이었겠지. 나를 죽이려고 했고, 지후는 나를 감쌌고, 나는 살아남았고, 지후는 죽었어."

벤치를 사이에 두고 마주 본 자세로, 나루는 그동안의 일을 이야기하기 시작했다.

재경은 시간의 흐름을 잊고 나루의 이야기를 들었다. 도저히 이해할 수 없고 믿을 수도 없는, 그러나 어째서인지 믿을 수밖에 없는 이야기가 나루의 입술 사이로 흘러나오고 있었다.

나루의 이야기가 끝났을 때, 재경은 자신이 주먹을 너무 꽉 쥐고 있었다는 걸 깨달았다.

손톱에 찔린 손바닥이 얼얼했다. 손에서 힘을 풀어 보려고 노력했지만 쉽지 않았다. 긴장이 사라지지 않았다.

웃어넘기면 되는 소리였다.

말도 안 돼. 어이가 없네. 너, 머리가 약간 이상한 거 아냐? 어떤 영화를 보고 온 거야? 공상 과학 같은 거 좋아해? 아, 이건 판타지인가?

다른 상황이었다면 그렇게 말했을 것이다. 하지만 재경은 설불리 입을 열 수가 없었다. 나루의 표정이, 눈빛이, 그녀가 진실을 이야기한다는 걸 말해 주었다.

"믿지 못하겠지?"

이야기가 끝났는데도 한동안 말이 없는 재경에게, 나루가 쓴웃음을 지으며 물었다.

"그래, 믿지 못할 거야. 이런 이야기, 누가 믿겠어? 게다가 넌…… 원래 이런 얘기를 좋아하지도 않고. 너, 되게 현실적이잖아."

나루는 재경의 굳은 얼굴을 보며 말했다. 재경이 믿어 줄 거라고는 생각하지 않았다. 나루가 아는 재경은 이런 이야기를 질색했으니까. 농담하지 말라며 화를 내지 않은 것만으로도 충분했다. 어쨌든 진실을 이야기했으니 속이 시원했다.

"지후랑 연인이었다고?"

이윽고 재경이 입을 열었다.

"응, 지후가 군대 다녀오고 나서부터."

"난 너희들의 좋은 친구였다고?"

"응, 내가 고민이 있다고 하면 언제든 달려와 주는, 가장 좋은 친구."

"그래."

"응."

"그래."

"응."

"그렇다면."

재경의 눈에 눈물이 고였다.

"네 시간의 성재경은 꾹꾹 감추고 있었을 거야."

재경이 벤치를 돌아 나루의 옆에 와서 섰다. 나루는 그를 향해 돌아섰다.

"너를 사랑하는 마음을, 네 시간의 성재경은 아마도 꾹꾹 감추고 있었을 거야."

"재경아⋯⋯."

"첫눈에 반했거든."

재경의 음성이 떨렸다. 이번에는 나루가 주먹을 꽉 쥐었다. 그런 나루의 볼을, 재경이 조심스럽게 어루만졌다. 그의 손은 차가웠지만, 나루는 그 손길에 담긴 애정을 느낄 수 있었다.

"난 널 처음 보는 순간 반했거든."

애절한 목소리에, 나루는 울 것만 같았다. 볼을 쓰다듬는 재경의 손이 가늘게 떨려서, 더 가슴이 아팠다.

"하지만 지후가 널 사랑하니까, 내 친구가 널 좋아한다고 하니까⋯⋯ 그러니까 나는 아마도 그 12년, 내 마음 들키지 않기 위해 노력하고 애쓰며 살았을 거야."

나루는 두 손으로 입가를 가렸다. 그러지 않으면 신음이 흘러나올 것만 같았다.

"그 시간의 나는, 정말로 잘해 냈나 보다. 널 사랑한다는 마음을, 정말로 잘 감췄나 보다. 대단하다, 그 친구."

"……재경아."

"이 시간의 나는 네 시간의 나보다 나은 걸까? 적어도 사랑하는 사람한테 내 감정을 알리기는 했으니까."

물기 어린 목소리로 중얼거리던 재경이 눈을 감았다.

"그러니까 나는 좀 나은 건가?"

"나는, 재경아. 나는 너한테 미안해서…… 알아주지 못한 게 미안해서……"

나루가 더듬더듬 말하는데, 재경이 눈을 번쩍 떴다.

"알리기 싫었을 테니까 알아주지 못한 게 당연한 거겠지. 그리고 네 시간의 성재경은, 내가 아냐. 다른 사람이야. 나한테 미안해할 거 없어."

"내 이야기를 믿는 거야?"

"안 믿어. 안 믿는데, 믿을 수밖에 없어. 그런 거 알아? 정말 안 믿는데, 머리는 믿지 말라고 하는데. 여기가 믿어."

나루의 볼에 닿아 있던 손이 재경의 가슴 위에 얹어졌다. 재경은 자신의 가슴을 꾹 누르고 말했다.

"네 시간의 성재경은 친구를 위해 사랑을 포기했겠지. 그 사랑 고백도 못 하고 그렇게 살아갔겠지. 그리고 이 시간의 성재경은…… 바보처럼 친구의 마음도 알아차리지 못한 성재경은…… 그래, 앞으로 포기해야겠지. 잘 감추고 살아가야겠지."

"재경아."

나루의 볼을 타고 눈물이 흘러내렸다. 가슴이 미어졌다. 나루도 이 시간으로 돌아와 짝사랑을 했다. 지후도 시간을 돌아왔다는 걸 몰랐을 때에는 짝사랑이었다.

때문에 그것이 얼마나 아프고 외롭고 슬픈 일인지, 때때로 그것이 얼마나 가슴을 고통스럽게 만드는지 알고 있었다.

알기에, 슬펐다.

내 소중한 친구가 그런 기분을 오랫동안 느끼며 살아갔다는 것이, 그 고통을 누구에게도 말하지 못하고 견뎌냈다는 것이, 그리고 시간을 돌아온 이때에도 역시 그러리라는 것이, 그것을 알면서도 받아 줄 수 없다는 것이.

쓰렸다. 가슴이 쓰려, 눈물을 멈출 수가 없었다.

재경이 힘없이 웃으며 나루의 볼에 흐르는 눈물을 닦아 냈다.

"네가 왜 울어? 울고 싶은 건 난데."

"미안해서."

"뭐가 미안하다는 건지 모르겠네. 사랑을 내 마음대로 어떻게 할 수 있는 것도 아니고."

"그래도 미안해서."

간신히 참고 있던 재경의 눈물도 무게를 이기지 못하고 흘렀다. 재경은 소리 없이 눈물을 흘리며, 나루를 끌어안았다. 나루는 재경을 밀어내지 않았다.

"이렇게 널 안는 건 이번이 마지막일 거야."

"응."

"네 시간의 나도, 이렇게 널 안은 적이 있어?"

"……아니."

"그래, 그럼 나도 앞으로 잘 해낼 수 있겠다. 널 안고 싶어도 안지 않는 거."

"……."

"사랑해도 표현하지 않는 거, 나도 잘 할 수 있겠지."

"……."

"그러니까 이번이 마지막이야. 이러는 건."

"응."

"내가 널 참 많이 좋아해. 아주 많이 좋아해. 한 여자가 처음으로 너무 많이 좋아서, 내가 어떻게 할 수 없을 만큼 좋아서…… 그래서 내 자신을 잃고 있었어."

재경은 나루를 꼭 끌어안고 속삭였다. 그의 얼굴을 볼 수 없음에도, 나루는 그가 계속 울고 있다는 걸 알 수 있었다.

"너를 사랑해, 나루야. 너도 날 사랑했다면, 내 시간과 내 세상이 정말 반짝반짝 빛이 났을 거야. 하지만. 너는 내 친구를 사랑하고, 나도 내 친구를 사랑해. 그리고 내 친구도. 널 사랑하지."

울음 섞인 목소리가 띄엄띄엄 이어졌다.

"나는 내 친구를 너무 많이 사랑하니까, 그리고 나는 널 아주 많이 사랑하니까."

재경이 나루에게서 떨어져 그녀의 어깨를 잡았다. 한동안 말을 잇지 못하고 나루를 내려다보던 재경이 허리를 굽혔다. 그의 입술이 나루의 이마에 살짝 닿았다가 떨어졌다.

다시 허리를 편 재경이 나루와 눈을 맞췄다. 그의 연갈색 눈동자가 각오를 다지고 빛났다. 눈물도, 더는 흐르지 않았다.

재경은 크게 심호흡을 한 후, 떨리지 않는 목소리로 말했다.

"그러니까 앞으로 나는 있는 힘껏 너를 사랑하지 않을게. 온 힘을 다해 너를 사랑하지 않을게. 내 평생 너를 사랑하지 않을게."

*　　　*　　　*

"먼저 들어갈게."

라고, 재경은 말했다.

"언제든 내가 도울 일이 있으면 말해."

라고도, 재경은 말했다.

나루는 대답하지 못하고, 돌아서서 들어가는 재경을 멀거니 응시했다.

재경이 돌아간 후, 나루는 그대로 허물어졌다.

재경에게 안겼던 감촉과 어깨에 떨어지던 눈물의 뜨거움과 떨리던 목소리가 여전히 남아 있었다.

나루는 울었다. 울고 또 울었지만 가슴에 걸린 답답함은 사라지지 않았다.

역시 재경은 나를 사랑하고 있었다. 옛 시간에서도 그랬으리라.

얼마나 아팠을까. 얼마나 고독했을까.

가장 친한 친구에게도 털어놓을 수 없었던 그 감정이 얼마나 고됐을까.

'어째서…… 어째서야, 재경아.'

왜 이 시간에서조차, 재경은 이토록 좋은 사람인 걸까. 어째서 이 시간에서조차, 재경은 이룰 수 없는 사랑을 하게 된 것일까. 진작 알았더라면, 20살로 돌아온 그 순간에도 이걸 알고 있었더라면.

집 밖으로 나오는 일 따위 하지 않았을 텐데.

집 안에 틀어박혀 있었을 텐데.

한참을 그렇게 오열하는데, 누군가 나루의 옆에 와서 쭈그리고 앉았다.

나루는 말없이 옆자리를 지켜주는 사람이 명진이라는 걸 알 수 있었다.

돌아보지 않고 계속 울었다. 울다가 울다가 더는 흘릴 눈물도 남아 있지 않게 되자, 끅끅거리는 소리만 흘러나왔다.

새벽 동이 틀 때쯤에야, 나루는 울음을 멈췄다. 둘은 쭈그리고 앉은 채 말없이 빛으로 물드는 하늘을 올려다봤다.

"다 울었냐?"

명진이 침묵을 깨뜨렸다.

"아니, 아직. 나중에 또 울지도 몰라."

"그래."

"재경이가 옛 시간에서도 나를 사랑했을 거래. 나를 사랑하지만 마음을 쭉 감춰 왔을 거래."

"그래."

"그게 참 아프고 슬프다. 어떻게든 해 주고 싶은데, 내가 어찌할 수 없는 문제라서, 그게 참 어렵고 괴로워."

"그래, 그렇겠다."

"재경이한테 너무 미안해. 앞으로 재경이 얼굴을 어떻게 봐야 할지도 모르겠고."

"뭐, 미안해하든 고마워하든. 그거야 네 마음이겠지만…… 적어도 재경이 얼굴은 평범하게 봐. 피하면 피할수록, 성재경은 더 괴로울 테니까."

*   *   *

좋은 향기가 나는 방이었다.

달콤한 샴푸 향기와 로션 냄새, 그리고.

윤영은 천천히 고개를 돌렸다.

나루가 누워서 천장을 보고 있었다. 봉긋한 이마와 결 좋은 눈썹, 아몬드 형의 눈과 오뚝한 코. 참으로 그림 같은 옆모습이라고 생각하는데, 나루가 말했다.

"그래서 지후가 프러포즈를 안 할 줄 알았거든."

아, 그래. 오랜만에 나루의 집에 놀러와, 여자들만의 밤을 보내는 중이었다.

저녁으로 먹은 피자 때문에 아직도 배가 불렀다.

나루가 저번 여행 때 지후가 사 온 은촛대에 대한 이야기를 하고 있었다는 걸 깨달았다.

나루의 방에서, 그 은촛대가 빛을 내고 있었다.

"그렇잖아. 저걸 주면서 은근슬쩍 같이 살 때 쓰자고 하니까, 그런 식으로 프러포즈를 하는 건가 싶었지. 요새 프러포즈라는 게 의미가 없기도 하고, 지후가 이벤트 같은 걸 떡하니 하는 성격이 아니기도 하고. 그래서 정말 깜짝 놀랐어. 게다가 반지도 엄청 내 스타일이고."

나루가 재잘재잘 떠드는 목소리가 듣기 좋았다.

윤영은 웃으며 나루에게 말했다.

"어디 반지 좀 보자."

"응, 이것 봐."

나루가 왼손을 들어 올렸다. 눈에 익은 반지가 나루의 가느다랗게 예쁜 손가락에 끼워져 있었다.

내 친구는 어쩌면 이렇게 손가락까지도 예쁠까.

그런 생각을 하며 말했다.

"정말 예쁘다."

나루가 까르르 웃었다.

"왜 그렇게 웃어?"

"너, 연기 정말 못한다."

"응? 연기라니?"

나루가 고개를 돌려 윤영을 응시했다.

반짝반짝 빛나는 나루의 눈이 정말로 예뻤다. 사랑에 빠지면, 그리고 사랑을 받으면 여자는 이런 눈빛을 하나 보다.

"이거 네가 골라 준 거지?"

뜨끔했다.

"아니."

"대답이 한 박자 늦었어. 네가 골라 준 거네."

"아닌데."

"맞잖아. 프러포즈도 제대로 하라고, 네가 말해 준 거지?"

"아냐, 그런 거."

그러고 보니 기억이 났다. 며칠 전 나루가 바빠서 나루를 빼고 모인 적이 있었다.

"니들 슬슬 결혼해야 하지 않냐?"

결혼 얘기를 꺼낸 건 재경이었다.

"그러게. 이제 우리 나이도 있고, 슬슬 결혼해야 하는 거 아냐? 언제까지 나루를 기다리게 할 거야?"

윤영의 말에 지후가 대답했다.

"프러포즈 했어."

그래서 어떻게 했느냐고 물었더니, 촛대를 선물하면서 같이 사는 미래를 이야기했단다.

"말도 안 돼."

"넌 애가 왜 그러냐?"

"프러포즈는 여자의 로망인 거 몰라?"

"제대로 좀 하라고, 민지후."

"넌 이래서 못 써."

"나루가 불쌍하다."

사정없이 몰아붙이는 재경과 윤영을 난처한 표정으로 지켜보던 지후가 물었다.

"내가 그렇게 못 쓰겠냐?"

"어, 못 써. 프러포즈는 그런 식으로 하는 거 아냐. 제대로 해."

"맞아, 인마. 똑바로 하란 말이야, 똑바로."

그래서 프러포즈 계획을 함께 세우고, 반지는 윤영이 골라 주었다. 나루의 취향을 잘 알고 있기 때문에, 쉽게 고를 수 있었다.

나루에게는 비밀로 하려고 했는데, 역시 끝까지 비밀로 할 순 없었나 보다.

"고마워, 윤영아. 역시 너밖에 없어."

나루가 윤영을 끌어안았다. 윤영은 나루에게서 전해지는 체온이 기분 좋았다.

나루가 행복한 모습을 보는 게 정말로 좋았다. 나루가 언제까지고 이렇게 웃었으면 좋겠다고 생각했다.

그러면서도 한편으로 가슴 한쪽에 걸리는 것이 있었다.

재경이었다.

프러포즈 계획을 세우고 헤어지던 날, 지후가 먼저 떠났고 재경과 윤영은 택시를 기다리고 있었다.

그때, 재경이 말했다.

"우리, 술 한잔 더 할래?"

"응, 그래."

다음 날이 쉬는 날이기에, 윤영은 별생각 없이 수락했다. 그때까지만 해도 재경에게 그런 이야기를 듣게 될 줄은 몰랐다.

맞은편에 앉은 재경은 조금 어두운 표정이었다. 왕자같이 화려한 얼굴에 상념이 서려, 더 근사한 외모로 보였다. 근처의 여자들이 재경을 흘끗흘끗 훔쳐보는 게 느껴졌다.

"넌 여전히 인기가 많구나. 서른이 넘었는데, 저 어린애들이 너한테 관심 보인다, 야."

재경의 표정이 안 좋아 보여서, 분위기 좀 바꿔 보기 위해 말했다. 윤영의 말에 재경이 쓴웃음을 지었다.

"인기가 없어도 내가 원하는 걸 가질 수만 있다면 좋은 거고, 인기가 아무리 많아도 내가 원하는 걸 가질 수 없다면…… 그건 참 싫은 거 같아."

"가질 수 없는 게 있어?"

"응, 있어."

그때까지만 해도 상상조차 하지 못했다.

"그래서 괴로워. 가질 수 없어서 괴로운 게 아니라, 여전히 갖고 싶어서 괴로워. 난 정말 나쁜 놈이야, 윤영아."

괜히 술 한잔 더 하자고 한 게 아니구나 싶어서, 윤영도 덩달아 진지해졌다.

"무슨 일이야, 재경아."

"그러게. 이게 무슨 일일까? 이쯤 되면 괜찮을 줄 알았는데."

"무슨 일인데 그래? 안 좋은 일이라도 있는 거야?"

"응, 안 좋아, 윤영아. 이건 정말 안 좋아."

재경의 눈가가 빨갰다. 늘 유쾌한 재경이 이런 모습을 보이는 건 처음이라, 심장이 덜컥 내려앉았다.

"윤영아. 내가…… 진짜 애썼거든. 정말 노력했는데…… 안 되려나 봐."

"재경아……."

"나는 아직도 나루를 좋아하나 봐."

숨이 턱 막혔다.

생각지도 못했다.

재경은 그런 식으로 행동한 적이 한 번도 없었다. 그래서 재경이 나루를 좋아할 거라고는 상상해 보지도 못했다.

그저 내가 나루를 좋아하듯, 재경도 그러리라고 생각했을 뿐이었다. 뭐라 대꾸해야 할지 몰라, 눈만 휘둥그레 뜨고 있는 윤영에게 재경은 담담하게 말했다.

첫눈에 반했다고, 하지만 지후가 나루를 좋아한다고 해서 포기했다고.

"잘될 줄 알았어. 나는 지후를 아주 많이 좋아하니까, 나루도 지후를 아주 많이 좋아하는 것 같으니까. 그러니까 이 마음, 시간이 흐르면 괜찮아질 줄 알았어. 다른 여자가 눈에 들어오기 시작할 줄 알았어. 그런데……."

그렇지 않았다고, 재경은 말했다.

누구를 봐도 나루를 겹쳐 보게 된다고.

"아무한테도 말하지 않으려고 했는데, 그런데 오늘은 정말…… 내가 먼저 말 꺼내 놓고, 내가 괜히 슬퍼져서. 고백도 못한 내가 불쌍해져서."

재경이 고개를 숙였다.

"아, 미안하다, 윤영아. 너한테 이런 말을 하는 게 아니었는데. 미안해."

"아냐, 재경아."

"아니, 미안해. 더 잘 감췄어야 했는데. 하, 진짜 이게 뭐하는 짓이지, 난?"

자책하는 재경의 모습에 가슴이 아팠다.

재경은 혼란스러운 듯했다.

"앞으로 더 잘 감출 거야. 지후랑 나루가 결혼하고 나면, 아이가 생기면, 그때는 정말로 나도 여기서 나루를 떠나보낼 수 있겠지."

재경이 자신의 가슴을 꾹 누르며 말했다.

"미안해, 윤영아. 이건 비밀로 해 줘. 절대 아무한테도 말하지 말아 줘."

윤영이 무어라 말할 틈도 없이, 재경은 혼자 말하고 혼자 정리를 했다. 사실 시간을 줬다고 해서 할 말이 있는 것도 아니었다.

내가 많이 좋아하는 친구가 내가 많이 좋아하는 친구를 좋아하는데, 그 친구는 내가 많이 좋아하는 친구의 연인이다.

이런 상황에서 무슨 말을 할 수 있겠는가.

'나루가 재경이 마음을 알면 큰일 나겠지.'

재경이 꽁꽁 감추는 심정도 이해가 됐다. 그 마음이 드러나는 순간, 지후도 나루도 곤란해질 것이다.

나루는 윤영을 꼭 끌어안고 또 재잘거리고 있었다.

'나도 모르고 싶었는데.'

잠깐 재경이 원망스러웠던 마음을 금방 지웠다.

'하지만 재경이도 힘들었을 거야. 아무한테도 말할 수가 없었을 테니까.'

고민이 있을 땐 가장 신뢰하고 좋아하는 친구에게 말하게 된다. 재경에게는 그런 친구가 지후와 나루였다.

'얼마나 답답했으면 나한테 말했을까?'

그리고.

번쩍—

윤영은 눈을 떴다.

분명 좋은 향기가 났었는데, 술 냄새와 음식 냄새가 가득했다.

깨끗한 천장이 보여야 하는데, 지저분하고 곰팡이 쓴 천장이 보였다.

나루가 날 끌어안고 있어야 하는데, 드렁드렁 코 고는 소리들이 여기저기서 들려왔다.

'뭐지?'

윤영은 의아하게 생각하며 상체를 일으키고 두리번거렸다.

그러다가 어제 과 전체 MT를 왔고, 술을 마시다가 새벽에 방에 들어와서 잠들었다는 걸 기억해 냈다.

심장이 지끈지끈 아팠다.

'대체 그건 무슨 꿈이야?'

생생한 꿈이었다.

마치 그게 진짜 윤영이고, 지금 여기가 꿈처럼 느껴질 만큼.

'전에도 이런 꿈을 꿨었는데.'

나루와 지후가 사랑하는 꿈. 사랑하는 둘을 앞에 두고 카페에서 노닥거리는 꿈. 너무 생생해서 가슴이 아팠던 꿈.

'왜 자꾸 이런 꿈을 꾸는 거지?'

머리가 지끈지끈 아파왔다.

알 수 없는 장소에 푹 담가졌다가 돌아온 기분이었다.

세수라도 할 생각에 거실로 나갔다.

다들 여기저기 너부러져서 자고 있었다.

지후가 있나 찾아봤지만 남자 방으로 들어간 듯 보이지 않았다.

'자는 얼굴 보고 싶었는데.'

아쉽다고 생각하며 화장실에 가려다가 문 열리는 소리를 들었다.

나루와 명진이 들어오고 있었다.

울었던 걸까?

나루의 눈이 퉁퉁 부어 있었다.

지끈—

그녀의 모습에 가슴이 미어졌다. 꿈에서는 그토록 행복해 보였는데, 아무런 고민 없이 반짝반짝 빛을 내고 있었는데.

'나 때문이야.' 라는 생각이 들었다.

'내가 어젯밤에 지후랑 사귀는 척을 실컷 해대서 나루가 저렇게 운 거야.'

죄책감과 후회와 슬픔과 미안함에 나루를 똑바로 볼 수가 없었다.

하지만 곧.

'아니, 그건 꿈이잖아. 내가 왜 쟤한테 미안해해야 하는데? 쟤는 내 친구도 아닌데. 나랑 지후가 사귄다는 걸 알면서도 지후를 뺏으려고 하는 앤데.'라고 방어했다.

그런데도 가슴의 통증은 사라지지 않았다.

꿈에서 본 나루의 미소가, 향기가, 체온이 윤영의 심장을 쿡쿡 찔러대고 있었다.

혼란스러웠다.

왜 꿈과 현실을 제대로 분리할 수 없는 걸까?

꿈은 꿈일 뿐인데, 왜 자꾸 현실의 연나루와 겹쳐서 생각을 하게 되는 걸까?

'내 머리가 이상해진 건가?'

윤영은 도망치듯 화장실로 들어가 문을 잠갔다. 울고 싶었고, 그래서 주저앉아 울었다.

그래도 가슴의 응어리는 조금도 사라지지 않았다.

*　　*　　*

재경은 짐을 챙겨서 다시 자취방으로 돌아왔다.

지후는 없었다. 아까 MT에서 돌아와 윤영과 둘이 어디로 사라진 걸 보면, 데이트라도 하러 갔나 보다.

아니, 데이트하는 척을 하러 간 거겠지.

짐을 정리하고 냉장고에서 맥주 한 캔을 꺼내 와 거실에 앉았다. 안주 없이 맥주를 마시며 생각에 잠겼다.

어젯밤 나루의 이야기. 술에서 깨 멀쩡한 정신으로 생각해 보니, 너무도 믿기 어려운 일이었다.

시간을 돌아오다니. 그런 비과학적인 일은 벌어지지 않는다. 타임머신을 개발한 것도 아니고, 그저 지후의 죽음에 슬퍼하고 고통스러워했다는 것만으로 돌아왔단다.

그런 일이 실제로 벌어질 리 없다.

'하지만.'

왜 믿어지는 걸까?

머리는 그럴 리 없다고 하는데, 어째서 믿어지는 걸까?

나루의 절박한 표정이나 애절한 눈빛 때문이 아니었다. 나루가 시간을 돌아왔다고 해야 이해할 수 있는 몇몇 사건들 때문이었다.

'그래, 그런 것들은…… 나루가 시간을 돌아왔다고 하면 설명이 돼. 그래서 믿을 수밖에 없는 거겠지.'

그리고 지후도.

달칵―

현관문이 열리고 지후가 들어왔다.

지후는 재경을 보고 눈을 크게 떴다가 피식 웃었다.

"왔냐."

"그래."

"저녁은?"

"아직. 넌?"

"난 윤영이랑 먹었어."

"아아, 그래."

재경은 지후의 얼굴을 빤히 응시했다. 오랫동안 알고 지냈지만, 최근에 종종 낯선 모습을 발견하곤 했다.

갑자기 생긴 습관, 갑자기 피우기 시작한 담배, 영문을 알 수 없는 행동들.

지후가 시간을 돌아왔기 때문이었다. 그래서 재경이 모르는 12년간 달라진 모습들이 낯설게 다가왔던 것이다.

"뭘 그렇게 열렬하게 봐?"

지후가 물었다.

"내 친구 놈, 참 잘생겼구나 싶어서."

"후."

지후가 바람이 불 듯 웃었다. 나루의 이야기에 따르면 12년 후, 민지후는 칼에 찔려 죽는다. 아직 한참이나 남은 일인데도 가슴이 지끈 아파 왔다.

"밥 해 줄까?"

"네, 엄마."

"엄마 말 좀 잘 들어라. 걱정시키지 말고."

"네, 엄마."

지후가 요리를 하는 동안, 재경은 식탁에 앉아 그의 뒷모습을 지켜봤다.

12년 후 내 친구가 죽는다.

12년 후 이 모습을 볼 수 없게 된다.

믿고 싶지 않았다.

'그렇구나.'

재경은 이제야 지후가 무슨 생각으로 이러는지 이해할 수 있었다.

'혼자 남게 될 나루 때문이구나.'

지후는 자신의 죽음을 받아들였다. 12년 후, 지후가 죽을 때에 나루의 곁에 있어 줄 사람으로 재경을 지목한 것이다.

나루가 재경을 사랑한다면, 그래서 두 사람이 연인이 된다면,

지후가 죽은 후 나루와 재경이 서로에게 기대어 슬픔을 이겨 낼 수 있으리라고 생각한 것이다.

지후라면 할 법한 생각이었다.

'그래서 윤영이랑 사귀는 척까지 하는 거구나.'

지후가 그답지 않은 행동까지 하며 절박하게 나루와 재경을 이어 주려고 한 이유를, 이제는 알 수 있었다.

가슴이 미어졌다.

눈물이 날 것 같아 벌떡 일어나 화장실로 뛰어 들어갔다.

지후가 죽는다.

지후가 죽는다.

지후가 죽는다.

사람이라면 응당 죽는 법이지만, 싫었다.

'정말 싫다.'

재경은 두 손으로 얼굴을 가렸다. 눈물이 손가락 틈으로 흘러내렸다.

뜨겁고 쓰렸다.

'정말 싫어.'

친구의 죽음을 미리 아는 것은 조금도 유쾌하지 않았다.

'나루 기분은 더 끔찍하겠지.'

간혹 보이던 그녀의 슬픈 눈동자, 이 세상의 것 같지 않은 고독감을, 이제야 이해했다.

재경은 조금 울다가 눈물을 닦고 거울을 응시했다. 한 남자와

한 여자를 무척이나 사랑하는 남자의 얼굴이 거울 안에 있었다.

'지후야, 넌 틀렸어.'

나루는 그 어떤 일이 있어도 지후만을 사랑할 것이다.

그렇다면.

'12년 후 그 날까지 힘껏 사랑하고 사랑받고, 서로에게 후회도, 미련도 남기지 않는 게 좋은 거야. 그걸 위한 회귀인 거야.'

가족 같았던 내 소중한 친구가 12년 후에 죽는다. 그것을 미리 알게 된 지금, 재경은 자신이 나아가야 할 방향을 잡았다.

울고 슬퍼할 틈은 없었다.

지후와 나루는 사랑해야 한다. 12년이라는 시간, 더 많이 사랑하고 사랑받아야만 한다.

'그리고 나는.'

소중한 두 사람을 끌어 주는 역할이다. 그걸로 좋았다.

'그리고 그 순간.'

12년 후, 지후가 죽음을 맞이하는 그때에.

'할 수 있다면.'

지후를 구한다.

'죽음이 꼭 필요하다면.'

내가 대신 죽는다.

'그러면 지후도, 나루도 괜찮을 거야.'

결심을 하고 나니 재경은 마음이 가벼워졌다.

화장실에서 나왔을 땐 저녁상이 거의 차려진 후였다.

"변비냐?"

지후가 물었다.

"응, 요새 좀. 와, 맛있겠다."

"응, 많이 먹고 쑥쑥 자라라."

"네, 엄마."

재경은 수저를 들었고, 지후는 맞은편에 앉아 재경이 저녁 먹는 모습을 지켜봤다.

"재경아."

"응?"

"너, 무슨 일 있는 거 아니지?"

"응? 뭐가? 왜?"

"표정이 좀 평소랑 달라서."

재경은 손바닥으로 얼굴을 쓸었다.

"글쎄. 어제 잠을 제대로 못 자서 그런가? 별로 안 좋을 건 없는데."

"그렇다면 다행이고."

무슨 일은 자기한테 있으면서, 재경의 작은 변화에 예민하게 반응하는 지후가, 재경은 좋았다.

지후에 대한 애정이 그 어느 때보다도 물씬 피어올랐다.

"지후야."

"응."

"이따 같이 자자."

"뭐?"

지후가 오만상을 찌푸렸다.

"같이 자자. 너랑 한 이불 덮고 자고 싶어."

"어디 아프냐?"

"안 아파. 어릴 때 자주 같이 잤잖아."

"오해할 소리하지 마. 넌 침대에서, 난 바닥에서 잤으니까."

"이제 우리도 성인이니까 한 이불 덮고 자 보자고."

지후가 진저리를 쳤다. 그러거나 말거나, 저녁을 먹은 후 재경은 기어코 지후의 방에 쳐들어갔고, 좁은 싱글 침대에서 두 남자는 불편하게 잠이 들었다.

*　　*　　*

각 동아리와 학과들은 축제 준비를 하느라 바빠졌다.

나루는 1학년이고 맡은 게 없어서 과에서 하는 주점에는 참여하지 않았지만, 봉사 동아리 공연에는 참여해야 했다.

거의 비어 있던 동아리방은 이제 사람들로 북적거렸다.

축제 준비를 위해 동아리 회원 전부가 모이는 날에는, 학생회관에 있는 회의실을 빌렸다.

동아리 회장이 축제 때 할 수화 공연에 대해 설명하고 있을 때, 뒷문이 조용히 열리고 지후가 들어왔다.

"늦어서 죄송합니다."

시선이 쏠리자 지후가 살짝 고개를 숙이며 말했다.

그리고.

"저도 죄송합니다."

지후의 뒤로 윤영이 얼굴을 빠끔 내밀며 말했다.

"저, 좀 늦은 것 같지만 봉사 동아리 가입하고 싶어서요."

동아리는 늦게 가입하는 경우도 얼마든지 있었고, 봉사 동아리 같은 경우에는 인원이 많지 않기에 추가 가입은 언제나 환영이었다.

윤영은 빠른 적응력으로 금방 동아리 사람들과 친해졌다. 회의에 적극적으로 참여하고 의견을 내기도 하는 윤영은, 선배들의 마음에 쏙 들었다.

재경과 명진은 윤영을 못마땅하게 지켜봤지만, 나루는 무슨 생각을 하는지 알 수 없었다.

"너, 괜찮냐?"

명진이 나루에게 작은 목소리로 물었다.

"아니, 안 괜찮아."

"그래, 그렇겠지. 나도 쟤가 여기까지 따라올 줄은 몰랐다. 진짜 뻔뻔하네."

"아니, 그게 아니라…… 기억이 안 나."

"응? 뭐가?"

"수화 공연."

"뭐?"

"이때 수화 공연했던 거, 잘하면 기억날 것 같기도 한데 가물가물하네. 한 번 해 보면 기억이 나려나?"

윤영은 아무래도 좋다는 듯 공연만 신경 쓰는 나루를, 명진은 황당한 표정으로 응시했다.

"왜 그렇게 봐? 수화 외우기 어렵단 말이야. 게다가 난 몸치라서…… 옛 시간에서도 공연 외우느라 진짜 죽는 줄 알았거든. 재경이한테 놀림도 엄청 받고."

"이젠 성재경이 그런 걸로 놀리거나 하진 않겠지."

"응, 그렇겠지?"

나루는 재경을 돌아봤다.

재경은 윤영과 지후를 가만히 노려보고 있었다.

*   *   *

화학 실험을 할 때는 정밀도가 생명이었다. 먼지의 무게만으로도 실험 결과가 달라질 수 있기 때문에, 명진은 바들바들 떨리는 손으로 저울에 시약을 덜고 있었다.

조원들 모두가 긴장된 눈으로 명진을 지켜보고 있는 가운데.

"이따가."

혹—

명진의 귓속으로 뜨거운 입김이 혹 밀려들어 왔다. 명진은 소스라치게 놀라 약숟가락을 떨어뜨렸다.

챙강—

"야, 이 자식아! 깜짝 놀랐잖아!"

명진이 휙 돌아보며 외쳤다.

재경이 씩 웃었다.

"귀가 민감한가 보지?"

"너, 진짜!"

"하여간 이따가."

재경이 명진에게 가까이 다가왔다. 명진은 피하고 싶은 듯 뒷걸음질을 쳤지만, 뒤에 실험대가 있어서 도망칠 수 없었다.

그런 명진의 어깨에 턱을 얹은 재경이 작은 목소리로 속삭였다.

"이따가 나 좀 보자."

"그 얘기를 꼭 이런 식으로 해야 하냐? 너, 눈에 띄는 거 좋아하는구나?"

"어, 좋아해."

"허리에서 손 좀 치우시지. 나루한테 까이고 아예 남자 쪽으로 취향을 바꾼 거냐?"

"나루한테 까였다는 말을 그렇게 거침없이 해 주는 놈이라서 더 좋은걸?"

"허리에서 손 떼라고, 이 잘생긴 놈아."

실험을 하다말고 느닷없이 애정 행각을 펼치는 재경과 명진을, 실험실 안의 모두가 황당하다는 듯 쳐다봤다.

"이따 보겠다고 말해, 그럼 놔줄게."

재경이 은밀하게 속삭였다. 명진은 오만상을 찌푸렸지만 별 수 없었다. 재경은 어떤지 모르겠지만 명진은 주목받는 건 딱 질색이었다.

"알겠으니까, 이 손 치워. 당장."

재경이 씩 웃으며 명진에게서 떨어졌다. 재경은 자신을 보고 있는 학생들을 돌아보며 말했다.

"데이트 약속, 따냈어."

11장
그냥 사랑하고 싶어

약간 어둑한 분위기의 커피숍은 좌석마다 커튼이 드리워져 있었다. 커플들이 와서 조용히 놀다가 가기에 좋은 커피숍이었다.

차를 시키면 케이크가 하나 나오기 때문에, 명진과 재경의 앞에는 차 두 잔, 케이크 두 개가 놓여 있었다.

덩치가 산만 한 사내 둘이 앉아 있기에는 어울리지 않는 카페라, 손님들이 두 사람을 흘긋흘긋 훔쳐봤다.

시선이 부담스러워, 명진은 커튼을 내렸다.

"저 둘, 사귀나 봐."

"분위기 좀 그렇지?"

"아무 사이도 아니라면, 남자 둘이 이런 데 올 리가 없잖아."

속삭거리는 소리가 들려왔다.

명진은 팔짱을 끼고 재경을 노려봤다. 재경도 주위에서 속삭이는 소리를 들었을 텐데, 아무 상관없다는 듯 케이크를 먹고 있었다.

　명진의 시선을 느낀 재경이 포크로 덜어 낸 케이크를 명진의 앞에 내밀었다.

　"자, 아아."

　"아아는 개뿔."

　명진은 입술로 다가오는 케이크가 성가시다는 듯 고개를 옆으로 돌렸다.

　"왜? 케이크 맛있어. 좀 먹어 봐."

　"네놈이랑 데이트하러 온 거 아니거든."

　명진이 으르렁거리듯 말했다. 레게 머리에 귀를 잔뜩 뚫고, 눈썹에 스크래치까지 한 명진은 안 그래도 험악해 보였는데, 인상을 찡그리니 험악함이 더했다.

　그런데도 재경은 무서워하는 기색이 조금도 없었다.

　"너, 이런 놈이었냐?"

　"응, 난 이런 놈이야. 그동안 정말 나답지 않았지."

　재경이 싱글싱글 웃으며 케이크를 입에 넣었다.

　"뭔가 한 꺼풀 벗어던진 기분이야. 마음이 아주 개운해."

　"개운하다고?"

　"응, 내가 뭘 해야 하는지 알았거든. 방향을 잘 잡으면 개운해지지."

"네가 뭘 해야 하는데?"

"나루랑 지후를 사랑하게 해 줄 거야. 있는 힘껏."

"흐응."

명진의 표정이 누그러졌다.

재경의 뜻이 명진과 통했기 때문이다. 그때, 테이블에 올려 둔 명진의 휴대폰에 문자가 들어왔다. 명진이 슥 확인을 해 보고 말했다.

"나루가 심심하다는데."

"오라고 해."

"와도 괜찮겠냐?"

"나는 이제 괜찮아. 말했잖아. 방향을 잘 잡으면 개운해진다고. 그리고 내가 잡은 방향은, 나루랑 지후가 사랑하는 거야."

"그래, 알겠다."

명진은 나루에게 장소를 알려 줬다.

"시간이 없어. 나는 12년이라는 기간 동안 나루랑 지후가 서로를 더 많이 사랑하고 대화도 많이 나눠야 한다고 봐. 후회를 남기지 않도록."

재경이 말했다.

"그래, 나도 마찬가지 생각이야. 하지만 나루한테는 말하지 않아, 죽음을 바꿀 수 없을 거라는 말."

"아, 그래?"

"응. 그걸 말하면."

명진은 나루의 어두운 표정을 떠올렸다. 슬픔과 고독이 가득 담겨 넘치던 그 암울한 눈동자를, 두 번 다시는 보고 싶지 않았다.

　"힘들 거야, 나루는."

　"그렇겠지."

　"거기다."

　명진은 크게 심호흡을 했다.

　"나는 내년 봄에 죽을 거야, 성재경."

　"뭐?"

　"나루한테 못 들었냐? 나에 대해서."

　"어, 그것까지는."

　"나, 내년 봄에 오토바이 사고로 죽는대. 그래서 나루가 날 처음 봤을 때 그렇게 반응한 거야."

　"아……."

　재경은 명진이 첫 등교를 했을 때의 일을 떠올렸다. 조용한 강의실에서, 나루는 뒷문으로 들어오는 명진을 보고 벌떡 일어났었다.

　"네가 나루에 대해 알고 믿어 줘서 다행이야. 내가 죽은 다음에, 나루가 혼자가 될까 봐 정말 걱정이 많았거든."

　명진이 담담히 말했다. 재경의 눈동자가 흔들렸다.

　재경이 입을 열려는데 명진이 선수를 쳤다.

　"아니, 내가 죽는 일에 대한 건 여기까지만 얘기하자. 위로하지 않아도 돼. 난 납득했고, 받아들였으니까."

"그래."

"나는 내가 죽기 전에 나루랑 지후가 행복해지는 걸 보고 싶어. 그걸 봐야 후회를 남기지 않을 것 같거든."

"응."

"그런데 지후는 나랑 생각이 다르더라."

"걔가 고집이 세거든. 그냥 나루랑 지후 불러 놓고 말해 버리는 건 어때? 지후도 시간을 돌아온 거."

"그럴까도 생각해 봤는데. 이게 답이 없는 문제라서."

"답이 없다라……."

"그렇잖아. 솔직히 앞으로 어떻게 될지, 아무도 몰라. 지후가 12년 후에 죽을 수도, 죽지 않을 수도 있어. 나루가 지후 아닌 남자한테 사랑에 빠질 수도, 빠지지 않을 수도 있고. 만약 나루가 지후 말고 다른 사람한테 사랑을 느낀다면, 그래서 12년 후 지후가 죽을 때 누군가 나루 곁에 있어 준다면."

"불가능할걸, 그건."

재경이 쓴웃음을 지었다.

"나루는 평생 민지후만 사랑할 거야."

재경과 명진이 대화를 한다고 해서 답이 나오는 건 아니었다. 비슷한 내용의 대화를 되풀이하고 있을 때, 커튼이 걷혔다.

나루였다. MT 이후, 나루와 재경은 대화를 나누지 않았다. 그래서인지 나루는 어색한 표정을 짓고 있었다.

재경이 먼저 손을 들었다.

"안녕, 나루."

"응, 안녕."

"여기 앉아."

명진이 재경의 옆으로 자리를 옮기며 말했다. 나루가 명진이 앉아 있던 자리에 앉았다.

"재경이랑 같이 있는 줄 몰랐어."

"응, 내가 데이트 신청을 했거든."

재경이 씩 웃으며 말했다.

사심 없는 재경의 미소에, 나루는 안심했다. 아까 실험실에서의 돌발 행동도 그렇고, 지금의 미소도 그렇고. 이제야 나루가 아는 그 성재경으로 돌아온 것 같았다.

하지만 완전히 '그' 성재경일 수는 없었다. 이제 나루는 재경의 마음을 알게 되었다. 그가 내게 품고 있는 그 애틋한 마음을.

"나루야."

나루의 생각을 눈치챈 듯 재경이 입을 열었다.

"내가 고백을 한 건 잊어. 나는 이제 너를 알고, 네 마음을 아니까, 잊어. 잊고, 편하게 대해 줘. 옛 시간의 성재경처럼."

"응, 알겠어."

"정말 그래 줄 거지?"

"응, 그럴게."

셋은 자리를 옮기기로 했다.

닭갈비를 먹으러 향하는 세 사람을, 집에 가던 지후가 목격했다. 며칠 전부터 지후를 보는 재경의 눈빛이 달라졌다는 생각은 했었는데, 나루와 재경, 명진이 함께 있는 모습을 보니 그 이유를 알 수 있었다.

'아, 재경이도 알게 됐구나.'

그렇지 않다면 명진을 마음에 들어 하지 않던 재경이 그런 행동을 할 리 없었다.

게다가 재경은 눈을 가리고 있던 안대를 벗어던진 듯 홀가분해 보였다. 나루가 시간을 돌아왔다는 걸 믿고, 자신이 가야 할 방향을 결정한 것이 틀림없었다.

그 방향은 아마도 옛 시간에서처럼, 자신의 마음을 있는 힘껏 감추고 나루와 지후의 사랑을 지켜보는 것이리라.

가슴이 아프고 미안했다.

나는 내 친구의 사랑을 조금도 눈치채 주지 못했는데, 재경은 늘 눈치를 채고 한 발 물러선다.

조금 더 이기적이어도 될 텐데. 지난번 물에 빠져 죽을 뻔했을 때 질투를 한 것 정도는 아무렇지도 않은데.

지후는 한숨을 삼켰다.

'더 어려워지겠군.'

안 그래도 명진의 머리 회전이 빨라서 곤란했는데, 거기에 재경까지 합세했다. 두 남자의 사이에 있는 나루의 모습을 보니 지켜 주는 사람이 많아 다행이라는 생각이 드는 한편, 마음이 무겁기도 했다.

'양쪽에 날개를 얻었으니, 나루가 더 거침없어지겠어.'

*   *   *

"가두라고?"

닭갈비를 굽던 재경이 집게를 멈췄다.

"응, 가둬 줘. 동방에."

"동방에……."

"일주일 후에, 회의실에서 수화 연습을 하느라 동방이 빌 거야. 연습이 늦게 끝나서 다들 거기서 흩어질 거고. 그러니까 지후랑 날 동방에 가둬 줘."

"가두면…… 뭘 하게?"

"덮쳐야지."

뭘 그런 걸 묻느냐는 듯한 나루의 말에, 명진이 사례에 걸려 콜록거렸다.

"야, 넌 계집애가!"

"어머, 우리 명진이는 생긴 거랑 다르게 순진하구나."

나루가 손등으로 입술을 가리고 호호 웃었다. 명진이 얄밉다는 눈으로 나루를 노려봤다.

"나랑 지후는 10년을 사귀었어. 32살이었고. 당연히 이런 일도, 저런 일도 했었다고."

"하?"

"그래, 20살의 순수한 너희들에게는 조금 자극적일지도 모르겠다."

나루가 또 호호 웃었다.

"이런 게 좋냐?"

명진이 나루를 가리키며 재경에게 물었다.

재경이 웃었다.

"그러게. 처음 봤을 땐 신비로웠거든. 이럴 줄은 몰랐지."

"어머, 원래 여자는 조금 저돌적인 부분이 있어야 매력적인 거 모르니? 이래서 어린것들은."

호호 웃는 나루를, 한 대 치고 싶다는 표정으로 보던 명진이 물었다.

"그런데 어떻게 가둬? 문이 가둘 수 있게 되어 있나?"

"지금쯤 합주 동아리 동방에서 누군가가 악기를 하나 훔쳐 갈 거야. 그것 때문에 주말에 동방 전체에 자물쇠가 달릴 거고. 그 자물쇠, 회장이 갖고 있어. 왜 그렇게 봐?"

"아니, 그런 얘기 들으니까 정말 미래에서 오긴 왔구나, 싶어서."

명진이 신기하다는 듯 말했다.

"그래, 아가야. 누나는 32살이란다. 하여간 동아리 회장은 좀 건성인 부분이 있어서, 문 잠그는 걸 귀찮아하거든. 회장한테 얘기해서 문 잠그고 오겠다고 하면 자물쇠를 줄 거야. 그걸로 잠가 버려. 난 핑계를 대서 지후랑 동방 안에 있을 테니까."

"뭐, 문을 잠그는 거야 어렵지 않은데. 지후가 네 뜻을 따라 줄까?"

나루가 씩 웃었다.

"따를 수밖에 없을걸."

＊　　　＊　　　＊

나루와 재경은 함께 집으로 돌아왔다. 빌라 앞에서, 나루는 재경의 손목을 잡아 세웠다.

"재경아."

"응?"

나루가 고개를 들어 재경과 눈을 맞췄다. 나루의 까만 눈동자가 불빛을 받아 신비롭게 빛났다.

"나는 잊지 않을 거야."

"응?"

"네가 고백한 거, 네 마음, 나는 잊지 않을 거야."

"아……."

재경의 눈동자가 흔들렸다.

"네가 나를 사랑하는 거, 그래서 아주 많이 잘해 준다는 거, 나는 안 잊을 거야. 그걸 어떻게 잊어? 못 잊어, 난."

나루의 단호한 말에 재경의 눈가가 빨개졌다.

"기억할 거야. 옛 시간에서는 알지 못했지만 이 시간에서는 기억하고 있을 거야. 네가 언젠가 또 다른 사랑을 할 때까지, 나는 쭉 이 가슴에 네 마음을 품고 있을 거야."

"……또 다른 사랑을 할 수 있을까?"

"응, 할 수 있을 거야."

"옛 시간에선 어땠는데?"

"그때는 못 했지만 이 시간에서는 할 수 있을 거야. 그 시간의 너는 내게 네 마음을 밝히지 못했지만, 이 시간에서는 밝혔으니까. 그러니까 더 빨리 미련을 털어 낼 수 있을 거야."

"그럴까?"

"응. 그럴 거야. 원래 고백하지 못한 사랑이 더 오래 간다잖아. 그러니까 너는 나보다 훨씬 예쁘고 성격도 좋고 야한 소리도 안 하는 여자를 사랑하게 될 거야."

재경이 웃었다.

"나는 네 마음을 기억할 거지만, 그래도 지금처럼 행동할 거야. 네 마음, 받아 줄 수 없지만 그렇다고 너랑 멀어지지도 않을 거니까, 지후를 사랑하는 내 모습을, 네 앞에서 감추지 않을 거야. 어쩌면 그게 너한테 아픔이 될지도 몰라. 괜찮겠어?"

"응, 괜찮아."

재경이 나루의 머리를 쓰다듬었다.

"괜찮아. 정말로. 나는 가야 할 방향을 잡았고, 그 방향으로 걸어갈 때 조금 아프리라는 건 충분히 예상했으니까."

＊　　＊　　＊

눈에 띄게 수척해진 윤영에게, 선미가 걱정스러운 듯 말했다.

"윤영아, 너 다이어트를 너무 심하게 하는 거 아냐? 살이 너무 빠졌어."

"아냐, 다이어트라니."

"안 그래도 말랐는데, 더 뺄 게 뭐가 있다고. 넌 살 안 빼도 예뻐. 지후가 마른 여자가 좋대?"

지영이 거들었다.

윤영은 힘없이 웃으며 고개를 저었다.

"그런 거 아냐. 요새 잠을 제대로 못 자서 그래."

"왜? 불면증이야?"

"응, 그런가 봐."

사실 불면증이 아니었다. 잠은 잘 잤다. 다만 잠을 잘 때마다 꾸는 꿈이 문제였다.

매일 꿈을 꾼다. 꿈에서 윤영은 나루의 가장 좋은 친구였다. 늘 나루와 붙어 다녔다.

윤영이 실연을 당해서 울 때에 며칠씩 옆에서 위로해 준 사람은 나루였다.

윤영이 가족들 때문에 지칠 때에 누구보다도 진지하게 윤영의 손을 잡아 준 것 또한 나루였다.

꿈에서 깨어나면, 꿈이 현실인지, 현실이 꿈인지 알 수 없는 상태가 지속되었다. 그 상태로 한참이 흘러야, 이것이 현실이라는 걸 받아들이게 되었다.

왜 자꾸 그런 꿈을 꾸는 걸까?

지후와 사귀는 척하기 때문일까?

하지만 그런 걸로 이런 생생한 꿈을 꾼다고?

아니, 내가 꾸는 꿈이 꿈인 건 맞나?

사실은 이게 꿈이고, 그 꿈이 현실인 거 아냐?

나는 나루랑 친한 친구인데, 나루와 사이가 안 좋은 꿈을 꾸고 있는 중인 거 아닐까?

매일 두통이 사라지지 않았다. 이런 이야기는 아무에게도 할 수가 없다. 다들 바보 같은 소리로 치부해 버릴 것이다.

특히 지후에게는 말할 수 없었다.

꿈에서 너와 나루가 사랑하는 걸 봤어. 아주 많이 사랑하고 곧 결혼을 한다고 행복해하는 걸 봤어.

그런 말을 할 수 있을 리 없다.

나는 여전히 지후를 사랑하니까. 그 마음이 점점 더 깊어지고 있으니까.

*   *   *

나루의 말대로 합주 동아리의 악기가 도난당했다. 주말에 각 동아리방에 자물쇠가 설치되는 걸, 재경과 명진은 놀라운 마음으로 지켜봤다.

수화 동아리의 축제 준비는 잘되어 가고 있었다.

수업이 끝나면 제각각 모여서 노래에 맞춰 수화를 배웠고, 나루는 수화가 기억난다며 좋아했다.

그리고 나루가 말한 그날이 되었다.

윤영은 한 과목 따로 듣는 강의가 있어서, 늦게 끝나는 날이었다. 재경은 지후와 함께 동아리방으로 향했고, 명진은 회장에게 자물쇠를 받으러 갔다.

동아리방에는 일찍 끝난 회원들이 와서 누워 있거나 앉아 있었다. 재경과 지후는 회원들과 인사를 나눈 후, 구석에 자리를 잡고 앉았다.

"벌써 다음 주가 축제네."

재경이 말했다.

"그러게."

"너, 주점 표는 많이 팔았냐?"

1학년들에게는 주점 이용권을 파는 임무가 맡겨졌다.

"그럭저럭. 고등학교 때 애들한테 넘겼어."

"아, 나도 그럴걸."

"중학교 때 애들 좀 구슬려 봐. 지찬이랑 성민이가 대학 축제 오고 싶어 하던데."

지찬과 성민은 재수생이었다.

"그래야겠네. 걔들한테 한 열 장쯤 팔아야지."

그런 얘기를 하고 있을 때, 나루가 들어왔다. 나루와 재경은 지후가 눈치채지 못하도록 눈빛을 주고받았다.

"자, 모일 만큼 모였으니까 연습하러 가자."

수화를 가르쳐 주는 선배의 말에 다들 미적미적 일어났다. 지후와 재경도 일어났고, 사람들 뒤를 따라 나가려고 했다.

그때, 나루가 지후의 팔을 잡았다.

"지후야."

사람들은 거의 다 빠져나간 후였다.

"나, 너랑 할 말이 있어."

나루의 말에 지후가 건성으로 대꾸했다.

"나는 없는데."

"그런데 나는 있어."

"나는 없어."

지후가 잡힌 손목을 빼내려 했다. 그러나.

"난 오늘 죽을 거야."

멈출 수밖에 없었다.

지후는 눈을 부릅뜨고 믿을 수 없다는 표정으로 나루를 내려다봤다. 그때 모두가 동아리방을 나갔고, 재경이 마지막으로 나가며 문을 닫았다.

달칵—

밖에서 대기하고 있던 명진이 자물쇠를 잠그는 소리를, 나루는 들었다. 그러나 나루가 던진 폭탄 같은 발언에 놀란 지후는 그 소리를 듣지 못했다.

나루는 지후를 똑바로 응시했다.

"나는 오늘 죽을 거야. 그 방법밖에 없다고 생각해."

"뭐? 왜? 갑자기?"

나루의 돌발 발언에 당황한 지후는, 자신이 나루를 밀어내는 중이라는 것도 잊었다.

"죽음을 피하기 위해 대가가 필요하다면, 다른 희생양이 있으면 되는 거 아닐까? 너는 네가 12년 후에 죽을 거라고 확신해서 나를 밀어내려는 거잖아. 내가 다른 남자를 사랑하게 만들려는 거잖아."

지후가 시간을 돌아왔다는 걸 알게 된 당시에는 지후의 행동을 이해할 수 없었다. 하지만 시간이 지나며 생각을 정리하니, 그 답을 알 수 있었다.

지후가 굳이 나루와 재경을 이어 주려는 이유. 윤영과 사귀는 척까지 하면서 나루를 밀어내려는 이유.

"내 생각은 그래. 널 대신해서 내가 죽으면, 너는 죽지 않겠지. 네가 죽는 원인인 내가 죽으면, 너는 살겠지. 그러니까 나는 죽을 거야."

지후의 눈동자가 흔들렸다.

지후는 어떻게 대답해야 좋을지 알 수 없었다.

죽지 마.

말도 안 돼.

내가 널 지킬 거야.

그런 말을 한다는 건, 결국 지후가 시간을 돌아왔다는 걸 인정하는 꼴이었다.

그렇다고 죽으라고 내버려 둘 수도 없었다.

나루는 한다면 하는 여자니까. 확신을 가지면 그때부터는 거침이 없어지는 여자니까.

"네가…… 무슨 소리를 하는지 모르겠다, 정말."

간신히 내뱉었다.

"아니, 알 거야. 너는 알고 있어. 모른다면 그냥 여길 나가 버리면 되는 거잖아. 안 그래?"

"어쨌든 같은 과 친구가 죽겠다는데, 모르는 척할 수는 없으니까."

"아, 그래? 계속 그런 식으로 나오겠다는 거지?"

"뭘 그런 식이라고 하는지 모르겠는데, 너 이러는 거 정말 성가셔. 죽겠다는 말까지 하다니. 너, 약간 머리가 이상해진 거 아냐?"

"내 연인인 민지후라는 남자는 군대에 다녀오기 전에 총을 참 못 쐈어."

지후가 인상을 찌푸렸다.

"내 연인인 민지후라는 남자는 군대에 다녀오기 전에 담배를 피우지 않았어. 그리고 내 연인인 민지후라는 남자는."

나루의 시선이 바닥으로 떨어졌다. 지후는 나루가 자신의 운동화를 보고 있다는 걸 깨달았다.

"군대에 다녀오기 전엔 운동화를 이렇게 구겨 신지 않았어."

지후는 주먹을 꽉 쥐었다.

"나는 원래……."

"원래라는 변명은 안 통해. 나는 시간을 돌아왔어, 지후야. 나는 너와의 12년을 보내다가 왔어. 그렇다면 너는, 내 기억 속의 20살과 같아야 돼. 20살의 민지후여야만 돼. 그런데 너는, 그 이후의 민지후가 가진 버릇들을 가지고 있어."

"……."

"20살의 민지후라면 하지 않을 행동들을, 너는 하고 있어. 이제는 네 변명이 통하지 않아. 뭔 소리야, 네 머리 이상해진 거 아냐, 그런 말들은, 이제 하지 마. 할 거라면, 네가 왜 내가 기억하는 20살의 민지후와 다른지에 대해서 이야기해 봐."

할 말이 있을 리 없었다.

지후는 이제 더 이상 속일 수 없음을 깨달았다. 하지만 지후의 생각은 변함이 없었다. 나루가 나를 사랑해서는 안 된다. 이 시간에서는 12년 후에 죽을 남자 따위가 아닌, 오래도록 나루의 곁에서 그녀를 지켜 줄 남자를 사랑해야만 한다.

지후는 돌아섰다.

"너랑 할 얘기 없다. 간다."

문으로 향했다.

열려고 했지만 밖에서 잠겨 있었다.

덜컥— 덜컥—

몇 번을 시도하다가 나루를 돌아봤다.

나루가 해사한 미소를 짓고 있었다.

"못 나가, 우리."

"하아. 네가 세운 계획이야?"

"그래. 내가 세웠어. 이렇게라도 안 하면, 네가 나를 피할 거 같아서."

"대체 왜……."

말을 끝낼 수가 없었다.

나루가 달려와 지후를 끌어안은 것이다. 너무도 간절히 원했던 나루의 체온이 전해져, 지후는 꼼짝도 할 수가 없었다.

나루는 지후의 품에 얼굴을 묻은 채로 말했다.

"너무 외로웠어, 지후야. 나, 이 시간으로 돌아왔을 때 너무너무 고독했어. 이렇게 널 끌어안고 싶은데 그럴 수가 없어서, 너무 힘들었어."

밀어낼 수가 없었다.

지후는 언제나 나루를 사랑했다. 내 인생에서 처음으로, 그리고 마지막까지 사랑한 여자가 힘들다고 말하는데, 밀어낼 수 있는 사람은 없었다.

지후도 마찬가지였다. 그녀를 사랑하면 안 되는데, 그녀의 사랑을 받아서는 안 되는데…… 애달픈 음성으로 힘들었다 말하는 그녀를 밀어내는 것은 불가능했다.

"지후야. 네가 무슨 생각을 하는지 알아. 왜 나를 밀어내려 하는지 알아. 그런데 지후야. 너는 잘못 생각하고 있어. 나는……나는 너 이외의 다른 사람을 사랑하지 못해. 알잖아."

"나루야."

"너도 그렇잖아. 너도 나만 사랑하잖아. 나도 그래. 나도 그렇게 널 사랑해 왔어. 그런데 왜 나한테 그걸 강요하는 거야? 왜 내가 다른 사람을 사랑하기를 강요하는 거야? 너도 못 하면서."

"나는…… 나는 윤영이를 사랑하게 됐어."

나루가 지후의 품에서 얼굴을 들고 지후와 눈을 맞췄다.

나루의 눈이 가늘어졌다.

"바보 같은 소리 하지 마. 네 표정만 봐도, 네 마음을 알 수 있으니까."

"나루야."

"윤영이 상처 주는 거 그만둬. 화낼 거야. 일주일 동안 혼낼 거야."

옛 시간과 같은 나루의 모습에, 지후는 허물어지고 말았다. 그녀에게 보이고 싶지 않아 힘껏 참고 있던 눈물이, 지후의 볼을 타고 흘러내렸다. 떨어진 눈물이 나루의 이마에 닿았다.

"나루야, 안 돼."

"돼."

"안 돼, 나루야. 나를 사랑하는 건 그만둬."

"이건 내가 어떻게 할 수 있는 문제가 아니야. 너도 알잖아."

"나루야, 나는. 나는 12년 후에 죽어."

그 날의 일이 떠올라, 나루의 눈에도 눈물이 고였다. 하지만 나루는 흐르려는 눈물을 꿀꺽 삼켰다. 이 순간에는 아니다. 오늘은 지후의 앞에서 눈물을 흘리지 않을 것이다. 슬픈 모습, 괴로운 모습, 그에게 보이지 않을 것이다. 그렇게 결심했다.

"나는 너와 평생 함께하지 못해. 내가 죽으면 너는 혼자 울겠지. 나는 죽는 순간에도 그게 너무 걱정이 돼서, 그래서…… 여기로 돌아왔어."

"그럼 네가 죽지 않으면 되잖아. 널 죽게 놔두지 않을 거야."

"아니, 난 죽을 거야. 죽음은 피할 수 없어. 나는 죽고, 너는 또 혼자가 될 거야."

나루가 눈을 질끈 감았다.

"지후야. 나는. 나는 그래도 괜찮아."

"아니, 괜찮지 않아."

"네가 뭔데 괜찮지 않대? 난 괜찮아. 그래, 너 죽고 나 혼자 울었어. 그런데 괜찮았어. 견딜 만했어."

나루의 고집스러운 말에 지후가 웃었다.

"거짓말쟁이. 내가 널 몰라?"

"모르잖아. 하나도 모르잖아. 내가."

울지 않으려고 했는데.

나루는 주저앉았다.

"내가 얼마나. 내가 얼마나. 아, 민지후. 내가 얼마나 널 사랑하는지. 모르니까 이런 소리를 하는 거잖아. 딴 남자를 사랑하라니. 그게 말이 돼? 그게 정말 말이 된다고 생각해?"

흐느끼면서도 나루는 말했다.

"못 해, 난. 네가 아닌 사람을 사랑하는 거, 나는 못 해. 네가 못 하듯이, 나도 못 해. 네가 못 하는 걸, 나한테 강요하지 마. 나는 그냥."

나루가 젖은 눈으로 지후를 올려다봤다.

"나는 그냥 네가 죽든 살든. 그냥, 지후야. 그냥 사랑하고 싶어."

간절하게 응시하는 나루에게 매몰찬 말을 할 수 없었다. 지후는 늘 나루의 눈빛에 약했다.

지후도 나루의 앞에 쭈그리고 앉았다. 그리고는 엄지로 나루의 볼에 흐르는 눈물을 닦았다.

"나루야. 너는 날 살릴 방법이 있을 거라고 생각하는 거 알아. 하지만 나루야. 나는 12년 후에 죽을 거야. 네 곁에 있어 줄 수 없어."

"말했잖아. 네가 죽든 살든, 나는 널 사랑하고 싶다고."

"시한부야. 어쩌면 그보다 더 빨리 죽을지도 몰라."

"지후야, 나는. 혼자가 되는 게 무섭지 않아. 내가 정말 무서운 건, 너랑 사랑하지 못하는 채로 이 시간을 흘려보내는 거야."

"……."

"만약 네가 12년 후에 죽을 수밖에 없다면, 나는 이게 우리가 더 힘껏 사랑하라는 기회라고 생각해. 후회가 남지 않도록, 서로를 더 많이 사랑하고 아껴 주라는 기회."

"나루야."

"내가 알아서 할게."

나루가 볼에 닿아 있는 지후의 손을 꽉 잡았다.

"네가 죽은 후에 슬퍼하든, 뭘 하든, 그건 내가 알아서 할게. 내가 알아서 잘 견뎌 낼게. 그러니까 민지후."

나루의 까만 눈동자가 반짝 빛났다.

"넌 그냥 닥치고 내 사랑이나 받아."

닥치고 사랑이나 받으라는 여자를 거부할 수 있는 남자는 없을 것이다.

지후 또한 그랬다.

너무도 연나루다운 모습에, 지후는 그만 웃고 말았다.

내가 사랑하는 여자는 나를 잃는 순간을 겪었음에도 당당하고 거침이 없어서, 역시나 사랑할 수밖에 없었다.

지후는 두 팔을 벌려 나루를 끌어안았다. 간절히 원하고 또 원했던 나루의 자그마한 육체를 힘껏 끌어안았다. 그녀의 정수리에 얼굴을 묻고 그녀의 향기를 마음껏 즐겼다. 이것을 몹시도 하고 싶었다.

사무쳤던 향기가 지후의 후각을 자극했다.

"하, 나루야. 넌 정말."

"사랑할 수밖에 없지?"

지후가 웃었다.

"그래, 정말. 사랑해."

나루의 몸이 떨렸다.

나루는 울면서 웃고 있었다. 지후 또한 그랬다.

사무치는 시간이 지나 다시금 하나가 된 연인은, 울면서 웃으며 그렇게 서로의 체온을 나눴다.

슬프고도 행복한 공기가 둘을 에워싸고 있었다.

*　　　*　　　*

수화 연습을 시작한 지 한참이 지났는데도, 지후와 나루가 보이지 않았다.

윤영은 지후에게 문자를 보냈지만 답이 없었다. 그래서 전화를 걸었는데도 받지 않았다.

망설이다가 재경에게 다가갔다.

"재경아. 혹시…… 지후랑 연락돼?"

"아니, 연락 안 해 봤는데."

"아, 그래. 통화가 안 돼서."

"집에서 자나 보지."

"먼저 연습 와 있겠다고 했는데. 아직 동방에 있나?"

"동방엔 없을걸. 내가 문 잠갔거든."

"아, 그래."

"너, 괜찮은 거냐?"

"응?"

"얼굴이 좀…… 아파 보인다?"

재경의 말에 윤영이 손바닥을 볼에 가져다 댔다.

"그냥 요새 잠을 좀 못 자서."

"그럼 일찍 들어가서 좀 자지 그래?"

"응, 그럴까 봐. 지후도 없고."

재경은 힘없이 웃는 윤영이 마음에 걸렸다. 나루의 말에 따르면, 옛 시간에서 윤영은 나루와 아주 친했다고 했다.

나루의 이야기 속에 나오는 윤영과 지금 재경이 보는 윤영은 완전히 딴 사람처럼 보였다.

'얘가 의리파라고? 남자보다 친구를 중요시하는?'

그래도 나중에 친해질 사람이라고 하니 신경이 쓰였다.

어쩌면 지후와 나루가 이 시간으로 돌아오는 바람에, 윤영이 저런 모습으로 변한 것일지도 모른다.

그렇다면 윤영은 피해자다.

"데려다줄까?"

재경의 제안에, 윤영은 놀란 듯 눈을 크게 떴다.

"너, 진짜 아파 보여서. 가다가 쓰러질까 봐 걱정이다."

"네가 내 걱정을 해 줄지는 몰랐는데. 나 싫어하잖아."

"걱정을 하는 건 싫은 거랑은 관계가 없지. 데려다줄게. 가자."

"괜찮아. 혼자 갈 수 있어. 아픈 것도 아니고. 그리고 너, 아무 여자한테나 그렇게 친절하지 마. 여자가 오해해."

"넌 남친이 있잖아."

재경의 말을 들은 윤영이 쓰게 웃었다.

"그래, 난 남친이 있지."

*   *   *

약속한 시간이 되어 명진과 재경이 동아리방 문을 열어 주러 갔을 때, 지후는 무릎을 꿇고 앉아 나루에게 혼나는 중이었다.

오랫동안 헤어져 있던 커플의 가슴 저미는 재회를 기대했던 명진과 재경은, 동아리방에서 펼쳐지는 광경에 입을 다물 수가 없었다.

"이건 대체 뭔 분위기냐?"

명진이 안으로 들어가며 물었다. 지후가 무어라 말하려 했지만.

"지후 넌 할 말 없어. 그냥 있어."

나루에게 혼났다.

"아니, 지후는 왜 혼내는 건데? 덮쳤는데 거절하든?"

재경의 말에, 지후가 나루에게 무어라 말하려 했지만.

"앤 나한테 덮쳐질 자격도 없어."

나루가 선수를 쳤다. 둘이서 사랑을 하네, 마네 할 때와는 사뭇 다른 모습에, 명진과 재경은 웃음이 나왔지만 참았다.

"근데 진짜 왜 혼나는 거야?"

"윤영이 때문에."

나루가 말했다. 재경은 윤영의 수척한 얼굴을 떠올리며 고개를 끄덕였다.

"그래, 그럼 혼날 만하겠다. 사랑하지 않는 척하려고, 다른 여자랑 사귀는 척을 하다니. 윤영이 입장에선 진짜 몹쓸 짓이지."

"하지만 윤영이도 충분히 납득했고……."

지후가 변명하려 했지만.

"민지후."

나루의 무시무시한 부름에 입을 다물었다.

"윤영이가 널 좋아하는 걸 빤히 알면서 그런 짓을 한 건, 정말 안 되는 거였어. 누군가를 좋아하면, 어떻게든 그 사람 옆에 있고 싶은 법이라고. 넌 그 마음을 이용한 거야."

"그래, 할 말이 없다."

지후가 고개를 숙였다.

"당분간 모르는 척할게. 우리 관계를 티 내지도 않을 거야. 그러니까 지후야. 최대한 윤영이가 상처받지 않게 끝내. 알겠지?"

"응."

"천하의 민지후도 나루 앞에서는 말 잘 듣는 개구나."

지후의 이런 모습을 처음 본 재경은 놀랍기만 했다.

"개라니. 어감이 안 좋다. 강아지라고 해."

지후가 지적했지만.

"개도 너 같은 짓은 안 해!"

나루의 질책에 깨갱 물러났다.

"하여간 그래서. 얘기는 잘 된 거야?"

명진이 물었다.

나루는 지후와 눈을 맞췄다가 손을 맞잡고 웃었다.

"웅. 12년 후에 우리가 어떻게 될지 모르지만, 그동안 있는 힘 껏 사랑하기로 했어."

＊　　　＊　　　＊

나루는 집에 들어와 새삼스러운 기분으로 방을 둘러봤다. 처음 이 시간으로 돌아왔을 때의 일이 떠올랐다.

불과 두 달밖에 지나지 않았는데 무척 오래전의 일처럼 느껴지기도 하고, 바로 어제의 일처럼 느껴지기도 했다. 혼자 이 시간으로 돌아온 줄 알고 느꼈던 고독감과 외로움. 그 처절한 슬픔. 어두운 방에 혼자 웅크리고 누워 흐느끼던 밤들이 생생했다.

지후를 한 번 안아보고 싶지만 안아서는 안 되기에 서럽게 울던 나날들이 분명히 존재했었다.

그러나 오늘.

고독이 끝났다.

내게는 지후가 있다.

나를 기억하고, 나의 추억을 공유하는 민지후가 있다.

나루는 침대에 앉아 지후가 뽑아 준 토끼 인형을 끌어안았다.

"지후가 돌아왔어."

콧등이 시큰거렸다.

"지후가 돌아왔어."

지후와 포옹할 때에 전해진 그의 체온이 여전히 나루의 몸에 남아 있었다. 그의 향기와 체취가 아직도 나루를 에워싸고 있었다.

방금 전 헤어졌는데도 그가 그리웠다. 앞으로 쭉 그와 함께할 텐데도, 또다시 그를 안고 싶었다.

아직은 이 모든 것이 실감이 나지 않았다.

딩동—

초인종 소리에 나루는 벌떡 일어났다. 누구냐고 묻지 않아도, 누구인지 알 수 있었다. 달려가 문을 열자, 지후의 커다란 몸이 보였다.

지후가 후, 하고 웃으며 나루의 머리를 쓰다듬었다.

"상대를 좀 확인하고 문을 열어."

"너일 줄 알았어."

지후가 옅은 미소를 지었다. 이 미소가 몹시도 그리웠다. 나루는 손을 뻗어 그의 뺨을 쓰다듬었다. 그와 눈을 맞추고 그의 얼굴을 마음껏 만질 수 있는 자격이, 또다시 주어지게 될 줄은 몰랐다.

옛 시간에서는 당연했던 것들이, 이제는 아주 특별하고 소중한 것이 되었다.

옛 시간에서는 익숙해졌던 것들이, 이제는 아주 설레고 떨리는 일이 되었다.

지후는 뺨에 닿은 나루의 손을 살짝 쥐고 떼어 내, 그녀의 손가락에, 손등에, 손목에 입을 맞췄다.

"들어가도 돼?"

그가 물었고.

"응, 물론이지."

나루는 대답했다. 지후는 안으로 들어와 새삼스럽다는 듯 방을 둘러봤다.

"이 방에 다시 들어오는 일은 없을 줄 알았는데."

"그러게."

"네 20살의 얼굴을 다시 보게 될 줄도 몰랐고."

"역시 젊은 여자가 좋지?"

나루의 장난스러운 질문에 지후의 눈이 가늘어졌다. 나루가 놀리듯 말할 때면, 지후는 늘 이런 표정을 짓곤 했다.

"난 그냥 연나루가 좋아. 과거에도, 현재에도, 그리고 미래에도."

그의 다정한 음성이 꿈결처럼 들려왔다.

구름 위에 붕 뜬 기분이었다.

"기분 참 이상하다. 너랑 분명 12년을 알고 지냈고, 그중 9년을 사귀었었는데, 다시 처음부터 시작하는 기분이야."

"응, 나도 그래."

"두근거려."

"나도."

지후가 나루의 손을 자신의 가슴 위에 얹었다. 그의 심장이 두근, 두근, 조금 빠르게 뛰는 것이 전해졌다. 조용한 방 안에서, 둘은 한동안 서로를 응시하고 있었다. 시간이 가는 줄도 모르고, 앉는 것도 잊은 채, 그리웠던 서로의 얼굴을 응시했다.

지후가 엄지로 나루의 눈썹을, 눈가를, 볼을 쓰다듬었다. 그의 손가락이 나루의 귓불을 살짝 만지작거렸고, 나루는 천천히 눈을 감았다.

이제 곧 입맞춤이 이어지겠지.

"어쩔까?"

그러나 지후는 나루의 예상을 깨고 물었다.

"응, 뭘?"

나루가 다시 눈을 뜨고 그를 올려다봤다.

"옛 시간 때처럼 친구부터 시작할까, 아니면 지금부터 연인처럼 행동할까?"

질문이 끝나자마자 나루는 지후의 손목을 잡아끌었다. 힘주지 않아도 이끌려 오는 지후를 침대에 앉힌 나루는, 그의 허벅지 위에 올라타 그의 목에 두 팔을 감았다.

그녀는 도발적인 눈으로 지후를 응시했다.

"친구부터 시작할 수 있겠어?"

지후의 눈이 가늘어졌다.

"가능할지도."

"내 몸에 손대면 안 되는데? 내가 지금 이렇게 섹시한데?"

지후가 씩 웃었다.

"노력하면 안 될 게 없지. 내가 그동안 너한테 어떻게 행동했는지 잊은 거야?"

원하는 대답이 들려오지 않자, 나루는 입술을 비쭉 내밀었다. 하지만 그것도 잠시.

나루는 지후의 어깨를 두 손으로 밀었다. 지후는 버티지 않고 그대로 드러누웠고, 나루는 지후를 위에서 내려다보며 속삭였다.

"나는 지금 당장 해야겠어."

나루는 허리를 굽혔다. 그녀의 얼굴이 다가오자 지후는 눈을 감았다. 나루는 그의 눈썹에 꼼꼼히 입을 맞췄다. 눈썹과 눈에, 볼에, 귓불에. 부드러운 입술이 낙인을 찍듯 눌렀다가 떨어졌다.

지후가 몸이 달 정도로 느리게, 조심스럽게 입을 맞춘 나루는 그의 붉은 입술 위에 살며시 입술을 겹쳤다.

간절히 원했던 그의 입술은, 기억과 같았다. 뜨겁고 부드럽고 촉촉한 입술 위에, 아주 오랫동안 입술을 겹치고 있었다.

입술의 온도가 섞여 같은 온도가 될 때까지.

숨결이 섞여 같은 향기가 날 때까지.

오래도록 꼼짝도 않고 입술을 맞대고 있었다. 이윽고 입술을 뗀 나루가 허리를 펴고 지후를 내려다봤다. 감겨 있던 그의 눈이 서서히 벌어지며, 그의 맑은 눈동자가 모습을 드러냈다. 그는 '왜 그만둬?'라는 눈으로 나루를 보고 있었다.

나루는 장난기 가득한 눈으로 웃으며, 지후의 앞머리를 쓸어 뒤로 넘겼다.

"여기까지야."

"응?"

"내가 지금 당장 하려는 건 여기까지라고."

지후는 무슨 뜻인지 모르겠다는 듯 눈을 크게 떴고, 나루는 우아하게 웃으며 말했다.

"옛 시간 우리는 24살에 첫 경험을 했지. 아무리 시간을 돌아왔대도 그건 바뀌지 않을 거야."

지후가 말도 안 된다는 듯 미간을 좁혔다.

나루는 손가락으로 지후의 미간을 살살 문지르며 말했다.

"노력하면 안 될 게 없으니까, 어디 한 번 잘 참아 봐."

*　　　*　　　*

나루의 집에서 나온 지후는 잠시 복도에 서서 나루의 집 문을 응시했다. 매일 밤 이렇게 그녀의 집 앞에서 그녀의 현관문을 응시했었다는 것을, 그녀는 모를 것이다.

닫힌 이 문을 내 손으로 마음껏 열고 들어갈 수 있는 날이 영원히 오지 않을 줄로만 알았다. 그녀의 얼굴을, 육체를 마음껏 만질 수 있는 날은, 이제 없으리라고 생각했다.

다시금 그녀와 사랑할 수 있다는 사실이 꿈만 같았다.

'앞으로 12년.'

12년 후에 자신은 죽는다.

'12년 간, 온 힘을 다해서 사랑해야지.'

옛 시간, 어쩌면 그녀를 서운하게 했을지도 모르는 일들, 외롭게 했을지도 모르는 시간들.

이 시간에서는 없도록 힘껏 그녀를 사랑하고 아껴 줘야지.

몇 시간이나 그녀와 붙어 있었는데도 아쉬움에 발길이 떨어지지 않았다. 간신히 걸음을 옮겨 집으로 향하며, 그녀의 도발적인 모습을 떠올렸다.

—노력하면 안 될 게 없으니까, 어디 한 번 잘 참아 봐.

그렇게 말하며 짓궂게 웃는 나루의 모습은 예쁘고 작은 악마 같았다.

지후는 때때로 그런 짓궂은 모습을 보이는 나루를 참으로 사랑했다.

집으로 들어가니, 거실에 재경이 잠들어 있었다. TV를 보다가 잠든 모양인지 TV가 켜져 있었다.

재경의 옆에 앉아 TV를 끄고, 지후는 잠든 재경의 얼굴을 들여다봤다. 늘 잘생긴 얼굴이라고 생각했지만, 20살로 돌아와 보니 20살 재경의 얼굴은 반짝반짝 빛이 났다.

이렇게 잘생긴 얼굴로 연애 한 번 제대로 안 한 이유는 나루 때문이었다. 정리하지 못한 감정, 고백하지 못한 감정. 그것이 남아, 옛 시간에서 재경은 연애를 하지 않았다.

간혹 여자를 만나는 경우도 있기는 했지만, 짧은 만남으로 끝이 나곤 했다.

―적당히 고르고 연애 좀 해.

지후가 그리 말하면.

―바빠. 연애도 사치다, 요샌.

재경은 아무렇지도 않게 그리 답했다. 자신에게 그렇게 말해야만 했던 재경의 심정을 생각하니 가슴이 쓰렸다.

"너는 나쁜 적 없어."

지후는 작은 목소리로 말했다.

지후가 물에 빠져 죽을 뻔한 이후, 재경은 나루를 멀리하기 시작했다. 그러다가 지후에게 고백했다. 질투했노라고, 그런 자신이 싫었노라고.

사실은 그때 말해 주고 싶었다.

옛 시간에서 네가 어떠했는지. 나와 나루의 사랑을 위해, 네가 얼마나 오랫동안 그 감정을 감추고 있었는지. 그런 네 마음을 눈치채지 못한 나야말로 얼마나 이기적이었는지.

"너는 늘 나한테 최고의 친구였어."

고마움과 미안함을 담아 속삭인 말에, 재경이 잠긴 목소리로 대답했다.

"응, 알아. 그러니까 징그럽게 굴지 말고 들어가서 자라."

"언제 깼냐?"

"방금."

"너야말로 방에 들어가서 자야 하는 거 아냐?"

"그러려고 했는데, 지금 어떤 표정으로 널 봐야 할지 모르겠다. 고백받은 기분이거든."

재경의 장난스러운 말에, 지후는 쓴웃음을 지었다. 그래, 항상 이렇게 좋은 친구였다. 이런 상황에서마저 지후의 기분을 생각해 장난으로 분위기를 바꾸려는, 이런 좋은 친구.

"얼른 들어가 버려. 그래야 나도 눈을 뜰 수 있을 것 같으니까."

"그래."

지후가 일어나 방으로 들어갔다. 지후가 문을 닫는 소리가 들리고 그제야 재경은 눈을 떴다.

가슴이 시큰시큰 아팠다.

지후와 나루가 잘되어서 기뻤다. 이건 진심이다. 그러나 가슴에 이는 통증은 어찌할 수가 없었다.

이 통증이 친구를 배반하는 것만 같아 속이 상했다.

'언젠가는 괜찮아질까?'

옛 시간의 성재경은 아마도 쭉 나루를 사랑했을 것이다.

'그 성재경은, 어떻게 이 기분을 견뎌냈을까?'

*   *   *

윤영은 1교시 강의실에 들어가자마자 지후를 찾았다. 그러나 지후는 없었다. 그래서 나루를 찾아봤더니, 나루도 없었다.

재경에게 물어볼까 하다가 관뒀다. 너무 집착하는 여자로 보이고 싶지 않았기 때문이다.

어젯밤 계속 전화를 해 보고 싶은 걸 간신히 참았다. 오늘이면 볼 수 있다는 생각에 잠도 못 자고 아침이 되기를 기다렸다.

그런데 지후가 수업에 안 나오다니. 그것도 나루까지.

'물론 내가 지후랑 진짜로 사귀는 건 아니지만.'

배신을 당한 기분이었다.

'대체 나루랑 무슨 짓을 하고 있는 거야, 어제부터?'

수업이 시작됐지만 집중할 수가 없었다. 열리지 않는 강의실

문을 몇 번이나 돌아보며, 지후든 나루든 나타나 주기를 바랐다.

1교시가 거의 끝나갈 무렵 조용히 뒷문이 열리고 지후가 들어왔다. 함께일 줄 알았던 나루는 보이지 않았다.

'같이 있는 게 아니었나?'

안도의 한숨을 내쉬었다. 지후와 눈이 마주쳤다.

지후는 눈을 살짝 크게 떴다가 곧 윤영의 시선을 피했다.

윤영은 지후가 온 걸 확인하자마자 나아졌던 기분이 다시 가라앉았다.

짝사랑은 이렇다. 상대의 행동 하나에 기분이 들쑥날쑥. 하루에도 몇 번씩 파도처럼 움직인다. 싫다.

10분쯤 지나 1교시가 끝났다.

쉬는 시간이 되자마자 윤영은 지후에게 다가갔다.

"지후야."

지후가 고개를 들었다.

"어제 연락이 안 되던데, 무슨 안 좋은 일 있었던 건 아니지?"

"응, 그런 거 아니야."

"그래, 다행이다. 갑자기 연락이 안 돼서 안 좋은 일 있는 줄 알고. 어제 연습도 안 나오고."

"그럴 일이 좀 있었어."

무슨 일인데? 나루랑 관계된 일이야? 나루랑 같이 있었어?

안에서 소용돌이치는 질문들을 꿀꺽 삼켰다.

"아, 그렇구나."

여러 개의 질문보다 힘든 한마디를 내뱉었다.

지후는 윤영을 물끄러미 응시하다가 말했다.

"윤영아, 이따가 저녁 같이 먹자."

지후가 먼저 데이트 신청을 하는 건 처음이었다. 하지만 기쁜 마음보다는 심장이 쿵 내려앉았다.

지후의 표정 때문이었다. 그의 신중하고 진지한 눈빛에서, 이것이 그냥 데이트 신청이 아니라는 걸 깨달았다.

"싫어."

윤영의 대답에 지후가 작게 한숨을 쉬었다.

"할 이야기가 있어."

"응, 그래서 싫어."

"윤영아."

"싫어, 저녁 같이 안 먹을 거야."

윤영은 휙 돌아섰다.

"6시에 학교 교문 앞에서 기다릴게."

"기다리지 마."

"기다릴게."

"기다리지 마. 안 갈 거니까. 전화도 안 받을 거야."

피할 수 있다면 피하고 싶었다. 늦출 수 있다면 늦추고 싶었다. 함께하는 시간이 길어지면, 그의 마음이 내게로 향할지도 모르니까. 그저 말뿐인 연인 관계라도, 최대한 길게 늘리고 싶었다.

고집스러운 모습이 안 좋게 보이리라는 걸 알면서도, 윤영은 자리로 돌아가 정면을 응시했다.

실제로 사귀는 것이 아니지만 겉으로나마 사귀는 이 관계를, 윤영은 절대로 끝내고 싶지 않았다.

*　　*　　*

나루는 침대에 누운 채로 천장을 올려다봤다. 어제 지후는 나루가 잠들 때까지 옆에 있어 주었다. 늘 뒤척이다가 잠이 들곤 했는데, 지후 덕에 곧바로 잘 수 있었다.

아침에 일어나기 힘들어서, 지후에게 문자로 '오늘은 수업 패스할래.'라고 보낸 후 빈둥거리는 중이었다.

까무룩 잠이 들었다가 깨기를 반복했다.

점심시간쯤 지후의 목소리가 듣고 싶어 전화를 하려고 했는데, 지후에게 문자가 와 있었다.

[오늘 저녁에 윤영이랑 얘기하려고. 많이 늦을 것 같아.]

'오늘 얘기하려는구나.'

나루는 착잡한 기분으로 문자를 응시했다.

지후를 앞에 둔 윤영의 표정이 떠올랐다. 사랑에 빠진 여자의 생기발랄하고 행복한 표정과 반짝거리는 눈빛. 나루가 지후를 사랑하듯, 윤영도 그러고 있었다.

윤영이 겉으로는 강단이 있어도 속은 얼마나 여린지 자신은 알고 있었다. 윤영이 허물어지는 모습을 봐야 하는 것이, 그럴 때에 윤영을 위로해 줄 수 없는 것이 무척이나 슬펐다.

'하지만 어쩔 수 없어, 윤영아.'

나루는 침대에서 내려와 책상 앞에 앉았다.

'지후는 넘겨줄 수 없어. 지후는 나랑 사랑을 해야 돼. 12년 후 그 날이 될 때까지, 그때 내가 지후를 구할 수 있을 때까지.'

머리가 맑게 개었다.

[응, 얘기 잘하고 와.]

지후에게 답장을 보낸 후, 나루는 책상을 노려봤다. 이제 곧 대학 축제가 시작되고, 축제가 끝나면 곧바로 기말고사 준비에 들어가게 된다. 그리고 기말고사 후에는 여름 방학이다.

올해 여름 방학, 윤영의 동생인 지완이 죽는다. 어떻게든 지완의 운명을 바꿔야만 했다.

'바꾸지 못하면.'

증명이 된다.

죽음을 피해 갈 수 없다는, 지후의 가설이.

* * *

윤영은 벽걸이 시계를 뚫어져라 노려봤다.

시간은 흐르고 있었다.

똑딱—

똑딱—

초침이 움직이는 것을 따라, 윤영의 눈동자도 움직였다.

똑딱—

똑딱—

지후는 6시에 교문 앞에서 기다리겠다고 했다.

현재 시간 7시 30분.

'아직도 기다리고 있을까?'

그럴 것 같다는 생각이 들었다. 아까의 지후는 각오를 다진 눈빛이었다. 그동안 윤영에게 흘리듯 '이런 건 너만 힘들게 할 뿐이야.'라고 말할 때와는 달랐다.

이제 윤영이 아무리 매달리고 애원해도, 굳건한 눈동자가 흔들리는 일은 없으리라는 걸 예감할 수 있었다.

똑딱—

똑딱—

또 시간이 흘렀다.

9시가 되었다.

무시하고 내 일이나 하면 그만이다. 만화책을 좀 보면 시간이 빨리 지나갈 것이다. 12시쯤 되어 침대에 눕고 잠이 들면 내일이 온다. 내일이 되면 지후는 또 만나자고 하겠지만, 그때도 무시하면 그만이다.

이렇게 피하고, 또 피하다 보면…….

'뭐가 남을까?'

만나지도 못하는 사이, 눈도 못 마주치는 사이, 손 끝 하나 댈 수 없는 사이.

그런 사이가 되어 버리는 게 아닐까.

윤영은 눈을 질끈 감았다. 흘러가는 시간을 확인하고 싶지 않았다. 지후가 몇 시간을 기다리든, 나는 나가겠다고 한 적이 없다. 그러니까 미안할 것도, 신경 쓸 것도 없다.

그런데도.

윤영은 다시 눈을 뜨고 시간을 확인했다.

그런데도 자꾸만 신경 쓰이는 것은, 그를 사랑하기 때문이다. 교문 앞에 우두커니 서서 기다리고 있을 지후를 떠올리면, 가슴이 아렸다.

'나갈까?'

하지만 무서웠다.

지후는 냉정한 목소리로, 이 관계의 끝을 고할 것이다.

'관계.'

윤영은 쓰게 웃었다.

'대체 우리가 무슨 관계지?'

좋아한다는 말조차 할 수 없는 관계. 타인보다도 못한 관계.

그런 관계인데, 왜 이리도 이 관계를 놓을 수 없는 걸까.

'그래도 지후는 지금 날 신경 쓰고 있잖아.'

지금 지후에게 가면, 앞으로 지후는 그 작은 관심조차 윤영에게 주지 않을 것이다. 그에게 아무것도 아닌 여자가 되느니, 성가셔도 신경 쓰이는 존재로 남고 싶었다.

윤영은 침대에 누워 이불을 끝까지 끌어올렸다. 시간을 확인하지 않을 것이다. 지후를 만나러 가지 않을 것이다.

나는 이렇게라도 그의 세계 안에 속해 있을 것이다.

*　　*　　*

딩동—

초인종이 울렸다.

지후인가 싶어 후다닥 달려가 현관문을 열었는데, 재경이 서 있었다.

나루의 표정을 본 재경이 한숨을 쉬었다.

"지후, 아직도 안 왔어?"

"응."

"김윤영이 약속 장소에 나가지 않았나 보네."

"글쎄. 얘기가 길어지는 걸지도 모르지."

나루의 말에 재경이 미간을 좁혔다.

"나루, 너는 김윤영을 너무 좋게만 보는 것 같아. 이 시간의 김윤영은 네 시간의 김윤영이 아니야. 내가 네 시간의 성재경이 아닌 것처럼."

"응, 하지만 기본적인 건 바뀌지 않았을 거라고 생각해. 너는 내 시간의 성재경이 아니지만, 내 시간의 성재경처럼 지후를 위해 나를 포기했잖아."

"지후를 위해 널 포기한 게 아냐. 너도 지후를 좋다고 하니까 포기할 수밖에 없었던 거지. 적어도 나는 네 시간의 성재경과 달리, 고백도 하고 진상도 부려 봤잖아."

재경의 장난스런 말에 나루가 웃었다.

"진상이라니. 그렇게까지 진상은 아니었어."

"그래, 김윤영 정도는 아니었겠지."

재경이 다시 윤영의 이름을 끄집어냈다.

재경의 말대로 이 시간의 윤영은 연나루의 김윤영이 아니었다. 그러나 윤영에 대해 안 좋은 이야기를 하는 것은 유쾌하지 않았다.

"윤영이는 그저 조금 다른 방식으로 사랑을 하고 있을 뿐이야."

나루의 두둔에 재경이 피식 웃었다.

"그래, 뭐. 다른 방식이라면 다른 방식일지도. 하여간 난 그 다른 방식을 못 봐주겠고, 내 친구 놈이 거기에 휘둘려서 전전긍긍하는 것도 싫어. 김윤영, 지금 어디 사는지 알지?"

"알긴 하는데, 그건 왜?"

"찾아가게."

"찾아가서 뭘 어쩌게?"

"끌어내서 지후 앞에 데려다 놔야지."

"재경아."

"아, 그런 식으로 내 이름 부르지 마, 설레니까."

그저 농담만은 아닌 것 같아서, 나루는 아랫입술을 잘근 깨물었다가 말했다.

"너, 나빴어. 그런 말 하면 내가 약해지는 거 알면서."

"응, 맞아. 난 나빴어. 그러니까 나쁜 역할은 그냥 나한테 맡기고, 니들은 알콩달콩 사랑이나 해."

"재경아."

"그렇게 내 이름 부르지 말라니까."

"그런 거라면 그냥 내가 가서 말할게. 너한테 나쁜 역할 시키기 싫어."

재경이 어쩔 수 없다는 듯 웃었다.

"그냥 해 본 소리야, 그런 건. 그리고 김윤영이 지금 네 얘기를 듣기나 하겠냐? 널 싫어하는데? 걔한테는 내 말이 더 먹힐 거야. 어쨌든 나는 민지후의 친한 친구니까."

"그건 그렇지만……."

"강제로든 어떻게든 답을 내야 돼. 그러지 않으면 김윤영이 받는 상처만 더 깊어질 거고, 너에 대한 증오도 커질 거야. 주소 알려 줘. 이 지긋지긋한 관계 좀 어떻게 해 봐야겠으니까."

"누나, 누나. 누가 찾아왔어. 남자야, 남자!"

방문 밖에서 동생 지완의 호들갑스러운 목소리가 들려왔다. 윤영은 왈칵 짜증이 났다.

"시끄러!"

"아, 진짜로 남자가 찾아왔다니까!"

누군지는 안 봐도 뻔했다. 지후일 것이다. 교문 앞에서 기다리다 못해 찾아온 것이겠지.

시간은 밤 11시가 다 되어 가고 있었다. 남의 집을 방문하기에는 늦은 시간이다.

'그냥 집으로 돌아갈 것이지.'

윤영은 이불을 뒤집어썼다.

"아, 누나. 진짜 잘생긴 형이 찾아왔다고. 왜 튕겨? 나가 봐, 얼른."

지완이 지치지도 않고 떠들어댔다.

윤영은 지완의 입을 틀어막고 싶었다. 5살 터울의 남동생은 부모님의 사랑을 듬뿍 받고 자라서, 버릇이 없고 제멋대로 굴었다.

안 그래도 귀찮은 동생이, 방해받고 싶지 않은 순간에 떠들어대니 '확 죽어 버렸으면 좋겠어.'라는 생각까지 들었다.

"비싼 등록금 내면서 대학 보내 놨더니 연애나 하고 돌아다니고. 엄마한테 일러야지."

놀리듯 말하는 지완의 목소리에, 더는 참지 못하고 방문을 열어젖혔다. 주먹으로 지완의 머리를 콱 쥐어박았다.

"야, 너 까불래?"

"아씨! 왜 때려? 내가 뭘 어쨌는데? 누가 찾아와서 알려 준 건데 왜 때리고 난리야?"

"안 만날 거야. 돌아가라고 해."

"내가 누나 심부름꾼이냐? 누나가 직접 말해!"

괜히 꿀밤을 맞은 지완은 화가 났는지 버럭 외치고 자기 방으로 들어가 버렸다.

윤영은 난처해졌다. 지후는 대문 앞에서 기다리고 있을 것이다. 아마 윤영이 나올 때까지 서 있을 작정인지도 모른다. 그러면 귀가하는 부모님과 마주칠 것이 분명했다.

'엄마, 아빠 귀에는 들어가면 안 돼.'

윤영의 부모님은 엄한 편이었다. 특히 지난 번 윤영이 바람둥이 남자친구에게 차이고 몇 달을 폐인처럼 지낸 이후에는, 윤영의 남자관계에 더 예민해졌다. 그때 이후로는 남자에 관심이 없는 척, 쿨한 척 지내 왔지만, 지후가 부모님에게 모든 것을 말해 버리면 끝장이었다.

어쩔 수 없이 옷을 갈아입고 밖으로 나갔다. 그러나 대문을 열자마자 보인 건, 지후가 아닌 재경이었다. 생각지도 못한 인물의 모습에, 윤영은 대문 손잡이를 잡은 채로 굳었다. 벽에 기대어 삐딱하게 서서 바닥을 내려다보던 재경이 대문 열리는 소리를 듣고는 고개를 들었다.

눈이 마주쳤다.

윤영은 대문을 닫으려 했지만, 한발 늦었다. 눈이 마주치자마자 달려온 재경이 닫히려는 문을 잡았다.

재경의 갈색 눈동자가 윤영을 똑바로 노려봤다.

"김윤영, 도망치지 마."

윤영은 눈을 부릅뜨고 문을 닫으려고 했지만, 재경의 힘을 이길 수는 없었다. 재경은 대문을 열어젖히고 윤영의 손목을 잡아 끌어냈다.

"이거 놔!"

윤영이 외쳤지만, 재경의 손에는 여전히 힘이 들어가 있었다.

"이거 놓으라고!"

"안 놓을 거야. 애쓰지 마."

"놓으라니까! 너, 이거 폭력이야!"

"어, 알아. 고소해 버려. 일단 지후를 만나고 나서."

"나는 지후 만날 생각 없어. 내가 왜 걔를 만나야 돼?"

"지후가 아직도 널 기다리고 있으니까."

그 말에 심장이 두근, 뛰어서 화가 치밀었다. 그래 봐야 '헤어지자.'는 말을 하기 위해 기다리는 것일 텐데, 그가 나를 몇 시간째 기다리고 있다는 말에 설레다니.

사랑에 빠지면 바보가 된다.

"난 분명 안 나갈 거라고 말했어. 기다리지 말라고도 했고. 지후가 날 기다리는 건 지후 사정이지, 내 탓이 아냐."

"그래, 네 말이 맞아. 하지만 난 지후 친구로서……."

"민지후가 연나루를 좋아해!"

윤영이 바락 외쳤다.

재경이 걸음을 멈추고 윤영을 돌아봤다. 윤영은 눈에 힘을 주고 재경을 노려보며 말했다.

"민지후가 연나루를 좋아해. 그런데도 걔가 네 친구야? 네가 이럴 가치가 있어?"

"……."

"지후, 아마도 오늘 나한테 헤어지자는 말 하려고 만나자는 걸 거야. 어제 지후랑 나루랑 둘이 나란히 동아리 활동 안 한 거 기억하지? 걔네 둘이 밤새 같이 있었을 게 분명해. 그리고 둘 사이에 무슨 일이 있었으니까 나한테 헤어지자고 하려는 거겠지. 그런데도 민지후가 네 친구라며 나한테 이런 짓을 할 가치가 있어?"

"……."

"네가 좋아하는 연나루를, 민지후도 좋아하는데. 민지후가 널 배신한 건데, 네가 이래야 할 이유가 있어? 아직도 걔가 네 친구야?"

둘 사이를 이간질할 생각은 없었다. 그러나 미워서, 그러나 헤어지기 싫어서, 윤영은 입에서 나오는 대로 떠들어댔다.

묵묵히 윤영의 이야기를 듣던 재경이 말했다.

"지후는 항상 가치가 있어, 나한텐. 나는 지후를 위해 뭐든 할수 있어. 지후도 나를 위해 뭐든 할 거고."

"하? 네가 좋아하는 여자를 빼앗으려고 하는데, 그게 널 위해 뭐든 할 수 있는 친구라는 거니?"

"응, 그런 친구야. 지후는 늘 그런 친구였고, 나도 그런 친구가 되고 싶어. 그러니까 가치가 있어, 민지후는."

윤영은 이를 악물었다. 화려하고 가벼운 놈이라고만 생각했던 재경은, 묵직하고 신중한 눈빛을 하고 있었다. 그 눈동자에 담긴, 지후를 향한 애정과 신뢰는 몇 마디 말로 흔들릴 성질의 것이 아니었다.

"민지후가 연나루를 사랑해. 연나루도 민지후를 사랑하지. 나는 그 두 사람이 서로 사랑하는 모습을 보고 싶어. 네가 방해를 한다고 둘의 사이가 멀어지진 않겠지만, 그래도 그 두 사람이 네 눈치를 보는 건 싫어."

"나도 민지후를 좋아해."

"그래, 알아."

"나도 민지후를 사랑한다고."

"그래, 알아."

"연나루가 민지후를 사랑하는 만큼, 어쩌면 그보다 더 민지후를 사랑한단 말이야."

울먹이는 목소리로 말하는 윤영을, 재경은 안타깝다는 듯 응시했다.

"안 좋아하려고 했어. 남자한테 상처받는 건 지긋지긋해서, 남자 같은 거 사귀고 싶지도 않았어. 그런데 좋아졌어. 내가 얼마나 치졸하고 바보 같아 보이는지 알아. 그런데도 좋은데 어떻게 해? 그런데도 못 접겠는데, 대체 어떻게 하란 말이야? 나도…… 나도 지후를 많이 좋아하는데."

윤영의 눈에서 눈물이 흘러내렸다. 재경은 망설이다가 윤영의 눈물을 닦아 줬다.

재경의 친절이 놀라운 듯, 윤영이 눈을 동그랗게 뜨고 재경을 올려다봤다.

"그래서 지금 넌 행복해?"

재경의 질문이 윤영의 가슴에 콱 꽂혔다.

"지금 이렇게 지후와의 관계를 질질 끌고 있는 게, 너는 행복해?"

"물론…… 물론 행복하지 않아. 매일 가슴이 아파. 하지만 지후와 아무 관계없는 사람이 되는 게 더 싫어. 그게 더 무서워."

"왜 아무 관계가 없는 사람이 될 거라고 생각하는 거야? 좋은 친구가 된다는 선택지도 있잖아."

"아니, 그런 건 없어. 이렇게 좋아하는데, 어떻게 친구로 남아? 나는 지후 옆에 내가 아닌 다른 여자가 있는 걸, 웃는 얼굴로 지켜볼 수 없어. 매일, 매일 가슴이 아플 거야."

"하지만 그 아픔도 언젠가 무뎌지고, 또 언젠가는 진심으로 웃으면서 지켜볼 수 있는 날이 오지 않을까?"

다정하게 묻는 재경을, 윤영은 물끄러미 응시했다. 선이 고운 눈썹과 크고 예쁜 눈, 그린 듯 오뚝한 코와 붉은 입술. 이 잘생긴 남자는, 많은 여자들의 사랑을 받는 이 남자는, 하필이면 가장 친한 친구가 사랑하는 여자를 사랑하게 되어 버렸다.

그리고.

"그런 날은 오지 않을걸."

꿈인데도 현실보다 더 현실 같은 꿈이 떠올랐다. 그 꿈에서 재경은 나루를 향한 마음이 접히지 않는다고 토로했다. 보는 이마저 가슴이 먹먹할 만큼 슬픈 눈으로, 나루를 향한 사랑을 접을 수 없다고 고백했다.

"그런 날은 절대로 오지 않을 거야, 재경아."

순간 재경의 눈동자가 일렁 흔들렸다. 그러나 그 흔들림은 아주 짧았다.

"그래, 그럴지도 모르지. 하지만 그건 내가 견뎌 내야 할 내 문제야. 내 문제를 내 친구와 내 사랑하는 여자에게 짊어지게 하고 싶진 않아. 그래서 나는 앞으로 있는 힘껏 나루를 사랑하지 않으려고 노력할 거고, 이 마음을 드러내지 않으려고 노력할 거야."

"그래서 네가 얻는 게 뭔데?"

"글쎄."

재경이 피식 웃으며 고개를 옆으로 기울였다.

"약간의 허세?"

*   *   *

—어느 날엔가, 이런 말을 할 수 있게 될지도 몰라.

윤영은 학교를 향해 걸어가며, 재경의 말을 떠올렸다.

—나, 내 친구를 위해 여자를 포기한 놈이야. 굉장하지 않아?

옅은 미소를 지으며 말하는 재경이, 꿈에서 본 재경과 겹쳐졌다.

—누군가에게 말할 수 없더라도, 적어도 내 자신은 뿌듯할 거야. 난 내 친구를 위해 내 마음을 잘 감추고 있어. 정말 속 깊은 놈이야, 나는.

현실일 리 없는데도 현실 같은 그 꿈속의 재경은, 그렇게 뿌듯해 보이지 않았다. 하지만 애써 미소를 지으며 말하는 그에게 윤영은 그런 이야기를 할 수는 없었다.

가슴이 아팠다. 앞으로 지후에게 들을 말 때문이 아니라, 재경 때문에 가슴이 아팠다.

재경은 앞으로 두 번 다시는 여자를 사랑하지 못할 것이다. 나루를 잊지도 못할 것이다. 늘 그렇게 나루를 그리워하고 친구를 질투하며 살아가게 될 것이다. 그리고 그 두 사람이 결혼을 약속하게 되는 그 날, 재경은 슬퍼하다가…….

'내가 무슨 생각을 하는 거야? 그건 그냥 꿈일 뿐인데. 10년이 넘게 짝사랑을 하는 지고지순한 남자가 있을 리 없잖아. 게다가 재경이는 잘생겼으니까 주변에 여자들도 엄청 많을 거고.'

윤영은 머릿속을 차지한 망상을 털어냈다.

저 멀리, 교문이 보였다. 그리고 교문 한쪽에 우두커니 서 있는 남자가 보였다. 정면을 응시한 채 꿈짝도 하지 않는 검고 큰 남자의 실루엣.

지후가 여전히 윤영을 기다리고 있었다.

"왜 아직까지 기다리고 있어?"

지후의 앞에 서서 책망하듯 물었다.

"올 줄 알았어."

지후의 다정한 목소리를 듣자 욕심이 생겼다. 이 목소리를, 저 눈빛을 오롯이 내 것으로 만들고 싶었다. 하지만 윤영은 그럴 수 없다는 것을 알고 있었다.

현실일 리 없는데도 현실 같은 그 꿈속에서, 지후는 나루의 것이었다. 그리고 이 현실에서도 마찬가지라는 걸, 윤영은 알고 있었다.

"안 오려고 했어."

"응. 하지만 왔잖아."

"정말로 안 오려고 했어. 나는 안 온다고 하면 안 오는 사람이야."

윤영이 고집스럽게 말하자, 지후가 빙그레 웃었다. 역시나 욕심이 생길 수밖에 없는, 다정한 미소였다.

"아니, 넌 그런 사람 아냐."

"네가 나에 대해서 뭘 안다고 그래?"

"네가 생각하는 것보다 훨씬 더 잘 알아. 그래서…… 하아."

지후가 깊게 한숨을 내쉬고 말을 이었다.

"미안해, 윤영아. 네 마음을 알면서도 널 이용해서."

"그건 됐어. 내가 그래도 된다고 했잖아. 내가 그러라고 했잖아."

"그래도 난 그렇게 하면 안 되는 거였어. 안 된다는 걸 알고는 있었는데, 미안해. 내가…… 의지할 사람이 없었어."

"의지가 되는 사람이었어, 내가?"

윤영은 지푸라기라도 잡고 싶었다.

지후가 울듯이 웃었다.

"그래, 그런 사람이야. 하지만."

"거기까지만. 거기까지만 들을래."

윤영이 지후의 말을 끊었다. 난처하다는 듯 내려다보는 지후에게, 윤영은 말했다.

"나는 너에게 의지가 되는 사람이었다는 걸로, 됐어. 그래, 그거면 됐어. 그러니까 거기까지만 들을래."

"윤영아……."

"연인인 척하는 거, 오늘로 끝내자."

윤영은 울음을 삼키고 말했다.

"연락하는 것도, 데이트하자고 조르는 것도, 이제는 안 할게. 인사만 나누는 대학 동기로 돌아갈게. 그러니까 또 의지할 사람이 필요하면, 그때는…… 그때는 지후야."

"너한테 말할게."

목이 메어 제대로 말을 잇지 못하는 윤영을 지켜보다가, 지후가 대신 말했다.

"이해해 줘서 고마워. 그리고 정말로 미안해."

"늦었어, 가."

윤영은 고개를 숙였다.

우는 모습을 보이고 싶지 않았다. 지후는 잠시 망설이다가 곧 대답했다.

"그래, 갈게. 조심해서 들어가."

다른 때라면 밤길이 위험하니 데려다주겠다고 말했을 것이다. 하지만 이제는 그런 배려로 윤영을 흔들리게 할 수 없었다.

지후는 윤영을 놓아 두고 돌아가는 발걸음이 무거웠다. 자신은 윤영에게는 정말로 못할 짓을 했다.

아무리 의지할 사람이 필요했어도, 도움이 필요했어도, 윤영이 괜찮다고 말했어도, 그래서는 안 됐다.

지후는 집으로 돌아가며 몇 번이나 뒤를 돌아봤다. 윤영은 고개를 숙인 채, 꼼짝도 하지 않고 그 자리에 서 있었다.

그 모습을 본 지후는 가슴이 미어졌다. 옛 시간에서 보았던 윤영의 활발한 모습이, 축 처진 어깨로 고개를 숙이고 있는 지금의 뒷모습과 겹쳐졌다.

이윽고 빌라에 도착해, 나루의 집 앞에 섰다.

딩동—

초인종을 누르자마자 문이 열렸다.

"누군지 확인하고 좀 열어."

지후가 나무라자 나루가 옅은 미소를 지었다.

"네가 올 줄 알았는걸."

"내가 아니었을 수도 있잖아."

"그럼 한 대 걷어차고 문을 잠가 버리지, 뭐. 들어와."

나루가 가볍게 말하며 옆으로 비켜섰다.

지후는 안으로 들어가 방바닥에 앉았다. 나루도 지후의 앞에 마주 앉았다.

"얘기, 잘했어?"

"응."

"윤영이는, 괜찮아?"

"아니."

나루의 표정이 어두워졌다.

"내가 너무 큰 잘못을 했어. 판단을 제대로 못 해서, 윤영이한 테 상처를 주고 말았어. 아무리 마음이 급했어도 그런 짓을 해서 는 안 됐는데."

후회가 가득한 목소리로 말하는 지후를, 나루는 물끄러미 응 시하다가 보듬어 안았다. 그의 넓은 등을 쓸어 주며, 나루는 말 했다.

"우리는 늘 시행착오를 겪어. 그 과정 속에서 타인에게 상처를 입히기도 하고, 혹은 내 자신이 상처를 받기도 하지. 시간을 돌 아온다는 거, 다시 한 번 살아간다는 거, 쉬운 일일 줄 알았는데 그렇지 않더라. 처음 살아 본 것처럼 어렵고 혼란스럽더라. 그러 니까 우리, 앞으로는 이런 실수하지 않도록 노력하자. 누군가에 게 상처를 주지 않도록 조심하자."

*　　　*　　　*

지후와 늦은 시간까지 함께 있다가 돌려보내고, 나루는 침대 에 누웠다. 눈을 감았지만 잠이 오지 않았다.

나루는 윤영이 걱정스러웠다. 윤영은 자존심이 셌다. 이런 일 로 타인의 위로를 받으려고 하지 않을 것이다.

혼자서 힘들어할 윤영을 생각하면 가슴이 먹먹했다. 휴대폰 에 번호가 저장되어 있어도 연락을 할 수 없는 사이라는 게 슬펐다.

'윤영아. 그거 알아? 내가 힘들 때 너는 늘 내 곁에 있었고, 네가 힘들 때 나는 늘 네 곁에 있었어. 그런데 지금 이 시간에서는 그럴 수가 없다는 게 참 아쉽고 슬프다.'

결국 뜬눈으로 밤을 지새웠다. 다음 날 학교에 갔을 때, 윤영은 나오지 않았다. 다음 날도, 또 다음 날도.

그렇게 대학 축제가 시작되었다.

*　　　*　　　*

봉사 동아리에 들어왔던 윤영이 갑자기 그만두는 통에, 윤영뿐 아니라 그녀를 데리고 온 지후의 이미지도 안 좋아졌다. 하지만 그런 일로 지후를 책망하는 것은 잠시였고, 축제 준비 때문에 유야무야 넘어갔다.

봉사 동아리의 수화 공연은 오후 5시, 태권도 동아리 공연이 끝난 직후에 시작되었다.

대강당은 동아리 사람들의 지인과 타 학교 학생들로 북적거렸고, 대강당 앞에는 학생들이 운영하는 노점상이 펼쳐져 있었다.

오랜만에 참가한 축제에, 나루는 조금 들떴다.

"옛날 생각난다."

공연을 위해 대강당 무대 뒤에서 기다리며, 나루가 말했다.

"그러게. 그땐 정말 긴장했었는데."

"정말? 너도 긴장을 했었어?"

"응, 당연하지. 사람들 앞에 서는 거, 별로 안 좋아하잖아."

"엄청 담담해 보여서 대단하다고 생각했었는데."

"그래?"

"응, 그래서 '우와, 얘는 완벽하게 외웠나 보다. 대단하다.' 막 그랬었어. 네가 완전 실수를 할 줄은 몰랐지."

"뭐야, 지후가 실수했었어?"

옆에서 이야기를 듣던 재경이 재미있다는 듯 물었다.

"응, 실수했어. 왼쪽으로 돌아보면서 걸어가야 하는데, 오른쪽으로 돌아서 쭉 걸어가다가 나중에야 잘못 걸었다는 걸 알고는 멈추더라."

"푸핫!"

재경이 비웃자, 지후가 인상을 찌푸렸다. 재경은 지후의 미간을 꾹 누르며 말했다.

"그러고 보면 얘가 가끔 맹한 부분이 있어. 세상에서 제일 근엄한 척하고 있어서 다들 민지후가 똘똘할 거라고 생각하는데, 의외로 되게 바보거든."

"맞아, 맞아."

나루가 동의했다.

"응, 나도 약간씩 느끼고 있다."

지후가 '윤명진, 너마저.'라는 눈빛을 보냈지만, 명진은 무시했다.

"이번에는 안 틀려."

지후가 각오 섞인 목소리로 말했다.

"당연히 안 틀려야지. 두 번째 공연인데. 아, 내 차례다. 나 먼저 하고 내려올게."

나루가 손을 바이바이 흔들고 선배들을 따라 무대로 향했다.

여자 공연과 남자 공연이 나눠진 파트가 있어서, 남자들은 전부 대기실에 남았다. 연습한 걸 맞춰 보며 앞 공연이 끝나기를 기다리는데, 선배 한 명이 다가와서 지후에게 물었다.

"민지후, 너 윤영이랑 헤어졌냐?"

"네, 뭐…… 헤어졌다고 해야 하나…….."

"개랑 얘랑 둘이 사귄 적도 없어요."

재경이 끼어들었다.

"어? 그래? 사귀는 것처럼 보였는데. 둘이 찰싹 붙어 다녔잖아. 윤영이가 남친 때문에 이 동아리 들어온 거라고도 했고."

"에이, 그거 다 장난이었어요. 그냥 윤영이랑 지후랑 친해서 장난친 거죠, 뭐."

"장난이면 윤영이는 왜 갑자기 안 나오는 건데?"

"개인 사정이 있나 보죠. 요새 수업도 안 나오던데."

"흐응. 그래? 민지후가 김윤영이랑 사귀다가 연나루랑 바람나서 헤어진 건 아니고?"

정확한 건 아니지만 얼추 맞췄다. 하지만 재경은 전혀 동요하지 않았다.

"아, 그런 소문이 돌아요? 하여간 다들 남 얘기하는 거 진짜 좋아한다니까."

"아니, 잘 나오던 애가 갑자기 안 나오니까 그러지. 뭘 남 얘기하는 걸 좋아한다고 그래?"

선배가 기분 상한 듯 버럭 쏘아붙이고 돌아갔다.

지후가 재경의 손목에 손을 얹었다.

"재경아, 날 도와주지 않아도 돼."

"딱히 널 도우려고 한 건 아닌데."

"진짜야. 저 선배, 옛 시간에선 너랑 좋은 사이였어. 졸업한 후에도 자주 연락하고 지내는 사이. 나 때문에 네 인간관계가 틀어지는 건 원치 않아."

지후의 말에 재경이 미간을 좁혔다.

"너희들의 옛 시간에 집착하지 마. 지금 이 시간은 너희가 살아온 시간이랑 달라. 모든 게 똑같이 돌아가진 않을 거고, 그럴 때마다 초조해하고 불안해할 건 없어."

그런 대화를 하고 있을 때, 여자 팀의 공연이 끝나고 나루가 무대 뒤로 내려왔다.

"난 잘하고 왔어. 너희들도 틀리지 말고 잘해. 특히 민지후, 너."

나루가 양손을 주먹 쥐고 파이팅 자세를 잡으며 말했다. 지후는 싱긋 웃으며 나루의 머리를 쓰다듬으려다가, 보는 눈이 많다는 걸 깨닫고 관뒀다.

명진이 나루의 머리로 손을 뻗었다.

"지후의 마음을 담아 보낸다."

하지만 명진의 손이 나루의 머리에 닿기 전, 지후가 그 손을 쳐냈다.

"만지지 마."

"뭐야, 날 질투하는 거야?"

"어, 널 질투해."

"허, 참. 이래서 머리 검은 짐승은 거두는 게 아니라더니."

명진이 절레절레 고개를 저으며 선배들의 뒤를 따라 무대로 향했고, 재경도 고개를 절레절레 저으며 명진의 뒤를 따라갔다.

남자들이 전부 무대로 올라간 후, 뒷문이 열리고 윤영이 들어왔다. 다들 다음 공연 준비를 하느라 방문객이 있다는 걸 눈치채지 못했다. 그나마 눈치챈 몇 명은 분위기가 심상치 않다는 걸 느끼고 모르는 체하고 있었다.

윤영은 나루를 똑바로 응시하며 다가왔다. 생각지 못한 윤영의 등장이지만, 나루는 당황하지 않고 윤영의 곱지 않은 시선을 받아 냈다.

나루의 앞에 멈춘 윤영이 입을 열었다.

"연나루."

"응."

"난 역시 네가 싫어."

"응."

"너무너무 싫어."

"응."

"나는 앞으로 뒤에서 널 욕할지도 모르고, 가끔 널 괴롭힐지도 몰라. 나는 정말 네가 끔찍이도 싫거든."

험담을 하겠다는 말을 솔직하게 전하는 윤영의 모습은, 옛 시간의 윤영과 같았다. 그래서 나루의 입가에 미소가 맺혔다.

"너, 내가 우습니?"

나루의 미소를 오해한 윤영이 날카롭게 물었다.

"아니, 난 네가 우스운 적이 단 한 번도 없었어. 내가 싫은 거, 이해해. 내 욕을 해도, 날 괴롭혀도, 이해해. 하지만 윤영아."

나루는 미소를 거두고 윤영을 똑바로 노려봤다.

"나도 그냥 당하고만 있지는 않을 거야."

*   *   *

윤영은 대강당을 나와 주먹을 꽉 쥐고 걸었다.

왜일까. 나루에게는 이길 수 없다는 생각이 들었다. 무슨 짓을 해도 나루가 타격을 받지 않을 거란 생각이 들어서 짜증이 났다. 그녀의 어른스러운 눈빛도, 우아한 미소도 싫어서 견딜 수가 없었다.

'죽어 버렸으면 좋겠어.'

윤영은 생각했다.

'진짜 연나루가 죽어 버렸으면 좋겠어.'

지후에게는 좋게 말하고 헤어졌지만, 그렇다고 해서 마음이 사라지는 건 아니었다. 여전히 지후가 좋고, 여전히 나루가 미웠다.

생각을 하며 걷느라 누군가 윤영을 부르는 소리도 듣지 못했다. 어깨를 탁 치는 느낌에 돌아보니, 선미와 지영이 있었다.

지영의 옆에는 처음 보는 남자도 있었는데, 아마도 재수를 하는 중이라는 남자 친구인 것 같았다.

"윤영, 뭔 생각을 하기에 불러도 몰라?"

"요새 왜 이렇게 보기 힘들어? 일주일이나 학교도 안 나오고."

"어디 아팠어? 걱정했잖아."

선미와 지영이 재잘재잘 떠드는 소리가 듣기 싫었지만, 윤영은 감정을 꾹 억눌렀다.

"그냥 좀. 나중에 얘기해 줄게."

"응, 그래. 진짜 걱정했어. 연락해도 안 받고."

"응, 걱정해 줘서 고마워."

"아, 여긴 내 남자 친구야. 인사해."

지영이 남자 친구를 소개해 줬다. 잘생기진 않았지만 순한 인상의 남자였다.

윤영은 그의 인사를 받으며 생각했다.

'이 남자는 알까? 자기 여자 친구가 대학 다니면서 다른 남자

뒤를 졸졸 따라다닌다는 걸?'

쓴웃음이 나왔다. 사랑이란 그렇다. 죽고 못 살 듯 굴어도, 더 괜찮은 사람이 나타나면 처음부터 없었다는 듯 사라지는 게 사랑이다.

어쩌면 사랑은 애초에 있지도 않은 감정인지도 모른다.

잠깐 스치는 설렘과 호기심에 '사랑'이라는 단어를 붙여서, 의미를 부여했는지도 모르겠다.

"그럼 데이트 잘해. 난 가 볼게."

"어, 나도 같이 가. 둘이 데이트해, 지영아. 나 윤영이랑 같이 갈게."

선미가 윤영을 따라왔다.

선미는 호기심이 가득한 표정이었다. 남의 불행을 궁금해하는 눈빛에 진절머리가 났지만, 윤영은 간신히 그 감정을 감췄다.

무슨 일이냐고 물어볼 줄 알았던 선미는, 의외로 한동안 말이 없었다. 교문이 보일 무렵, 선미가 꺼낸 말은 윤영의 예상에서 한참 벗어난 것이었다.

"축제, 안 보고 그냥 가게?"

"응, 그럴 기분이 아니야."

"아, 그래? 그래도 사람들 많은 곳에 있으면 기분 좀 나아질 텐데."

"나, 지후랑 헤어졌어."

얘기가 이어져도 '무슨 일이냐?'고 물을 기색이 없기에, 윤영이 먼저 말을 꺼냈다.

예상한 일인지, 선미의 표정은 변함이 없었다.

"아, 그렇구나."

이런 걸 기대하진 않았다.

왜? 어째서 헤어졌는데? 나루 때문이야?

선미가 당연히 그렇게 물어볼 줄 알았다.

"나루가 지후를 빼앗았어. 나랑 지후랑 사귀는 거 뻔히 알면서, 나한테서 지후를 빼앗아 갔어."

"그래서…… 지후가 헤어지자고 한 거야?"

"응."

"아, 그래."

"나루 얼굴을 어떻게 봐야 할지 모르겠어. 그래서 학교도 못 나온 거고."

'네가 왜 피해? 네가 피해자인데. 창피할 사람은 연나루야.' 등의 위로를 기다렸는데, 선미는 그저 "안됐다."라고 중얼거릴 뿐이었다.

내 마음대로 되는 일이 하나도 없었다.

윤영은 비명을 지르고 싶었지만 꾹 참았다.

"아무튼 그래서 난 그만 가 보려고."

"그래, 윤영아. 마음 안 좋을 텐데 빨리 풀고 수업 나와."

"……응."

선미의 배웅을 받으며 교문을 나왔다. 조금 걷다가 돌아보니,

선미는 돌아서서 안으로 걸어가고 있었다.

눈물이 나왔다. 누구보다도 남 이야기를 좋아하는 선미는 윤영에게 아무것도 묻지 않았고, 재경을 꾀고 싶어서 안달이 났던 지영은 남자 친구를 모두에게 보여 주려는 듯 데리고 왔다.

다들 조금씩 성장하는데, 나 혼자만 멈춰 있는 기분이었다.

다들 한 걸음씩 나아가려는데, 나 혼자만 뒷걸음질을 치는 것 같았다.

그래서 외롭고, 슬프고.

연나루가 싫었다.

12장
세상에서 제일 예뻐서

봉사 동아리 사람들은 수화 공연을 끝내고 간단하게 뒤풀이를 한 후에, 각자 축제를 즐기기 위해 흩어졌다.

명진은 사람 많은 게 싫다며 집으로 가 버렸고, 지후와 재경, 나루만 남았다.

"너희 둘이 놀아라. 난 빠져 줄게."

재경이 담백하게 말하고 돌아섰지만, 나루가 재경의 팔을 잡았다.

"빠지긴 뭘 빠져. 같이 다녀."

"아, 왜? 난 커플 사이에 끼어서 방해하고 싶지 않아."

"옛 시간에서는 셋이 다녔다고."

"됐어, 지금이 옛 시간도 아니고. 아까 지후한테도 말했지만,

너희들은 옛 시간에서 좀 벗어날 필요가 있어. 여긴 옛 시간이랑 달라. 안 그래? 너희가 여기로 돌아온 그때부터, 여긴 다른 세상이 된 거야."

재경의 말이 옳았다. 옛 시간과 비슷하게 흘러가기는 하지만, 달라진 것이 훨씬 더 많았다. 윤영과의 관계도 그렇고, 선미와 지영의 관계도 그랬다. 그리고 명진도.

나루는 재경의 팔을 잡고 있던 손에서 힘을 뺐다. 재경이 조심스럽게 자신의 팔을 빼내고 상큼하게 웃었다.

"옛 시간에서 이 시기에는 사귀지 않았지? 연인으로서 대학 축제 즐기는 건 처음이겠다. 데이트나 실컷 해."

재경이 손을 흔들고 자리를 떠났다.

둘만 남게 되니 나루는 괜히 어색하고 수줍었다. 재경의 말대로 대학생의 신분으로 지후와 둘이 축제를 구경하는 건 처음이었다.

"음, 그럼 가 볼까?"

지후의 말에 나루가 고개를 끄덕였다.

지후가 손을 내밀려다가 멈칫하고는 거둬들였다. 아직은 손을 잡고 다닐 만큼 공개적인 사이가 아니었다. 당연한 듯 나루의 손을 잡고 걸었던 일이 까마득히 먼 옛날의 일처럼 느껴졌다.

나루는 아쉽지도 않은지, 혼자서 씩씩하게 잘 걷고 있었다. 두리번거리는 그녀의 모습이 귀여워서, 지후는 저도 모르게 웃고 말았다.

"왜 웃어?"

"그냥, 좋아서."

무심코 내뱉은 말에 나루의 양 볼이 붉어졌다. 하얀 얼굴에 분홍빛 물감을 떨어뜨린 듯 홍조가 번졌다.

"뭐야, 갑자기. 쑥스럽게."

"네가 그렇게 쑥스러워하니까 나도 괜히 쑥스럽다."

"우리 원래 이런 얘기 엄청 아무렇지도 않게 했었는데."

"응, 그랬지."

"대학생인 너한테 이런 얘기 들으니까 기분이 이상해."

"응, 나도. 하지만 늘 말하고 싶었어."

"뭘?"

"좋아한다고. 옛 시간에서 이 나이 때에도, 나는 늘 말하고 싶었어."

나루의 얼굴이 더 붉어졌다.

"그러고 보니, 이 시간으로 돌아와서 늘 궁금했어. 나를 왜 좋아하게 된 거야?"

이 시간에서 가장 궁금했던 것, 물어볼 수 없어서 답답했던 질문을 이제야 비로소 던졌다.

지후가 눈을 가늘게 뜨고 나루를 응시했다. 정말 궁금하다는 듯 눈을 동그랗게 뜬 그녀를 보자, 옛 시간에서 그녀를 처음 만났을 때의 일이 떠올랐다.

―*우와, 너네! 진짜 키 크다!*

나루는 검지로 재경과 지후를 가리키며 외쳤다. 그때 그녀가
지었던 표정이 아직도 생생했다.

동그란 눈과 발그레한 볼, 살짝 벌어진 촉촉한 입술.

―*으아, 맞다. 초면에 삿대질하면 안 되는 거였는데. 미안!*

재경과 지후가 아무 말이 없자, 나루는 당황하며 얼른 손가락
을 내렸다. 미안하다고 말하며 배시시 웃는 그녀를 보는 순간,
사랑에 빠졌다.

심장이 두근, 두근, 두근, 격하게 고동치는 건 처음이었다. 그
래서 그것이 사랑이라고, 처음부터 확신할 수 있었다.

그녀를 처음 본 그 순간부터, 그녀를 향한 감정이 헷갈린 적
도, 무뎌진 적도 없었다.

늘 처음처럼 똑같이 그녀를 사랑해 왔다.

지후가 첫 만남을 떠올리는 동안, 나루는 여전히 눈을 동그랗
게 뜬 채로 지후를 올려다보고 있었다.

지후는 씩 웃으며 말했다.

"비밀이야."

"뭐?"

"비밀이라고."

"뭐야, 치사하게. 알려 줄 수 있잖아."

"한 번 맞춰 봐."

"첫눈에 반한 거지?"

"그런가?"

"뭐야, 왜 말 안 해 주는데? 뭐가 그렇게 어려워서?"

"어려워. 그런 말 하는 건 쑥스러우니까."

지후가 걸음을 옮겼다. 그 뒤를 나루는 총총총 따라 걸어가며 졸랐다.

"쑥스러워할 거 없어. 안 놀릴게. 말해 줘."

"너한테 반한 게 놀림당할 일은 아니잖아."

"놀릴 수도 있지. 난 어디서든 놀림 포인트를 찾아낼 수 있으니까."

"그래, 그럼 그 포인트 못 찾게 말 안 해야겠다."

"아, 진짜 치사하네. 궁금하다고."

"쭉 궁금해해."

입술을 비쭉 내밀고 따라오는 나루가 귀여웠다.

나루는 기분이 상하면 입술이 먼저 튀어나왔고, 그래서 지후는 늘 그녀가 말하기 전에 그녀의 기분을 알 수 있었다.

지후가 기분을 풀어 주고 나면 나루는 항상,

"그런데 내가 기분 상한 건 어떻게 알았어?"

라고 물었지만, 지후는 말해 주지 않았다.

너, 얼굴에 기분이 다 드러나.

둘만의 데이트를 즐길 수 있던 시간은 잠깐이었다. 노천극장으로 향하다가 주점을 하고 있던 과 선배들에게 붙잡혔다. 선배들은 서빙 할 사람이 부족하다며, 나루와 지후에게 강제로 일을 떠맡겼다.

억지로 앞치마를 두르다가 저 멀리 걸어가는 재경을 발견했다. 재경은 '꼴좋다.'는 표정을 지어 준 후, 나루가 부르기 전에 부리나케 자리를 벗어났다.

서서히 어둠이 내려앉기 시작했고, 주점 쿠폰을 구입한 사람들이 찾아왔다. 대부분 지인들에게 쿠폰을 팔았기 때문에, 아는 사람이 찾아올 때마다 쿠폰을 판 사람이 상대를 해 줘야만 했다.

'나도 애들한테 쿠폰 좀 팔 걸 그랬나.'

요리를 할 인원이 부족해서 주방 쪽을 도우려니, 요리 못하는 나루로선 죽을 맛이었다.

"내가 할게."

어설프게 주방 일을 돕는 나루를 보다 못한 지후가 말했다.

지후에게 식칼을 넘겨주려고 할 때, 기다렸다는 듯 지후의 손님들이 찾아왔다.

"민지후!"

"역시 키가 크니까 딱 보이네."

"것 봐, 내가 한 번에 찾을 수 있을 거라고 했잖아."

옛 시간에서 몇 번 만난 적 있는, 지후의 고등학교 동창들이었다.

지후가 미안한 듯 나루를 돌아봤다.

"괜찮아, 가서 친구들이랑 놀아."

"손 안 베이게 조심해."

"응, 걱정 마. 내 몸은 내가 지키니까."

지후가 친구들에게로 향했다. 저 친구들은 아직 연나루의 존재를 모른다. 나루는 신기한 기분으로 지후 친구들을 잠시 지켜보다가, 다시 양파를 썰기 시작했다.

양파를 썬 지 얼마 되지 않아, 여자 선배가 나루의 옆으로 다가왔다.

"나루야, 이거 내가 할 테니까 마트 가서 고기 좀 사 올래?"

"아, 모자라요?"

"응, 생각보다 손님이 많네. 대부분 재경이 손님인데, 재경이는 어디로 갔는지 보이지도 않고."

"아까 도망치더라고요."

"어휴, 걔도 참. 일단 이 카드로 계산하고 영수증 받아 와. 아, 재경이 발견하면 걔도 좀 끌고 오고."

"네, 그럴게요."

나루가 나가는 걸 본 지후가 어디를 가느냐고 물었다. 마트에 간다고 했더니 따라온다고 하는데, 그걸 본 선배가 지후를 붙잡았다.

"가긴 어딜 가? 일손 부족해. 딱 붙어 있어."

그래서 결국 나루 혼자 마트로 향했다. 교문을 나와서 앞에 있는 큰길 횡단보도에 섰다. 늦은 시간인데도 거리엔 사람이 북적거렸다. 멍하니 신호등을 보며 신호가 바뀌기를 기다렸다.

저 멀리서 커다란 버스 한 대가 달려오고 있었다. 신호가 바뀌기 직전이라 그 전에 횡단보도를 지나기 위해 버스가 속도를 냈고.

탁—!

누군가 나루의 등을 떠밀었다.

휘청—!

멍하게 서 있던 터라 떠미는 힘에 대비할 수가 없었다.

나루의 몸이 나풀거리며 앞으로 튕겨 나갔다. 무슨 일이 벌어진지 모른 채, 나루는 그저 눈을 크게 뜨고 달려오는 버스를 응시했다.

버스가 다가오는 속도가 무척 느리게 느껴졌다.

"꺄아아아악!"

사람들의 비명 소리와.

끼이이이익—!

뒤늦게 나루를 발견한 버스의 브레이크.

그리고.

*　　　*　　　*

혼자서 여기저기 기웃거리던 재경은 맞은편에서 걸어오던 지영과 그녀의 남자 친구를 발견했다.

분명 지영과 눈이 마주쳤는데, 지영은 모르는 척 다른 쪽으로 가려고 했다.

　─옛 시간에선 너 때문에 지영이랑 선미가 엄청 크게 싸워.

문득 나루에게 들었던 이야기가 떠올랐다.

　─지영이는 결국 남자 친구랑 헤어지고, 거의 10년을 힘들어하면서 지내. 재수생 남자 친구가 의대 합격하고, 되게 성공하거든. 그것 때문에 계속 후회하지.

졸업 후, 오랜만에 만난 지영이 그런 이야기를 했다고 했다.

　─선미와 사이도 안 좋아지고, 남자 친구랑 헤어진 후에 만난 남자들은 다 쓰레기고. 되는 일이 하나도 없다면서 울었었어.

나루는 그렇게만 말했지만, 나중에 지후에게 그 사건에 대해 묻자, 지후는 단호하게 말했다.

─네가 행동을 분명하게 하지 않았어.

자신이 행동을 분명하지 않게 한 이유는, 쉽게 짐작할 수 있었다.

아마도 나루 때문이리라. 옛 시간의 성재경은 나루에 대한 마음을 감추기 위해, 다른 여자들에게도 친절을 베풀었던 것이겠지.

'하지만 이 시간은 달라. 나는 그 성재경이랑 다르게, 나루에게 내 마음을 알렸으니까.'

재경은 도망치듯 자리를 피하려는 지영을 향해 성큼성큼 다가갔다.

"지영, 뭐가 그렇게 바빠?"

"아, 재경아……."

"남자 친구야?"

"아, 응."

지영이 떨떠름한 표정으로 대답했다. 재경은 남자 친구가 지영의 뒤쪽에 서 있어서 그녀의 표정을 보지 못해 다행이라고 생각했다.

"이야, 멋지시네. 인사 좀 시켜 줘."

"아, 음. 내 남자 친구 최철희야. 철희야, 이쪽은 우리 과 동기 성재경."

재경과 철희가 싹싹하게 인사를 주고받았다. 철희는 유독 잘

생긴 재경에게 경계심 어린 눈빛을 보내고 있었다. 자신은 재수생인데, 여자 친구의 옆에 화려한 미남인 명문대생이 있으니 마음이 불편하기도 할 것이다.

철희의 심정을 헤아린 재경은 해사한 미소를 지으며 철희의 손을 잡았다.

"지영이한테 얘기 많이 들었어. 멋진 남자 친구가 있다고. 둘이 정말 잘 어울린다."

재경의 스스럼없는 행동에, 굳어 있던 철희의 표정도 풀렸다.

"아, 응. 난 이렇게 잘생긴 친구가 있다는 말을 못 들었는데."

"뭐, 그렇게 친한 사이는 아니라서. 그렇지?"

재경이 지영을 돌아보며 물었다. 지영이 움찔하더니 고개를 끄덕였다.

"응, 친한 사이는 아니지."

"안심해. 난 좋아하는 사람도 있으니, 네 여자 친구를 건드리는 일은 없을 거야. 축제 구경 잘 하고. 즐거운 시간 보내."

재경은 지영과 철희를 향해 손을 흔들어 주고 자리를 떴다.

'이 정도면 되겠지.'

지영과는 제대로 선을 그었다. 다음에는 선미와도 선을 그어야겠다.

'이제 어디로 가 볼까? 노천극장에 가서 응원단 공연이나 볼까?'

걸음을 옮기려는데, 누군가 어깨를 툭 쳤다. 돌아보니 중학교 동창들이었다.

"야, 성재경. 너 여기서 뭐 하냐?"

"오, 너희들 언제 왔어?"

"아까. 주점에 갔더니 지후 혼자 열심히 일하고 있더라."

"아하하하. 일하기 싫어서 도망 다니는 중이야."

"넌 진짜 여전하다. 지후가 네 뒤치다꺼리 다 해 주고."

"맞아. 지후는 나한테 엄마 같은 존재거든."

"됐고. 주점에 같이 가자. 거기 애들 모여 있어."

"싫어. 나 일하기 싫다고. 나도 축제를 즐길 거야."

반항을 해 봤지만 소용없었다. 결국 친구들에게 끌려 주점으로 향했다. 당연히 나루도 있을 줄 알았는데, 주점에서 일하는 건 지후뿐이었다. 아는 면면들이 보였다. 재경은 은근슬쩍 친구들 사이에 끼어 앉으려 했지만, 선배들이 재경을 발견하고는 억지로 앞치마를 입혔다.

"아, 선배. 저는 첫 축제라고요."

볼멘소리를 내며 쟁반을 들고 있을 때였다.

"야, 학교 앞에서 사고 난 거 알아?"

처음 보는 얼굴의 남학생이 뛰어 들어오며 외쳤다. 아무래도 다른 과 학생인 것 같았다.

"사고? 뭔 사고?"

"교통사고. 엄청 크게 났어."

"진짜? 뭔 일인데? 언제?"

"방금. 오다가 봤는데. 으아, 진짜 깜짝 놀랐어. 그런 걸 실제로 보는 거 처음이야."

"뭔데? 뭔데? 사람이 죽기라도 한 거?"

소식을 들고 온 남학생들의 주위로, 사람들이 몰리기 시작했다.

지후와 재경도 움직임을 멈추고 남학생을 돌아봤다. 모두의 관심을 받자, 남학생은 쑥스러운지 얼굴을 붉혔다.

"거기까지는 모르겠는데, 피를 그렇게 흘렸으면 죽지 않았을까?"

"피까지 났어요? 진짜? 어디 깔린 거예요?"

"어, 거의 깔리다시피 했지. 다들 비명 지르고 난리였어."

"구급차는 불렀고?"

"다들 신고하는 것 같더라고. 구급차 오는 것까지는 못 보고 왔어."

"지금도 가면 있으려나?"

"아마 그럴걸? 난 사고 나자마자 거의 바로 여기로 왔으니까."

"가 보자, 가 보자."

"야, 구경났냐? 사람이 다쳤다는데?"

"아, 그래도. 가 보자."

주점 안이 수선스러워졌다. 다른 과 주점에서도 소식을 들었는지, 교문 쪽으로 향하는 무리들이 보였다.

그때까지만 해도 지후와 재경은 아무 생각이 없었다. 사고가 났나 보구나, 라고 생각하며 각자 할 일로 돌아가려고 했다. 그런데 그때, 소식을 들고 온 남학생이 청천벽력 같은 말을 했다.

"그러고 보니, 그 남자애가 여기 애 이름을 부르던데."

"여기 애 이름이라니?"

"생공에 그 이름 특이하고 예쁜 애. 연나루였던가?"

누가 먼저랄 것도 없이 달렸다.

옆을 살펴볼 여유도, 뒤를 돌아볼 여유도 없었다.

그저 '연나루', '피', '교통사고'라는 단어만이, 지후와 재경의 머릿속을 가득 채우고 있었다.

교문에 도착하기 전부터 구급차와 사람들의 소리가 시끄럽게 들려왔다.

북적거리는 사람들을 헤치고 들어갔을 때, 두 남자의 눈에 들어온 것은 바닥을 물들인 새빨간 선혈이었다.

* * *

떨림이 가시지 않았다.

나루는 차게 식은 손가락을 다른 쪽 손으로 꽉 움켜쥐었다. 심장이 쿵, 쿵, 쿵, 아플 정도로 뛰었다. 차와 차가 부딪치는 소리, 비명 소리, 수많은 소리들이 여전히 고막에 달라붙어 있었다.

정신없이 쏟아지는 소리에 뇌가 울렸다. 무슨 일이 벌어진 건지, 아직도 제대로 파악할 수가 없었다.

단 하나 알 수 있는 건.

"누군가가 날 죽이려고 했어."

나루가 떨리는 목소리로 중얼거렸다.

"누군가 내 등을 떠밀었어."

맞은편에 앉아 있던 명진이 심각한 표정으로 나루를 응시했다.

"확실해?"

"확실해. 등에 아직도 누가 밀었을 때의 감촉이 남아 있어."

등골이 서늘했다. 정말로 죽을 뻔했다.

버스에 닿기 전, "연나루!"라는 외침과 함께 명진이 나루를 끌어당겼다. 나루를 본 버스는 방향을 틀었고, 중앙선 반대쪽에서 달려오던 차와 세게 부딪쳤다.

버스와 충돌한 차는 소형차라, 버스에 깔리다시피 했다. 피가 흘렀고, 비명이 들렸고, 그 수많은 소리들을 헤치고 명진은 나루를 안듯이 부축해 조용한 곳으로 들어온 터였다.

"죽었겠지? 자동차에 타고 있던 사람."

나루가 두 손으로 얼굴을 가렸다.

"네 탓이 아냐."

"알아. 그런데…… 죽었겠지?"

"그건 모르겠다."

"나, 진짜 죽을 뻔했어."

"응."

"네가 끌어당기지 않았더라면, 난 죽었을 거야."

"응."

"대체 누구지? 누가 내 등을 민 걸까?"

나루는 혼란스러웠다. 명진은 걱정스러운 표정으로 나루의 동요가 가라앉기를 기다렸다.

나루의 얼굴은 핏기가 가셔 하얗게 질려 있었다.

카페에 들어온 지 한참이 지나서야, 나루는 휴대폰이 울리고 있다는 걸 깨달았다.

지후에게서 온 전화였다.

[나루야!]

통화 버튼을 누르자마자 지후의 음성이 들려왔다.

"응, 지후야."

[뭐야? 나루 전화 받아? 받은 거야?]

[어, 받았어.]

[어디래? 괜찮대? 안 다쳤대?]

[잠깐만. 나루야, 너 어디야? 괜찮은 거야?]

"응, 괜찮아. 나 지금 학교 맞은편 카페야."

[그럼 우리가 거기로 갈게.]

"응."

다급한 목소리를 들으니 지후와 재경도 사고 소식을 알게 된 모양이었다.

명진이 나루의 이름을 부르는 걸, 누군가 들었을지도 모른다.

'이런 생각까지 하게 된 걸 보니, 좀 진정했나 보네.'

떨림은 멎었지만 손가락은 여전히 차가웠다.

"지후랑 재경이, 여기로 온대?"

명진이 물었다.

"응."

"그래. 오면 얘기하자."

"응."

나루는 명진을 빤히 응시했다.

"왜?"

"너 아니었으면, 난 죽었을 거야. 네가 내 목숨을 구했어."

"뭘 그렇게 거창하게 그러서."

"거창한 게 아냐. 내가 널 구하려고 했는데, 네가 날 구했어. 이 시간으로 돌아와서, 너한테 계속 도움만 받는 것 같아. 정말 고마워."

명진이 빙그레 웃었다.

얼마 지나지 않아 지후와 재경이 도착했다. 커피숍 문을 부서질 듯 열고 들어온 두 사람은 나루를 발견하고는 달려왔다.

둘은 나루가 무사하다는 것을 확인하고, 아까의 사고에 대해 들었다.

"누가 널 밀었다고?"

지후가 어두운 눈빛으로 물었다.

"응, 날 밀었어. 착각이 아니야."

"그래, 그런 걸 착각하진 않겠지. 그런데 대체 누가?"

재경은 혼란스러운 듯했다.

"모르겠어. 생각나는 사람이 없어."

"김윤영 아냐?"

라고 물어본 건, 명진이었다.

"어?"

"김윤영이 널 민 거 아니냐고."

"설마……."

"설마가 아니지. 지금 널 싫어하는 사람, 널 죽이고 싶어 할 사람, 걔밖에 없잖아."

"아니, 그럴 리 없어."

나루가 고개를 저었다.

"네가 살다 온 시간의 김윤영은 너랑 친했을지 모르지만, 여기선 아냐. 그 시간과 이 시간을 다르게 생각해야 돼. 잘 생각해봐. 김윤영이 정말 아닐 거라고 확신해?"

명진의 날카로운 지적에, 나루는 눈을 감았다. 몇 시간 전, 윤영은 나루에게 선전 포고를 했다.

"응, 아니야."

다시 눈을 뜬 나루가 단호하게 말했다.

"이 시간의 윤영이가 나의 윤영이랑 다르다는 거, 인정하고 있어. 그래도 아니야. 윤영이는 그런 짓을 할 리 없어."

"하지만 지금 이 시점에서 네가 죽기를 바라는 사람이 또 있을 리 없잖아."

"있을 수도 있지."

재경이 중얼거렸다.

"누구? 너냐?"

명진이 장난스럽게 말하자, 재경이 씩 웃었다.

"나는 알리바이가 있어. 그 시간에 친구랑 같이 있었거든. 아무튼 나루를 죽이고 싶어 하는 사람이 또 있다는 거, 다들 잊은 거야?"

"그게 대체 누군데?"

"너희들의 시간에서, 연나루를 죽이려고 했던 사람들."

"아······!"

생각도 못 한 인물들의 등장에, 나루와 지후, 명진은 동시에 탄성을 내뱉었다.

"연나루랑 민지후가 돌아왔어. 어쩌면 그 사람들도 이 시간으로 돌아왔을지도 몰라."

"하지만, 그럴 리가. 이런 게 그렇게 쉽게 벌어지는 일도 아니고."

"그래, 쉽게 벌어지는 일은 아니지. 나는 아직도 긴가민가하니까. 하지만 너희에게 벌어진 일이라면, 다른 사람에게도 벌어질 수 있는 일이야. 애초에 너희가 이 시간으로 돌아온 정확한 이유를 아직도 알지 못하잖아."

"……."

"어쩌면 그들도 왔을지 몰라."

심장이 콱 죄었다.

나루는 주먹을 쥐고 이를 악물었다. 그러지 않으면 새된 신음이 흘러나올 것만 같았다.

그날의 일을 똑똑히 기억한다. 이 시간으로 돌아와 지후 역시 돌아왔다는 것을 알게 되었지만, 그를 잃을지도 모른다는 불안은 가시지 않았다.

그런 상황에서 '그들'도 돌아왔을 가능성을 알게 되자 더 불안해졌다.

스멀스멀 잠식하는 어두운 공포에 다시금 몸이 떨리기 시작했다. 차게 식은 나루의 손을 지후가 꽉 잡았다. 그의 손은 늘 그렇듯 따뜻했다.

"괜찮아, 나루야. 아직 확실한 것도 아니잖아."

"그래, 이건 가능성일 뿐이야. 하지만 염두에 둬야 할 일이기는 해."

명진이 말을 받았다. 그동안 계속 예리한 통찰력을 보여 준 명진까지 그리 말하니, 거의 확정된 사실로 받아들일 수밖에 없었다.

나루는 크게 심호흡을 했다. 계속 불안에 떨 시간은 없었다. 나는 오늘 죽을 뻔했고, 어쩌면 나를 죽이려다가 지후를 죽인 사람들도 이 시간으로 돌아왔을지도 모른다.

그렇다면.

"날 죽이려는 무리들이 누군지를 알아내야 돼."

떨림이 멎었다.

"오늘 사고가 있었어. 경황이 없어서 그 자리를 벗어나긴 했지만, 경찰 조사를 받아야 할 거야. 나는 경찰서에 가서 사실대로 다 이야기할 거야. 그러면 누가 밀었는지도 알아낼 수 있을지 몰라."

"괜찮겠어?"

"괜찮지 않더라도 내가 해야 할 일이야. 그리고."

나루는 지후를 돌아봤다. 해야 할 일을 찾은 그녀의 눈동자는 더 이상 흔들리지 않았다.

"지후야. 이 시간에서는 절대로 날 구하려고 들지 마. 나는 조심할 거지만, 혹시라도 위험이 닥치면 그냥 도망쳐."

지후가 피식 웃었다.

"내가 그러지 않을 거라는 거, 알잖아."

"알아. 하지만 그랬으면 좋겠어. 너 없는 세상에, 날 혼자 두지 마."

"너 없는 세상에, 내가 혼자인 건 괜찮고?"

"어차피 죽어야 할 사람은 나였잖아. 넌 날 구하다가 죽은 것뿐이고. 나는 네가 나 때문에 죽었다는 죄책감을 평생 안고 살아가야 돼."

"그럼 그 말 그대로 돌려줄게. 나는 내가 널 구하지 못했다는 죄책감을 평생 안고 살아가겠지."

"지후야⋯⋯."

"적당히들 해라."

명진이 둘 사이에 끼어들었다.

"이번엔 위험을 자각하고 있잖아. 둘 다 안 죽으면 되지. 둘 다 안 죽는 방향으로 연구해 보자고."

얘기가 끝나자마자 나루와 명진은 사고 장소로 향했다. 사고 장소에서 버스와 차는 사라졌지만, 경찰들은 남아 있었다.

나루는 경찰에게 자신이 아까 버스 앞으로 밀린 사람이라고 말했고, 경찰서에 가서 조사를 받았다.

경찰은 나루의 말을 믿지 못하는 눈치였지만, 우선은 돌아가서 연락을 기다리라고 했다.

나루는 괜찮다고 했지만 명진은 굳이 나루를 집까지 데려다주었다.

지후가 빌라 앞에서 나루를 기다리고 있었다.

"고맙다."

지후가 명진에게 말했다.

"별말씀을. 좋은 시간 보내셔들."

명진은 툭 내뱉듯이 말하고 돌아섰다.

명진이 돌아가는 걸 끝까지 지켜본 후에야, 지후는 나루의 손을 꽉 잡았다.

"지켜 줄게."

지후가 나직한 목소리로 말했다.

"응."

나루는 고개를 들어 지후와 눈을 맞췄다.

"나도. 나도 널 지켜 줄게."

*　　　*　　　*

Y대 앞에서 벌어진 버스와 승용차의 사고 이야기는 뉴스에도 나왔다. 승용차에는 남편과 아내, 갓 돌이 지난 아들이 타고 있었다고 한다. 앞좌석에 있던 남편과 아내는 그 자리에서 사망했고, 아들은 경상이라고 했다.

[미리 알아야 할 것 같아서 전화했어.]

이른 아침 전화를 건 명진이 말했다.

[버스 앞으로 Y대 학생이 뛰어드는 바람에 버스가 피하려고 방향을 틀어서 벌어진 사고라는 것도 나왔어. Y대 학생이 너라는 거, 알 만한 사람은 다 알 거야. 학교 분위기가 별로 안 좋을지도 몰라.]

"응, 알려 줘서 고마워."

[오늘은 수업 안 들어오는 거 어때?]

"그럴 순 없지. 내가 잘못한 것도 아닌데."

[물론 그렇긴 하지만.]

나루는 명진의 걱정스러운 인사를 받으며 전화를 끊었다. 착잡한 기분으로 끊긴 휴대폰을 응시하다가 일어났다.

'누군가 나를 죽이고 싶어 해. 내가 죽지 않는 바람에, 다른 사람들이 죽었어.'

명진에게는 아무렇지도 않은 척 말했지만, 가슴이 미어졌다.

'옛 시간에서도 그랬어. 내가 사는 대신, 지후가 죽었지. 이 시간에서도 그런 일이 벌어지고 있어.'

대체 누굴까. 누가 나를 그토록 죽이고 싶어 하는 걸까.

'옛 시간에서 나를 죽이려고 했던 사람들이 이 시간으로 따라온 거라면, 그 사람들의 정체를 알아내는 게 우선이야.'

쉽지 않은 일이었다. 옛 시간에서는 그걸 파악할 만한 시간이 없었다. 단체가 저지른 일인지, 개인이 저지른 일인지조차 알지 못했다.

나 좀 위험한 것 같은데, 라고 생각하는 순간 지후가 죽었고 이 시간으로 돌아온 것이다.

'게다가 옛 시간에 있던 단체가 지금도 있으리란 법도 없어. 어디서부터 시작해야 할지, 정말 모르겠네.'

경찰이 나루의 등을 떠민 사람을 찾아준다면 다행이지만, 나루는 큰 기대를 하지 않았다. 이 시간에는 아직 CCTV가 여기저기 있는 것도 아니고, 사람들이 스마트폰을 가지고 있어서 언제나 동영상을 찍을 수 있는 것도 아니었다.

'내가 찾아야 돼.'

그리고 그 인물을 처리해야 한다.

'처리라.'

나루는 쓴웃음을 지었다.

'내가 과연 그걸 할 수 있을까?'

평범한 여자에 불과했다. 그 사건이 벌어지기 전에는, 그저 연구를 좋아하고 한 남자를 사랑하는, 평범한 인물이었다.

누군가를 죽이고, 누군가에게 죽임을 당하고…… 그런 일들은 그저 영화나 소설에서만 나오는 일이라고 생각해 왔다.

'상대를 찾아낸들, 내가 죽일 수 있을까?'

하지만 내가 해야만 한다는 것을 알고 있다.

내가 하지 않으면.

'지후가 하겠지.'

지후의 손에 피를 묻힐 수는 없다.

'이건 내 문제야. 나 때문에 벌어지는 일들이야. 그러니까 내가 해야 돼. 그전에 날 죽이려는 사람들을 찾는 게 우선이지만.'

*   *   *

윤영은 눈을 번쩍 떴다. 흐르는 눈물에 베개가 축축하게 젖어 있었다. 가슴이 찢어질 듯 아팠다.

꿈에서 울고 있는 나루를 보았다. 핏기가 가셔 금방이라도 쓰러질 듯한 얼굴로, 나루는 소리 없이 울고 있었다. 그 모습이 아프고 또 아파서, 윤영도 울었다.

감히 위로해 줄 생각도 하지 못한 채, 먼발치에서 지켜보며 자신은 울었다. 울다가, 울다가, 서러워서 속상해서 계속 울다가 잠에서 깨어났다.

잠에서 깼는데도, 그것이 꿈이라는 걸 아는데도, 계속 슬퍼서 눈물을 멈출 수가 없었다.

"왜 이래, 정말……."

윤영은 흐느끼며 이불을 머리끝까지 덮었다.

"정말 왜 자꾸 이런 꿈을 꾸는 거야! 그만 좀 하라고! 제발 좀 그만하란 말이야!"

*　　　*　　　*

강의실에 들어갔을 때, 명진이 경고한 대로 시선이 곱지 않았다.

쟤 때문에 사람이 죽었어.

우와, 그런데도 뻔뻔한 얼굴로 학교를 오네.

그 애기가 불쌍해. 어린 나이에 엄마, 아빠를 다 잃은 거잖아.

쟤 하나 때문에 무슨 일이야.

버스 승객들도 다친 사람이 있대.

비난이 섞인 눈빛이 사정없이 나루에게 꽂혔다. 나루는 말없이 안으로 들어가 자리를 잡고 앉았다.

재경과 지후, 명진에게는 도우려 하지 말라고 미리 말해 둔 터였다. 이런 상황에서 나루를 거드는 사람이 있어 봐야 분위기만 더 악화될 뿐이다.

이런 비난들은 시간이 지나 진실이 밝혀지면 사라지게 되어 있다.

'진실이 밝혀질지는 모르겠지만.'

상관없다.

나 때문에 사고가 벌어진 건 사실이다.

나루는 앞으로 그들의 죽음을 가슴에 안고 살아갈 것이고, 그로 인한 비난 또한 오롯이 받아들일 생각이었다.

"살인자."

누군가 나루에게 들릴 만한 목소리로 중얼거렸다. 그 말이 방아쇠가 되었다.

"뻔뻔하다, 뻔뻔해."

"죽으려면 혼자 죽지, 왜 멀쩡한 사람들을 끌어들여?"

"그래 놓고 지는 살았잖아."

"그 애는 쟤 때문에 고아가 됐잖아. 너무 불쌍해."

"엄마, 아빠 얼굴도 모르고 살겠네."

"아니, 대체 왜 버스 앞으로 뛰어든 거야?"

"무단 횡단이지, 뭐."

"미친 거 아냐, 거길 어떻게 무단 횡단을 해? 차들이 얼마나 빨리 달리는데."

기다렸다는 듯 여기저기서 나루를 비난하는 목소리들이 튀어 나왔다.

벌떡 일어나려는 지후를, 재경이 간신히 붙잡아 앉혔다. 이 상황에서 지후가 나루를 두둔해 봐야 좋을 것이 없다.

지금은 나루가 조용히 견뎌 내야 할 때였다. 이미 그러기로 그들은 얘기가 되어 있었다.

그런데.

"적당히들 좀 해!"

버럭 외치는 소리가 있었다. 소리를 친 인물이 너무 의외인지라, 다들 숨을 삼키고 그녀를 돌아봤다.

윤영이었다.

윤영은 책상을 두 손으로 짚고 일어나 있었다.

"다들 어떻게들 된 거 아냐? 연나루가 정말 미쳐서 횡단보도에 뛰어들었을 것 같아? 왜 다들 뉴스만 보고 떠들어 대? 그 상황, 다들 제대로 보지도 못했잖아."

"뭐야, 김윤영. 그럼 넌 봤냐?"

"못 봤어. 그런데 뉴스만 보고 멋대로 상상하지도 않아. 어제 축제라서 사람 많았잖아. 누구한테 떠밀렸거나 발이 걸리기라도 했겠지. 연나루도 지 위험한 거 알 텐데, 차 쌩쌩 달리는 도로에서 무단 횡단을 하려고 했겠어? 그 도로가 짧은 것도 아니고."

옳은 말이었기에, 아무도 반박하지 못했다.

"그리고 정말 쟤가 무단 횡단하려다가 일어난 사건이면, 여기 와서 저러고 앉아 있겠어? 진짜 다들 사람 하나 왕따 시키는 것도 아니고, 확인되지도 않은 걸로 너무들 하네."

"야, 너 진짜 웃긴다. 너도 연나루 싫어해서 뒤에서 욕하고 다니잖아."

누군가의 지적에 윤영의 얼굴이 붉어졌다. 하지만 윤영은 고개를 꼿꼿이 들고 말했다.

"그래, 나 연나루 싫어. 내가 민지후 좋아하는데, 민지후는 연나루가 좋대. 그래서 연나루 싫어. 그런데 그건 그거고, 이건 이거야. 나 혼자 싫어하는 거랑 단체로 욕을 해대는 건 다르잖아. 날조해서 사람 한 명 살인자 만드는 거, 그건 좀 아닌 것 같다."

몇몇 학생들이 구시렁거리기는 했지만, 대부분은 엮이고 싶지 않은 듯 입을 다물었다.

윤영은 학생들을 노려보다가 나루와 눈이 딱 마주쳤다. 가슴이 지끈 아파 왔다. 어젯밤 꿈이 생생하게 떠올라, 또 눈물을 흘릴 뻔했다.

도울 생각은 없었다.

욕먹는 나루가 꼴좋다고 생각했다. 그런데 오도카니 앉아 그 욕을 다 받아들이는 나루를 보니, 가슴이 아파서 속이 상해서 모르는 척할 수가 없었다.

'나도 미쳤지.'

윤영은 신경질적으로 나루에게서 시선을 돌렸다.

'진짜 나도 미쳤지. 쟤 욕먹으면 좋은 건데, 미쳤다고 쟤를 도와? 하, 진짜. 난 대체 어떻게 되어 먹은 멍청이인 거야?'

도저히 강의를 들을 기분이 아니었다. 또 출석을 하지 않으면 위험할 것 같지만, 윤영은 그대로 가방을 집어 들고 강의실에서 나왔다. 도망치듯 빠르게 복도를 걷는데, 뒤에서 나루가 따라왔다.

"윤영아."

이럴 줄 알았다.

윤영은 대답하지 않고 계속 걸었다. 달려온 나루가 윤영의 손목을 잡았다.

"윤영아."

"이거 놔."

"고마워."

"널 도우려고 그런 거 아니야. 그냥 그 꼴들이 지긋지긋해서 그런 거지."

"응, 그래도 고마워."

윤영은 계속 걸었고, 나루는 윤영의 손목을 잡고 그녀의 뒤를 따랐다.

왜일까. 잡힌 손목을 빼내고 싶지 않았다. 간밤에 꾼 꿈, 그 아릿한 광경 속에 파묻힌 나루가 지금의 나루와 겹쳐졌다. 홀로 소리 없이 울던 그 여자가 자신의 손목을 잡고 있는 것만 같아서, 윤영은 도무지 뿌리칠 수가 없었다.

오히려 그녀가 혼자 울지 않을 수만 있다면, 이 손목을 잡은 걸로 조금이나마 위안을 받을 수 있다면, 내 기분은 아무래도 좋다는 생각이 들었다.

그래서 싫었다.

꿈은 꿈일 뿐인데. 그 연나루와 이 연나루는 다른데. 지금 이 연나루는 내가 사랑하는 남자를 가진, 모든 것을 다 가진 행복한 여자인데.

오히려 내가 더 비참하고 내가 더 외로운데.

울고 싶은 건 나인데.

"네가 싫어."

건물 밖으로 나온 윤영은 걸음을 멈추고 나루를 돌아봤다.

"난 정말 네가 싫어. 넌 나를 비참하게 만들거든. 그래서 네가 싫어. 그런데 연나루, 자꾸 네 꿈을 꿔."

"내 꿈을?"

"그래. 너, 대체 나한테 무슨 짓을 한 거야? 무슨 짓을 했기에, 자꾸 내 꿈에 나오는 거야? 너란 애, 정말 싫은데, 어떻게 되든 상관없는데, 그냥 따돌림 당하고 학교 그만둬 버렸으면 좋겠는데, 죽어 버렸으면 좋겠는데."

"윤영아."

"그런데 왜 자꾸 내 꿈에 나와서 날 미치게 만들어?"

"무슨 꿈을 꾸는데 그래?"

"너는 꿈에서……."

거기까지 말한 윤영은 입을 다물었다.

내가 무슨 소리를 하고 있는 걸까. 이런 말을 해 봐야 미친 여자로 취급당하기 십상이다.

윤영은 나루에게 치부를 드러내고 싶지 않았다.

"끔찍해, 정말. 나한테 아는 체하지 마. 오늘 이 일은 그냥 내가 성격이 더러워서, 나 말고 다른 사람이 네 욕 하는 꼴 못 보겠어서 한 일이니까. 나는 착하지도 않고⋯⋯."

"착해."

나루가 윤영의 말을 끊으며 말했다.

"너는 항상 착해. 늘 착해. 앞으로도 착할 거고."

"지랄하네. 네가 나에 대해 아는 게 있기나 해?"

순간 나루의 얼굴에 번진 미소를, 윤영은 똑똑히 목격했다. 가슴이 시릴 정도로 애달프고 다정한 미소. 언젠가 어디선가 보았던 미소였다.

"응, 나는 네가 생각하는 것보다 너를 훨씬 더 잘 알아. 그래서 네가 착하다는 것도, 그 성격 탓에 나를 도와줬다는 것도 알아. 부당한 일을 당하는 사람을 보면 도와주고 싶어지고, 남을 뒤에서 욕하는 게 성미에 안 맞는다는 것도 알아."

나루의 담담한 음성을 들으며, 윤영은 이 미소를 어디서 목격했는지 깨달았다.

예전에 지후가 지었던 미소였다.

—글쎄. *12년 후쯤.*

자신이 나루에게 고백하지 못하는 걸, 언젠가 윤영도 알게 될 거라고 말하며, 지후는 이런 표정을 지었다.

오싹—

소름이 돋았다.

윤영은 저도 모르게 뒷걸음질을 쳤다.

"니들 뭐야?"

"응?"

"니들 뭔데 그렇게……."

똑같은 표정으로 나를 보는 거야?

그 질문을 꿀꺽 삼켰다.

더는 나루와, 그리고 지후와 연결되고 싶지 않았다.

나루와 지후에게 무언가 있다는 것을 윤영은 깨달았다. 이 두 사람은 우리와 다르다. 뭐가 다른지는 모르겠지만 다르다. 그리고 나는 이 두 사람과 연결될수록 미쳐 간다.

"오늘 일이 나한테 고맙다면, 더 이상 나한테 접근하지 마. 나는 이제 너랑 연관되고 싶지 않아. 너도, 지후도, 이제 끔찍해."

윤영은 휙 돌아서서 달려갔다.

나루는 윤영을 잡을 수 없었다. 마지막 순간, 윤영의 눈에는 분명 공포가 떠올라 있었다. 그 표정은 나루를 싫어한다기보다는 무서워하는 것 같았다.

'왜지?'

이해하기 힘든 반응이었다.

'윤영이는 대체 무슨 꿈을 꾸는 거지?'

＊　　＊　　＊

시간은 흘러갔다.

일주일쯤 지났을 때, 경찰이 나루를 호출했다. 나루를 누군가 미는 장면을 목격한 사람이 몇 명 있다고 했다.

"그런데 누군지는 파악할 수가 없대. 증언이 좀 갈리나 봐."

지후와 손을 잡고 한강 둔치를 걸으며, 나루가 경찰에게 들은 것을 설명했다.

"20대 남자 같다는 사람도 있고, 중년 남자 같다는 사람도 있대. 아, 그런데 검은색 모자를 푹 눌러쓰고, 거기에 후드까지 덮어쓰고 있었다는 증언은 동일한가 봐."

"남자이긴 하다는 건가?"

"그런데 그것도 확실하지가 않대. 얼굴이 안 보여서. 그냥 체구랑 키, 이런 것 때문에 남자일 거라고 생각만 하고 있나 봐."

"아직도 짐작 가는 사람은 없는 거지?"

"전혀."

잠시 대화가 끊겼다.

해가 지고 있었다. 강물이 주홍빛으로 물들어 가는 장면을, 지후와 함께 볼 수 있다는 것이 경이로웠다.

나루와 지후는 누가 먼저랄 것도 없이 걸음을 멈췄다. 노을이 지고 강물이 흘러가는 모습을 한동안 바라봤다.

지후가 허리를 굽혀 나루의 정수리에 입을 맞췄다. 나루가 고개를 들자, 지후는 싱긋 웃으며 나루의 이마에도 키스를 했다. 둘은 서로의 눈을 바라보며 잠시 미소를 짓다가, 다시 걸었다.

"내가 그 유전자를 찾아내고 나서, 누군가가 그 연구 결과를 밖으로 흘렸어. 아마 나랑 같이 연구한 사람들 중 한 명이겠지."

"연구원 중에 그 결과에 대해 확실하게 아는 사람이 있었어?"

"아니. 그건 내가 잘 감춰 두고 있었으니까. 다들 내가 그 연구를 하고 있고, 좋은 성과를 거뒀다, 라는 정도로만 알고 있었어. 논문을 정리해서 발표할 예정이었는데, 그 전에 유출이 된 거야."

"그리고 너한테 제의가 들어왔지."

"응. 여러 연구소랑 기업에서 스카우트 제의를 받았어. 물론 정중하게 제안한 쪽이 많긴 하지만, 간혹 과격한 업체도 있었어. 자기네로 오지 않으면 위험해질 거라는 둥, 어떻다는 둥. 그리고."

나루는 인상을 찡그렸다.

"협박하는 단체도 있었지. 이 연구를 계속하는 건 신의 뜻에 반하는 거라고, 당장 그만두라고, 그러지 않으면."

"죽일 거라고."

"응. 연구실로도, 집으로도 협박 편지나 전화가 오기 시작했어."

변조한 음성으로 '당장 연구를 그만두지 않으면 널 죽이겠다.'라는 전화가 빈번하게 걸려 왔다.

나루는 그 사실을 지후에게 말하지 않았다. 하지만 어느 날 지후도 전화를 받았다.

[당신의 애인이 위험한 연구를 하고 있다. 그 연구를 그만 두게 만들어라. 그러지 않으면 당신도, 당신의 애인도, 그리고 그 가족들도 위험해질 것이다.]

뒤늦게 상황을 파악한 지후가 나루에게 사정을 물었고, 나루는 순순히 이야기를 해 주었다.

그때부터 지후는 나루의 보디가드처럼 나루를 따라다녔다.

나루는 별일 아닐 거라고, 원래 이런 연구를 하다 보면 협박을 받는 일이 생기기도 한다고 말했다.

―최 교수님도 옛날에 유전자 변형 연구할 때, 엄청 협박받 았었대. 하지만 아직 무사하시잖아.

최 교수에게 상담을 받고 온 나루가 시원스럽게 말했지만, 지후는 불안함을 거둘 수가 없었다. 그리고 그날, 그 일이 벌어졌다.

"내가 그 협박들을 진지하게 받아들였더라면 그런 일은 벌어지지 않았을 거야. 나 때문에 네가 죽고, 이 시간으로 돌아와서도 아무 상관없는 사람들이 죽었어."

"네 탓이 아냐."

"그래, 내 탓이 아니지. 그래도 내가 관계된 일인 건 분명해. 그러니까 반드시 날 죽이려는 사람을 찾아내야 돼."

하지만 방법이 없었다. 경찰은 나루를 민 범인에 대해 감도 잡지 못했고, 그건 나루도 마찬가지였다.

옛 시간에서는 대수롭지 않은 일이라 생각했기에, 자신을 협박하는 무리가 누구인지 알아볼 생각조차 하지 않았다.

"혼자서 하려고 하지 마. 뭔가 알아내면 꼭 나한테 말해 주고. 알겠지?"

지후의 말에 나루는 고개를 끄덕였지만, 지후는 알고 있었다. 나루가 무언가를 알아내더라도, 자신에게 알려 주지 않으리라는 것을. 그녀 혼자 모든 것을 짊어지고 가리라는 것을.

*　　*　　*

축제가 끝나자 기말고사 기간이 다가왔다. 대학에 갓 입학해 중간고사를 얼떨떨하게 봤던 신입생들도 기말고사 기간이 되자 정신을 바짝 차리고 성적 관리에 들어갔다. 다들 족보를 받네, 도서관에 자리를 맡네, 바쁜 와중에 나루의 신경은 오로지 윤영에게 가 있었다.

기말고사가 끝나고 시작되는 여름 방학. 그때에 윤영의 동생이 죽는다.

몇 주 전, 윤영이 겁에 질린 듯 나루를 피한 이후로, 윤영은 조금씩 원래의 모습을 되찾아 갔다.

친구들과 어울리고, 그들 사이에서 해맑게 웃는 모습을 보니 안심이 되었다.

이제 윤영은 나루와 지후를 없는 사람 취급했다. 눈도 마주치지 않고, 모르는 척 피하는 모습에 가슴이 아프기는 했지만, 윤영이 그녀 특유의 밝음을 되찾았다는 것만으로도 기뻤다.

'시간을 돌아온 민지후와 나. 우리 둘과 관련되면서 윤영이는 변했던 거였어. 우리와 떨어지니까 다시 원래 모습을 찾았고. 그렇다면…… 나는 그냥 모르는 척하는 게 좋은 걸까?'

소중한 친구였던 윤영을 잃게 되는 건 슬픈 일이지만, 자신 때문에 윤영이 변하는 건 더 싫었다.

윤영을 위해서라면 거리를 두는 편이 옳다. 그건 괜찮았다. 모든 것을 전부 옛 시간처럼 가져갈 수는 없으니까.

다만.

'윤영이 동생은…….'

윤영에게 있어서 평생의 아픔이 될 것이다.

대학 시절 내내, 윤영이 힘들어했던 것이 떠올랐다. 대학을 졸업하고 사회생활을 하게 되면서, 동생을 떠올리며 우는 일이 없어졌다. 그래서 나루는 윤영의 동생에 대해 잊게 되었다.

하지만 아마도 윤영의 가슴에는 아픔으로 남아 있었을 것이다. 그것을 나루에게 드러내지 않았을 뿐.

그것이 신경 쓰여서, 혹시나 이 시간에서는 그 아픔을 없애 줄수 있지 않을까 싶어서, 나루는 미련을 버릴 수가 없었다.

나루는 도서관에 가지 않고, 수업이 끝나자마자 집에 돌아온 터였다. 자신을 피하는 윤영을 배려해서, 최근에는 학교 안에 있는 시간을 최소한으로 줄이는 중이었다.

정신을 차려 보니, 나루의 노트에는 '김윤영'과 '동생', '어떡하지?'라는 단어가 수선스럽게 적혀 있었다.

딩동—

초인종 소리가 울렸다.

"누구세요?"

"나야."

지후였다.

나루는 반갑게 문을 열었다. 지후의 손에는 비닐 봉투가 들려있었다.

"이게 뭐야?"

"저녁 해 줄게."

"우와, 진짜?"

"그럼 가짜일까. 우리 집으로 가자. 이따 명진이랑 재경이도 온다고 했어."

"응."

나루는 슬리퍼를 신으려고 고개를 숙였다. 지후는 운동화를 구겨 신고 있었다.

"너, 운동화 구겨 신는 버릇 좀 고쳐. 옛날에는 안 그러더니."

"그러게, 고쳐야 하는데. 이것 때문에 너한테 내가 시간을 돌아왔다는 걸 들켰지."

"꼭 이것 때문은 아니거든."

"아니긴. 내가 담배를 피우고, 총을 잘 쏘고, 그러는데도 눈치 못 챘으면서."

"아냐, 눈치채고 있었어."

"거짓말쟁이. 넌 얼굴에 다 드러나."

지후와 재경의 집에 방문하는 건 오랜만이었다. 아무도 없지만 나루는 "실례합니다."라고 말하고 안으로 들어갔다.

"이 시간으로 돌아와서 하나 안심이었던 건, 네가 눈치채지 못할 걸 알고 있었기 때문이었어. 생각보다 빨리 눈치채서 얼마나 놀랍던지."

"나 눈치 있거든?"

"없어."

"있어."

"내가 널 언제부터 좋아했는지도 모르잖아. 왜 좋아했는지도 모르고."

"으으. 그건 말해 주지 않았으니까!"

"보통은 눈치챘다고."

"그럼 넌 내가 언제부터 널 좋아하게 됐는지 알기나 해?"

"알지."

"어떻게?"

나루가 깜짝 놀라 눈을 동그랗게 떴다. 사실 나루는 자기가 언제부터, 어떤 이유로 지후를 좋아하게 됐는지 기억하지 못하고 있었다.

지후가 비닐봉지를 식탁 위에 올려놓으며 나루를 돌아봤다. 나루의 표정을 본 지후의 눈이 가늘어졌다.

"넌 알아?"

"뭘?"

"네가 언제부터, 어떤 이유로 날 좋아하게 됐는지."

"다, 당연히 알지! 내 사랑인데 모를 리가 없잖아."

"흐응. 그래? 그럼 말해 봐."

"네가 먼저 말해 봐."

"모르지?"

"알거든."

"모르잖아. 은근슬쩍 날 떠보려고 하는 거지?"

"아니라니까. 내가 널 좋아하게 된 이유를, 내 자신이 모를 리가 없잖아. 그건 너무 바보지."

"그러게, 자기가 왜 좋아하게 됐는지도 잊었으면 진짜 바보인 건데. 완전 바보. 완전 멍청이. 세계 최고 미련퉁이."

"야, 그건 말이 좀 심했다."

"말이 심하다니. 네 이야기 하는 거 아니잖아."

"그건 그렇지만……."

나루가 입술을 비쭉 내밀었다. 지후는 그 모습이 귀여워서 잠시 지켜보다가 말했다.

"그럼 완전 바보, 멍청이, 미련퉁이가 아닌 연나루 씨. 말해 보시지요. 날 왜 좋아하게 됐는지, 언제부터 좋아하게 됐는지."

나루가 바닥을 보며 인상을 찌푸리고 있었더니, 지후는 나루의 머리를 토닥토닥 쓰다듬었다.

"잘 생각해 봐. 요리하고 있을 테니까."

"생각하고 말고 할 것도 없어. 난 알고 있다니까. 네가 몰라서 그러는 거지?"

"나는 알고 있네요."

지후는 씩 웃어 주고는 봉지 안에서 식재료를 꺼냈다.

오늘은 나루가 좋아하는 해물떡볶이와 닭갈비를 할 예정이었다. 재료를 손질하는 와중에도 계속 웃음이 나왔다. 괜히 고집을 부리는 나루가 귀여웠다.

나루가 자신에게 사랑을 느낀 순간을, 지후는 알고 있었다.

20대의 풋풋했던 시절. 사랑은 처음인지라, 지후는 어떤 식으로 나루에게 표현해야 좋을지 알 수 없었다.

섣부른 고백으로 좋은 관계를 망치고 싶지도 않아, 조심스럽게 나루의 곁에 머물렀다.

친구라는 이름으로 그녀의 곁을 서성이며, 행여나 그녀에게 먼저 접근하는 남자들이 있을까 봐 얼마나 초조했는지 모른다.

예쁘고 당당한 그녀는 항상 인기가 많았고, 그녀를 노리는 남자들도 많았다. 그래서 그녀의 곁에 찰싹 붙어, 그녀에게 친근한 척하는 남자가 있을 때마다 무서운 눈으로 노려보곤 했다.

민지후가 연나루를 좋아한다는 사실은, 지나가던 개까지 알 정도였지만 나루만 몰랐다.

2학년 중간고사 기간이었던 어느 날, 지후는 도서관에서 나루가 엎드려 자고 있는 걸 보았다. 조금 추운지 옹송그리고 자는 모습이 안쓰러워, 조용히 다가가 그녀의 등에 재킷을 걸쳐 주었다.

그걸 느낀 듯 나루가 잠에서 깨어났고, 뒤를 돌아봤다. 입가에 침이 묻어 있기에, 엄지로 슬쩍 닦아 주고 작은 목소리로 "더 자."라고 말하는 그 순간.

바로 그 순간이었다. 나루가 지후에게 사랑을 느낀 건.

아무것도 담겨 있지 않았던 그녀의 눈동자가 다른 색채를 띠며 일렁, 흔들리는 장면을 지후는 똑똑히 목격했다.

커지는 눈과 살짝 벌어진 입술, 볼에 번지는 복숭아 빛 홍조. 아주 짧은 순간이었지만, 지후는 확신했다.

바로 지금, 연나루도 나를 사랑하게 되었다고.

곧바로 나루는 당황하며 손등으로 입가를 쓱 닦고, 벌떡 일어나 "커피 한잔 마시자."라며 열람실 밖으로 나갔다. 그 뒷모습이 여전히 눈에 선했다.

나루가 그때부터 사랑을 자각했는지 아닌지는 모르겠지만, 지후는 그때부터일 거라고 자신할 수 있었다. 그녀의 마음을 확신하면서도 고백하지 못한 이유는, 군대 때문이었다.

나루와 좀 더 같이 있고 싶은 마음에, 2학년 때 가려던 군대를 1년 더 미뤘다. 나루가 3학년 때, 지후는 군대에 갈 예정이었다.

2년이라는 시간은 길다면 길고 짧다면 짧았다. 20대 초반, 그 좋은 시절. 남자 친구를 기다리며 2년을 보내게 하고 싶진 않았다.

나루에게 고무신이라는 짐을 지우고 싶지 않아서, 고백을 군대에 다녀온 후로 미뤘다. 그 전에 나루에게 연인이 생길까 봐 불안했지만, 그 불안 때문에 나루에게서 20대를 즐길 자유를 빼앗기는 싫었다.

뒤에서 허리를 감싸 안는 느낌에, 지후는 상념에서 벗어났다.

나루가 지후의 뒤에서 지후를 안고, 그의 등에 얼굴을 대고 있었다. 요리를 할 때면, 나루는 종종 이렇게 뒤에서 안아 주곤 했다. 그래서 요리를 하는 시간이 더 즐거웠다.

"지후야."

"응?"

"고집 그만 부리고 맞춰 봐."

"뭘?"

"내가 너한테 반한 순간."

"고집은 네가 부리는 것 같은데."

"아니라니까. 나는 알고 있다고."

"그래? 그럼 그냥 나는 모르는 걸로 하자. 난 모르겠으니까 말해 줘. 언제, 어떤 이유로 나한테 반했는지."

"으으."

보지 않아도, 나루가 어떤 표정을 짓고 있는지 알 수 있었다. 볼에 공기를 넣어 빵빵하게 부풀리고 있을 것이다. 심술이 날 때마다 짓는 그 표정을, 지후는 몹시도 사랑했다.

"말 안 해 줄 거야."

"응, 그럼 말해 주지 마."

"알고 싶지도 않아?"

"뭐, 난 아니까. 알고 싶은 건 너겠지."

그렇게 말다툼을 하는 동안, 요리는 거의 완성되어 가고 있었다.

"치사하다, 민지후. 알겠어. 내가 졌어. 나 모르겠으니까 말해 줘. 내가 대체 언제 너한테 반했는데?"

"그건……."

지후가 말해 주려고 돌아설 때였다.

달칵―

현관문이 열리고.

"으아, 배고파!"

"맛있는 냄새!"

재경과 명진이 들어왔다.

"애들 왔네. 나중에 말해 줄게."

지후가 빙그레 웃으며 말했다. 나루는 도끼눈을 하고 눈치 없는 두 남자를 노려봤다. 그저 배가 고팠을 뿐인데, 나루의 원망스런 시선을 받은 두 남자는 두 손을 슬쩍 들어 보이며 말했다.

"알겠어, 알겠어. 네가 제일 많이 먹게 해 줄게."

*   *   *

"얘기하지 않는 게 좋을 것 같아."

저녁을 먹고 나서 윤영의 동생에 대한 고민을 이야기하자, 지후가 말했다.

"어차피 구할 수 없을 거야."

"윤영이가…… 많이 힘들어했었어. 여행 가는 길에, 동생이랑 엄청 싸웠나 봐. 휴게소에서 언성 높이며 싸우다가 동생한테 죽어 버리라고 했대. 그래서 진짜 죽은 것 같다고."

펑펑 울던 윤영의 모습이 떠올랐다.

"많이 울었어. 죄책감도 계속 가지고 있었고. 동생 죽고 나서 부모님들 관계도 안 좋아지고, 윤영이도 집에 들어가기 싫어했어. 몇 년 지나서 괜찮아지긴 했지만, 아마 완전히 괜찮아진 건 아니겠지. 계속 우울한 이야기를 나한테 하는 게 미안해서 말하지 않았을 거야. 그래서 나는 잊은 거였고."

나루는 한숨을 쉬었다.

"난 정말 왜 이런지 몰라."

"보통 그렇지, 뭐. 자기 일이 아닌 이상에야."

명진이 중얼거렸다.

"구할 수 있다면 구하고 싶어. 사실 어떻게든 구하고 싶었는데, 최근에는 좀 고민이 되기도 해. 나랑 지후랑 멀어지면서 윤영이가 원래대로 돌아왔거든. 우리가 가까이하는 게 윤영이한테독이 될지도 모른다고 생각하니까, 윤영이한테 말을 걸기가 쉽지 않아."

"그래도 말해 주는 게 좋을 것 같은데."

재경이 말했다.

"동생의 죽음은 평생 가슴에 품고 갈 일이잖아. 말해 주고 구할 수 있는 기회를 주는 게 낫지 않을까?"

"어차피 못 구해. 죽을 사람은 죽게 되어 있어."

지후는 여전히 회의적이었다.

"명진이 너한테는 미안하지만, 어쩔 수 없다고 생각해. 난 지금 나루와 또다시 12년을 보내는 거라고 생각하지, 내가 12년 후에도 살아 있을 거라는 생각은 안 해. 우린 죽을 거야."

"너, 이렇게 부정적인 놈이었냐?"

재경이 어이가 없다는 듯 말했다.

"부정적인 게 아니라 현실적인 거야. 헛된 희망을 품어 봐야희망이 무너졌을 때 괴로울 뿐이야."

"아, 됐고. 말해."

명진이 듣기 싫다는 듯 말했다.

"나루 말대로, 김윤영이 너희와 가까워져서 좋을 게 없는 건 맞아. 그런데 말해 줄 건 해 줘야지. 구하든 구하지 못하든, 기회는 줘야 하는 거 아냐? 선택은 김윤영이 하게 해 주는 게 옳다고 본다, 나는."

"응, 나도 명진이 생각에 동의해. 선택은 김윤영이 해야지. 지후처럼 포기하고 죽음을 받아들이든, 도망치려고 발버둥을 치든, 그건 김윤영이 판단해야 할 몫이라고 봐."

"만약 김윤영이 믿지 않으면?"

지후가 말했다.

"나루가 말해 줬는데도 믿지 않고 무시하다가 동생이 진짜로 죽으면? 그때 윤영이가 느낄 절망은 어쩔 건데?"

아무도 거기까지는 생각하지 못했는지 입을 다물었다.

"우리는 지금 김윤영 가족이 어디로 휴가를 갔는지, 언제 갔는지 모르고 있어. 윤영이한테 물어봐도 말해 주지 않겠지. 그럼 윤영이를 계속 미행할 생각이냐? 미행한다고 해도 어떻게 따라갈 건데? 우리 중에 면허 있는 사람 있어?"

"나."

명진이 손을 들었다.

"오토바이 면허는 있는데."

"오토바이 타고 그 집 휴가 가는 걸 따라가게?"

"그러지, 뭐."

명진이 어깨를 으쓱했다.

"나도 절박하거든. 죽음을 피할 수 있다는 걸 증명하고 싶다고."

명진이 솔직하게 말했다. 이번에는 지후가 입을 다물 차례였다.

"넌 12년 남았지만, 난 1년이야. 아, 이젠 1년도 아니구나. 몇 개월 후면 나, 죽어. 죽는대. 솔직히 무서워. 왜 내가 죽어야 하나 화가 나기도 하고. 그래서 미리 좀 알고 싶어. 죽음을 피할 수 있는지, 없는지."

"명진아……."

"아, 됐어. 그런 표정들 짓지 마라. 울적한 건 나 혼자로 됐고, 니들까지 그럴 필요 없어. 어쨌든 난 기회를 주는 게 맞다고 봐. 나루가 일단 윤영이한테 그런 뉘앙스를 흘리기라도 하고, 정 안 믿는 눈치면 내가 김윤영네 집 근처에 있다가, 걔네 휴가 갈 때 따라갈게. 걔 동생 물에 빠지면, 내가 구하지, 뭐."

"그러다 네가 죽을 수도 있어."

지후가 걱정스럽게 말했다.

"그럼 죽지, 뭐. 몇 개월 후에 죽으나, 지금 죽으나 마찬가지……."

"아니야."

나루가 명진과 시선을 맞추고 말했다.

"마찬가지 아니야. 그 몇 개월은 너한테도, 네 가족들한테도 소중한 시간이야. 명진아. 그 몇 개월을 가볍게 생각하지 마."

나루의 맑은 눈동자를 이길 수 없어, 명진은 불만스런 표정으로 시선을 피했다. 곧 쓰게 웃으며 명진이 대답했다.

"그래, 알겠어. 조심해서 행동할게. 그러니까 이 일은 윤영이한테 기회를 주는 걸로 하자. 다수결로 해 보든가."

여기서 윤영에게 말하는 걸 반대하는 사람은 지후뿐이었다. 모두가 지후를 돌아보자, 지후는 어깨를 으쓱했다.

"나는 걱정이 되는 거지, 완전히 반대를 하는 건 아니야. 각자 옳다고 생각하는 대로 행동하면 된다고 본다. 어차피 이 문제에 대한 정답은 없는 것 같으니까."

*　　　*　　　*

나루는 침대에 누워 천장을 응시했다. 윤영이에게 말하겠다고 결심하기는 했는데, 언제 어떤 방식으로 말해야 좋을지 알 수 없었다.

윤영은 나루와 지후를 유령 취급하고 있었다. 실험실 같은 조인데도, 나루와 지후에게는 아예 말을 걸지 않았고, 눈도 마주치지 않았다.

그런 상황에서 윤영에게 어떻게 다가가야 하는 걸까?

그런 생각을 하고 있을 때, 지후에게 전화가 걸려 왔다.

"응, 지후야."

[잠 안 오지?]

"응."

[그럴 것 같더라.]

그의 나직한 음성을 듣자마자 잠이 쏟아졌지만, 목소리를 더 듣고 싶어서 내색하지 않았다.

"노래해 줘."

[그럴까? 뭐 불러 줄까?]

"아무거나. 네가 잘 부르는 노래로."

[그럼 애국가?]

지후의 대답을 듣자 옛 시간의 일이 떠올라 웃음이 나왔다. 그는 음주 가무를 즐기는 편도 아니고, 노래를 잘하는 편도 아니었다. 두 사람이 사귀고 얼마 지나지 않아, 나루가 갑작스럽게 노래를 불러 달라고 한 적이 있었다.

―어떤 노래? 이렇게 갑자기?

난처해 하는 지후의 모습이 귀여웠다.

―응, 듣고 싶어. 아무 노래나 좋아. 네가 제일 잘 부르는 노래로 불러 줘.

그러자 지후는 한참을 고민하다가 흠흠, 목을 가다듬고 부르기 시작했다. 애국가를.

이제 막 사귀기 시작한, 설레는 관계. 당연히 사랑 노래일 줄 알았는데, 너무도 예상치 못한 노래가 나오는 바람에 엄청 웃었던 게 기억났다.

웃음을 참을 수가 없어서 배까지 잡고 웃었는데, 성실한 지후는 애국가 1절을 끝까지 다 불렀다. 그리고 수줍은 표정으로 말했다.

—내가 노래를 잘하는 편이 아니라서.

그 모습이 어찌나 사랑스럽던지.

나루는 그때 '아, 이 남자와 평생 함께하고 싶다.'라는 생각을 했던 것 같다. 그 순간, 이 남자와 평생을 함께하리라는 걸 확신했다. 그 어떤 역경이 찾아와도, 애국가 1절을 끝까지 불러 주는 이 남자라면 내 손을 놓지 않으리라는 걸 알 수 있었다.

그리고 실제로 그랬다. 그는 마지막 순간까지 나루와 함께했고, 나루의 걱정만을 했다.

"응, 애국가. 그거 듣고 싶다."

부드럽게 흘러나오는 그의 노래를 들었다. 다른 사람이 들으면 멋없는 애국가이겠지만, 나루에게는 그것이 최고의 사랑 노래고, 가장 달콤한 음악이었다.

나루는 그의 노래를 듣다가 까무룩 잠이 들었다. 휴대폰 너머로 들려오는 고른 숨소리에, 지후는 나루가 잠들었다는 걸 알 수 있었다.

노래를 멈추고 잠시 그녀의 숨소리에 귀를 기울였다.

— *역시 넌 내 수면제야.*

함께 잘 때면, 나루는 지후의 품으로 파고들며 그렇게 중얼거렸다. 졸음이 잔뜩 묻어 나른한 그 목소리를 듣는 게 참 좋았다. 꼬물꼬물 품으로 파고드는 모습이 자그마한 고양이 같아서 기분 좋았다.

"나루야."

그 행복했던 나날을 떠올리며, 지후는 작은 목소리로 속삭였다.

"사랑해."

*   *   *

윤영에게 어떻게 전해야 할지 결정하지 못한 채, 시간은 빠르게 흘러갔다. 얼마 지나지 않아 기말고사를 보게 되었고, 나루는 점점 초조해졌다. 이제 며칠만 지나면 방학이다.

지후는 이 일에 있어서는 도움이 되지 않았다.

"말하지 못하면 그건 그것대로 운명인 거겠지."

지후는 회의적이었고, 말하지 못해도 상관없다고 생각하는 것 같았다. 재경과 명진도 딱히 좋은 방법을 찾지 못했다. 윤영이 지후, 나루만큼은 아니지만 재경과 명진도 멀리하고 있었기 때문이다.

이런 상황에서 '나는 미래를 보고 왔는데, 네 동생이 죽더라.'라는 말을 해 봐야, 미친 사람 취급을 당할 것이 뻔했다.

마지막 시험이 있는 날, 시험 하나를 끝내고 화장실에 갔을 때였다. 나루가 볼일을 보고 나와서 손을 씻는데, 윤영과 선미, 지영이 들어왔다.

"우린 계곡에 가기로 했어."

여름 방학 계획을 이야기하는 중이었나 보다. 그렇게 말하며 들어온 윤영과 거울로 눈이 딱 마주쳤다. 윤영은 슬그머니 시선을 피했고, 선미와 지영은 나루에게 아는 체를 했다.

"나루, 시험 잘 봤어?"

"그냥 그래."

나루는 대답을 하면서도 윤영을 응시했다. 윤영은 도망치듯 화장실 칸 안으로 들어가고 있었다.

"그냥 그렇긴. 과 수석이잖아. 이번에도 수석 하는 거 아냐?"

"아, 나도 그런 거 한 번 해 보고 싶다. 대학도 간당간당하게 들어왔는데."

"나도, 나도."

선미와 지영이 재잘재잘 떠들다가 화장실 칸 안으로 들어갔다.

지금이 기회였다. 이제 더는 미룰 수 없었다. 나루는 세면대 앞에 조용히 서서, 윤영이 나오기를 기다렸다.

볼일을 보고 나온 윤영이 나루를 보고 멈칫했지만, 곧 모르는 척하고 세면대로 왔다.

"윤영아."

나루는 목소리를 낮춰 그녀의 이름을 불렀다. 윤영은 못 들은 척 세면대의 물을 틀었다.

"여름 방학 때 계곡에 가?"

"……."

"어느 계곡으로 가는지 알 수 있을까? 나도 여름 방학에 놀러 가려고 하는데, 괜찮은 곳 좀 있나 싶어서."

"……."

윤영은 계속 못 들은 척을 했다. 이제 곧 지영과 선미가 나올 것이고, 그러면 윤영은 그 둘과 딱 붙어 다닐 것이다.

그러면 윤영에게 말할 기회가 없었다.

지금 말해야 한다. 이상하게 보이더라도, 정신병자라고 생각되더라도, 이제는 말해야 한다.

"올해 여름에 비가 많이 와서 계곡물이 많이 불어날지도 모른다더라. 그러면 위험할 테니까, 계곡 말고 바다 같은 곳으로 가는 건 어때?"

"미친……."

윤영이 중얼거리며 거울로 나루를 노려봤다.

"너, 지금 뭔 소리를 하는 거야? 내가 말했잖아. 앞으로 관계되지 말자고. 지금 내 휴가 계획까지 너한테 지적을 받아야 하니?"

"부탁이야, 윤영아. 계곡 말고, 바다로 갔으면 좋겠어. 정말 위험할 것 같아서 그래."

"진짜 무슨 소리를 하고 싶은 건지 모르겠다, 난. 너, 정말 왜 이래? 내가 어디로 가든, 네가 신경 쓸 일 아니잖아."

화장실 안은 고요했다. 윤영의 목소리가 작지 않기에, 선미와 지영은 나오지 못하고 있는 게 분명했다.

나루는 목소리를 더 낮췄다.

"알겠어, 윤영아. 그럼 내 말 잘 들어."

나루는 거울로 윤영을 똑바로 응시했다.

"계곡에서 어쩌면 위험한 상황이 생길지도 몰라. 누군가 물에 빠질 거야, 아마도. 어쩌면 네 동생이. 그런 일이 벌어지면 장난이라고 생각하지 말고 곧바로 구해야 돼. 알겠지?"

나루의 음성은 진지하고 묵직했다. 농담이나 장난이라고 생각할 수 없는 무언가가, 나루의 목소리 안에 담겨 있었다.

윤영의 눈동자가 일렁 흔들렸다.

"너…… 정말 머리가 이상해진 거 아냐? 아니면 저주라도 하는 거니? 사고 나라고?"

"그런 거 아냐."

나루가 윤영을 향해 돌아섰다.

"네가 날 싫어하는 거 알아. 하지만 나는 네가 아주 많이 좋아. 우리가 친구로 지낼 수 없더라도, 나는 네가 행복했으면……."

짜악—!

나루는 말을 끝낼 수가 없었다. 윤영이 나루의 뺨을 때렸기 때문이다.

윤영 자신도 생각지 못한 일이었는지, 윤영은 당황한 표정이었다. 하지만 곧바로 표정을 굳히고는 말했다.

"가식 떨지 마. 나는 너랑 있으면 미쳐 가는 것 같아. 그러니까 제발 좀 나한테 상관하지 마. 제발."

윤영은 신경질적으로 나루의 어깨를 밀치고 화장실을 나왔다. 본의 아니게 나루의 뺨을 때렸다. 그럴 생각은 없었는데 정신을 차리고 보니 그녀의 뺨을 때린 후였다.

'화가 나서 때린 게 아니었어.'

무섭기 때문이었다.

'사고가 날지도 몰라.'라는 예언 같은 말보다, '나는 네가 아주 많이 좋아.'라는 말이 더 무서웠다.

진심을 가득 담은 눈빛이, 오래전 지후가 지었던 눈빛과 똑같은 그것이 무서워서 뺨을 때리고 말았다.

'어째서? 왜 그런 눈빛들을 하는 거야? 그리고 왜…….'

꿈을 꾼다.

지후, 나루와 멀어졌음에도 현실 같은 그 꿈을 매일 밤 꾸고 있다. 꿈에서 나루 커플과 셋이 놀러 가기도 하고, 나루와 단둘이 쇼핑을 하기도 하고, 재경까지 넷이서 영화를 보기도 하고…… 현실에서는 절대 있을 수 없는 일들을 자꾸만 꿈에서 경험하게 된다.

　꿈에서 깨어나고 나면, 그것이 현실이 아니라는 상실감과 어쩌면 현실일지도 모른다는 혼란과 자꾸만 반복되는 꿈으로 인한 공포로 정신을 차릴 수가 없었다.

　그래서 두려웠다. 언젠가 정말로 꿈과 현실을 분간하지 못하게 될까 봐서, 꿈에서 깨어나지 못하게 될까 봐서.

　그러다 연나루라는 인간을, 아주 많이 좋아하게 될까 봐서.

*　　*　　*

　"실패한 것 같아."

　라고 나루는 말했다.

　"어쩔 수 없지."

　라고 지후는 말했고.

　"윤명진, 너는 쓸데없는 짓 안 하는 게 좋겠다."

　라고 재경이 말했다.

　명진은 씩 웃으며 대답했다.

　"어, 안 해. 나도 내 마지막 여름 방학을 제대로 즐겨야지."

거짓말이었다. 처음부터 명진은 나루가 윤영을 설득하는 데 실패할 것이라고 예상하고 있었다.

윤영 가족의 휴가에 따라갈 계획을, 이미 세워 놨다. 방학 첫 날부터 여행을 가진 않을 것이다. 동생이 고등학생이니까, 7월 중순 즈음 움직이면 되리라.

그때부터 이른 아침 윤영의 집 근처에서 오토바이를 타고 기 다리다가, 밤늦게 집으로 돌아올 계획이었다.

이 계획을 알게 되면 나루가 말릴 것이 분명했기에, 명진은 그 계획을 조용히 실행에 옮기겠다고 결심했다.

'구할 거야.'

구하고 말 테다.

'죽음을 바꿀 수 있다는 걸 증명하겠어.'

그리고 내년 봄.

'나는 살아남을 거야.'

* * *

여름 방학을 맞이하여, 나루는 본가로 돌아왔다. 나루의 본가 와 지후의 본가는 대중교통을 이용하면 1시간 30분 거리였다. 아주 멀리 사는 것도 아닌데, 바로 옆집에 살 때처럼 만날 수 없 다는 게 아쉬웠다.

"누난 좋겠다. 벌써 방학이라서."

일요일 오후, 밤새 게임을 하다가 늦게 일어난 미루가, 배를 긁적이며 거실로 나왔다.

나루는 소파에 앉아 TV 채널을 바꾸는 중이었다.

"요새 뭐 재미있는 거 안 하나?"

"이 시간엔 별로 안 하지. 재방송이나 봐."

"뭐가 있지?"

12년 전 TV에서 뭘 했는지 기억날 리 없었다.

"누나, 그거 좋아하잖아. 토요일에 하는 거. 그…… 무슨 작대기인가?"

"아, 그거. 맞다. 그거 봐야지."

나루는 TV 채널을 변경했다.

나루가 이 당시에 즐겨 보았던 예능 재방송을 하고 있었다. 32살 때에 봤던 것보다 훨씬 젊어진 연예인들, 어느 순간부터 TV에 나오지 않게 된 연예인들을 다시 보는 게 신기했다.

한참 그렇게 TV를 보고 있을 때였다.

딩동—

초인종이 울렸다.

"누구 왔나 봐. 나가 봐."

"아, 누나가 나가."

"얼른 좀 나가 봐. 저녁 사 줄 테니까."

나루가 옆에 앉아 있는 미루를 발로 밀었다.

"에이 씨. 지는 방학도 했으면서."

미루가 투덜거리며 밖으로 나갔다.

나루가 하품을 하며 지후에게 문자라도 보내 볼까 고민하고 있는데, 거칠게 현관문이 열리고 미루가 뛰어 들어왔다.

"뭐야, 누나! 남자야, 남자!"

"어?"

"남자가 찾아왔어! 누나 남친 있었어?"

"남자라니……."

"민지후라던데. 우와, 키 엄청 크더라. 되게 잘생겼던데. 아, 그리고 성재경인가? 우와, 나 진짜 그렇게 잘생긴 사람 처음 봤어. 연예인이야? 뭐야? 진짜 남자 친구야? 둘 다 사귀는 중? 바람? 양다리?"

"……저기, 미루야. 좀 진정할래?"

"아, 신기하니까 그렇지. 진짜 잘생겼던데."

나루는 소파에서 일어났다. 옛 시간에서 지후와 재경은 이 집에 자주 찾아왔었다. 첫 방문도 아마 이 무렵이었던 것 같다. 그 후로 자주 드나들며, 나루의 가족과도 친하게 지냈다.

'그러고 보니, 그때도 미루는 이런 반응이었지.'

똑같은 반응에 웃음이 나왔다. 미루가 뒤를 졸졸 따라왔다.

"넌 왜 따라와?"

"잘생긴 형들 얼굴 좀 더 구경하려고."

"넌 진짜 변함이 없구나."

"변하긴 뭘 변해. 얼마나 집 떠나 있었다고."

대문 밖에서 지후와 재경이 기다리고 있었다. 미루는 나루의 뒤에 숨어(옛 시간에서도 그랬다.) 지후와 재경의 얼굴을 보며 연신 감탄했다.

옛 시간에서 미루와 친하게 지냈던 지후는, 오랜만에 보는 미루의 어린 모습이 귀여운지 다정하게 미소를 지었다.

"우와, 네 동생은 너랑 진짜 똑같이 생겼다."

미루를 처음 보는 재경이 놀랍다는 듯 말했다.

"응, 그런 말 많이 들어. 그런데 둘 다 어쩐 일이야?"

"저기요."

미루가 끼어들었다.

"둘 중 누가 우리 누나 남친이에요?"

"내가."

지후가 곧바로 대답했다.

"우와. 왜죠? 왜 하필이면 우리 누나죠?"

"야, 연미루."

"아, 왜. 진짜 궁금해서 그래. 성질머리도 더럽고 까탈스러운데, 왜 좋아하는 거지? 정말 좋아하는 거 맞아요? 약점 잡힌 건 아니고?"

"야, 너……."

"세상에서 제일 예뻐서."

지후가 대답했다.

"이 세상에서 제일 사랑스러워서. 그래서 평생 내 눈이 즐겁고, 내 마음이 즐거울 것 같아서. 그래서 사귀는 거야."

지후의 감미로운 말에, 미루가 얼굴을 붉혔다.

"웬일이야. 이 형, 너무 멋있다. 아, 뭐야, 설레."

미루가 호들갑을 떨며 안으로 들어갔고, 재경은 살짝 벌어진 입으로 지후를 돌아봤다. 이놈은 어떻게 된 놈이기에, 이런 야릇한 소리를 아무렇지도 않게 하는 건가, 라는 눈빛이었다.

"왜 그렇게 봐?"

"아니, 그냥. 너의 뻔뻔함이 무서울 정도라서. 안 무섭냐, 나루야? 이런 소리를 네 동생 앞에서도 막 하는데?"

재경이 나루를 돌아보다가 피식 웃었다. 나루가 홍조 띤 얼굴로 황홀하게 지후를 올려다보고 있었기 때문이다.

"그래, 근묵자흑이란 말이 괜히 나온 게 아니겠지. 연나루를 빨리 포기하길 잘했네. 난 이런 건 도저히 못 하겠으니까. 아무튼 빨리 분홍빛 공기에서 좀 벗어날래? 여기 나도 있거든?"

서로를 응시하는 지후와 나루 사이에서, 재경이 주의를 환기시켰다.

나루가 수줍게 웃으며 재경을 돌아봤다.

"아, 응. 미안. 그런데 정말로 둘 다 어쩐 일이야?"

"너네 옛 시간에서 우리가 종종 너네 집에 놀러 갔다더라고. 원래 너희 부모님이랑도 입학식 때 만나서 친해졌다며?"

"응, 그랬었어."

"그거 다시 해야지. 부모님 계셔?"

"아니, 오늘 늦게 들어오신댔는데. 일단 들어와. 미루도 있으니까 같이 점심 먹고 놀자."

*　　　*　　　*

그날 이후로도 재경과 지후는 종종 나루의 집에 놀러 왔다. 밖에서 지후와 둘이 만나 데이트를 하기도 하고, 재경과 셋이 만나 놀러 가기도 하며 시간을 보냈다.

미루가 여름 방학을 했고, 나루의 가족도 가족 여행을 다녀왔다. 나루는 윤영의 동생에 대한 생각을 하지 않으려고 했지만, 생각이 자꾸만 그쪽으로 흘러가는 건 막을 수가 없었다.

나루의 가족이 여행을 다녀오고 얼마 지나지 않아, 명진에게서 전화가 걸려 왔다.

[여름 방학 잘 보내고 있냐?]

"응, 넌 뭐하기에 연락이 안 돼? 문자 보낸 것도 다 씹고."

[그냥 좀 그럴 일이 있어서. 서울 올 일 없냐? 저녁이나 같이 먹자.]

"서울 갈 일은 없지만 저녁은 같이 먹자. 학교 근처에서 볼까?"

[아니, 이 동네 좀 벗어나고 싶어. 강남에서 보자. 지후랑 재경이도 시간 되면 부르고.]

"응, 이따 봐."

명진의 목소리가 심상치 않았다.

'설마…… 윤영이한테 무슨 일이 생긴 건가?'

그리고 보니, 처음 윤영이의 동생에 대한 이야기를 꺼냈을 때, 명진이 자기가 쫓아다니겠다고 했던 말이 떠올랐다. 갑자기 마음이 급해져 지후와 재경에게 연락을 해 두고, 서둘러 나갈 준비를 했다.

다들 약속 시간보다 빨리 도착했다. 어디로 갈까, 하다가 근처에 보이는 술집으로 향했다. 지하에 있는, 어둑한 술집이었다.

조금 이른 시간이라 손님은 나루네뿐이었다.

"오토바이 안 타고 왔냐?"

주문을 하기 전, 지후가 명진에게 물었다.

"응, 오늘은."

"그럼 술 시킨다?"

"어, 난 생맥."

끼니를 때울 만한 안주 몇 개와 생맥주, 소주를 시켰다. 먼저 나온 술을 홀짝거리며, 나루는 명진의 안색을 살폈다. 표정이 썩 좋지 않았다.

재경도 그걸 느낀 듯 명진에게 물었다.

"무슨 일이야? 너, 설마 윤영이네 가족 휴가에 따라갔었던 거냐?"

나루와 같은 생각을 하고 있었던 모양이다. 지후도 놀란 기색이 없는 걸 보니, 짐작하고 있었던 것 같았다.

"그러려고 했지."

명진은 고등학교 방학 날부터 매일 윤영의 집 근처에 대기하고 있었음을 털어놨다.

"새벽 4시부터 다음 날 새벽 1시까지 있었어. 요새 진짜 3, 4시간도 못 잤다."

"그래서?"

"오늘은 정말 죽을 것 같이 졸려서 알람을 못 들었어. 6시쯤 깨어나서 부리나케 나왔는데…… 놓친 것 같아."

"놓치다니. 윤영이네가 오늘 휴가를 갔다고?"

"응. 걔네 아버지 차가 집 앞에 주차되어 있거든. 타고 나가시는 게 보통 7시 50분쯤인데, 6시에 갔더니 그 차가 없더라. 하필이면 내가 늦잠을 잔 날에, 휴가를 떠난 것 같아."

"휴가를 간 게 아닐 수도 있잖아."

"애들 여름 방학 때 새벽 6시 전부터 출발할 일이, 휴가 말고 또 뭐가 있을까? 친인척의 경조사가 있을 수도 있지만, 글쎄. 내일 밤에 가 보면 답이 나오겠지. 친인척의 경조사 때문에 회사를 며칠씩 결근하진 않을 테니까."

나루는 입을 꾹 다물었다. 명진이 매일 윤영의 집 근처에 있을 때는 잠잠하다가, 하필이면 명진이 늦잠을 잔 날에 여행을 떠났다면…….

"죽음은 명진이가 윤영이 동생을 구할 기회도 주지 않으려나 보군."

지후가 중얼거렸다.

등줄기가 서늘했다. 모순된 말이지만, 죽음이 생명을 가지고 있는 것처럼 느껴졌다. 실체를 가진 죽음이 아가리를 벌리고, 어느 때든 집어삼키기 위해 기다리고 있는 것만 같았다.

공기가 무거워졌다.

한동안의 침묵이 흐른 후, 재경이 분위기를 바꾸려는 듯 입을 열었다.

"바다나 가자."

"바다?"

"그래, 여름이잖아. 죽음을 피할 수 있든, 없든. 이런 식으로 우울해하면서 시간을 보내는 건 낭비야. 지후가 12년 후에 죽는다면, 지금 추억을 잔뜩 만들고, 명진이가 내년에 죽는다면 이렇게 우울할 시간에 뭐라도 하나 더 해야 하지 않겠어?"

명진이 쓴웃음을 지었다.

"내 죽음을 그렇게 발랄하게 얘기하니까 안 죽을 수도 있을 것 같다, 야."

"그래, 안 죽을 수도 있지. 그러니까 우리, 바다나 가자."

〈다음 권에서 계속〉